山海佇望

——淡江大學中文系六十週年「六十有夢」紀念文集

The Dream of the Sixtieth

殷善培　主編

臺灣學生書局印行

六十有夢

張炳煌

主任序——
炙熱明亮的佇望

淡江中文系源自民國45年成立的國文科（三年制），迄今（民國105年）正好走過了一甲子！它不但是淡江元老級科系，放眼台灣各校中文系，比淡江中文更資深的恐怕也屈指可數了！中文系成立雖早，但碩士班要到民國77年，博士班更遲至民國88年方始成立，意味著前四十屆的畢業生，要讀到博士就得問學各校，也表示淡江中文前四十年的師資，無一位是學碩博士皆為淡江的「純」淡江人！就如淡江是所沒有圍牆的大學，淡江中文也較沒有本位主義，避免了學院中常有的門戶之見，因而能海納百川，吸引菁英，如同校歌歌詞中的「新舊思想，輸來相將」；也因為不斷能有多元學風的匯入，造就了淡江中文沒有包袱、沒有科條的學風，我想「歷久彌新」大概是最適合形容這種氣象了。

淡江中文像極了老子所說的「無為而無以為」，「處無為之事，行不言之教」，讀大學時，常聽聞系上師長傳述就讀淡江時的點點滴滴，細數風流人物，很自然地將我們引入淡江的傳統。大一時，龔鵬程老師教國導，還忙著寫博論，一襲長衫，縱論古今，月旦人物；大二時王文進老師教文學史，不急著寫博論，課堂內外熱切地領我們領略淡江的美，重臨狂飆年代的炙熱；大三時教文心雕龍的李正治老師更是擱著博論，帶領我們讀哲學、評詩論藝。這就是淡江師生的傳統，沒有包袱、沒有科條，但有著心嚮往之明亮，也為淡江中文的傳承播下了種子。

民國87年，周彥文老師主持系務，曾找胡正之、林明昌和我等碩士班第一屆學生討論碩班成立十年要如何慶祝，大夥戲議決定以「十年文革」表明淡江中文如何與眾不同，並決定一字排開歷年招生海報以壯聲勢；後來大概是太敏感，「十年文革」換成了「九轉丹成」，那時招生海報都還留著！

呂正惠老師主持系務時，適逢創系五十週年，我曾提議應該編本系史，也建議配合編採課程有計畫採訪系上資深教師，記錄系上資深教師的口述史，只是時機未成熟，其事遂寢；其間曾問助理：系上自從成立碩士班以來，每年都有一至多場的國際會議，每次會議都精心設計會議海報，這些海報足以見證系所的學術活力，是否有留存？助理表示系上空間有限，且海報非文書檔案，都沒有留存下來……心中不免有些遺憾，這些海報真的都沒留下了嗎？

及我承乏系務，有意將淡江中文的傳統銜接起來，先是請瑩真學棣將歷年系友及畢業紀念冊相關頁面造冊存檔，為日後架構系友會網站預做準備；請家偉學棣將歷屆五虎崗文學獎得獎名單建檔，有計畫追蹤得獎者的創作歷程；請昱端學棣整理歷屆系學會正副會長資料，提供系友會籌組歷屆系學會正副會長的聯誼會，藉由歷屆學會正副會長的人脈串起各地系友；請懿嫃助理規劃每年的春郊與秋遊，溫習昔日淡江人五虎崗上放眼所見皆淡江校園的豪情。再趁系上空間重新規畫及系辦櫥櫃汰舊換新之便，徹底尋找系上所保存的照片、會議資料、教師著作、書畫作品、各屆系刊、班刊、系學會通訊錄、系友會通訊錄……，近乎地毯式地清查後，可確定成立研究所後的會議資料及系上出版品大致保存齊全；原書法教室兩側條幅還留存一些；至於研究所成立以前的照片幾乎全無；各級的系刊、班刊所剩無多；歷年招生、會議海報，連一張也找不到了。為稍稍填補不足，我除了將自己所留存的系刊、班刊、通訊錄全數捐出，也商請同人提供留存的刊物贈予系辦典藏，只是所得殊少，有待系友捐贈充實。

另一方面，也藉由學術專題講座機會，廣邀學界系友及曾任教本系的師長回來敘舊，這些年來總計邀請了：曾昭旭（榮譽教授）、施淑（榮譽教授）、吳哲夫（榮譽教授）、陳文華（榮譽教授）、呂正惠（榮譽教授）、周志文（臺大）、竺家寧（政大）、曹淑娟（臺大）、林玫儀（中研院）、王文進（東華）、鄭志明（輔仁）、江惜美（銘傳）、袁保新（明新科大）、馬叔禮（日月書院）、王幼華（聯大）、丘慧瑩（彰師大）、翁聖峰（國北教）、陳葆文（國北教）、林明昌（佛光）、胡正之（輔仁）、王俊彥（文化）、李幸玲（臺師大）、胡衍南（臺師大）、江淑君（臺師大）、許華峰（臺師大）、曾守正（政大）、黃錦樹（暨南）、林淑貞（中興）、鄭卜五（高師大）、高大威（暨南）、李嘉瑜（國北教）、陳明柔（靜宜）、陶玉璞（暨南）、辜琮瑜（法鼓學院）、林素玟（華梵）、黃文成（靜宜）……，名單還在增加中！

民國105年1月的系友大會上，有理事提議編本文集做為六十周年系慶活動之一，系友會黃興隆理事長隨即聯絡張月桃系友，資助出版經費玉成此事；至於煩瑣的編務細節，則由黃文倩老師一肩挑起，文倩老師擘畫周詳且劍及履及，決定文集以《山海佇望》為名，或採訪、或邀稿、或轉引、或圖繪，由細節鈎勒傳統；並佐以微電影「那些淡江中文系教我們的事」，藉十二星座的新世代的學生暢言大學生活，也可用來當成招生宣傳影片。

文集、微電影只是開始，衷心希望未來的編採課，能把系友列入優先採訪的對象，讓我們聽聽，這些曾佇望山海的系友，說說那些淡江中文系曾教會他們的事。

殷善培

2016年9月18日

淡水

系友會理事長序——永遠的志工

我愛淡江，更愛淡江中文系。在崔成宗老師擔任系主任的時代，一次系友會召開大會的時候，他站在報到簽名台旁，滿臉笑容，向每一位簽到的系友說：「我是崔成宗，是中文系永遠的志工。」

崔成宗，何許人也？當時我不認識。打聽之下，得知是當時的系主任，更確定他不是淡江中文系的系友，他都願意當「中文系永遠的志工」了，那我們畢業於淡江中文系的系友，態度怎麼能消極呢！

系友會改選會長，在倪台瑛學姐的舉薦下，我接下了會長的重責大任。當時的系友會是校友總會下的一個系的系友會，不像現在的系友會是向內政部登記立案的「社團法人淡江大學中文系系友會」，是個全國性「獨立」的社團。那一任的會長，做得比較特別的事，就是民國98年2至3月在文錙藝術中心舉辦了「中文系師生暨系友藝文展」，在當年校友返校日「春之饗宴」風光一時。

系友會有其歷史，但一直都侷限在台北、淡水，成員單純，多為公教人員，平心而論，中規中矩。但中文系是淡江第二個成立的系，系友眾多，且分布很廣，儘管過去系友多為從事教職，但還是有從事工商企業界的，而且不乏事業有成的，心想，如果能找出企業家的系友，讓他們以經營企業的理念來經營系友會，相信咱們的系友會必能改變體質。

去年，我接任了「改制」後系友會的第三任理事長，我說服了四位不同屆，各自在自身的崗位上有不錯表現，又散佈在「外地」的系友，加入理監事的行列，讓系友會的體質有了些許的變化。

在我的構想中，系友會縱向面盡量包括各屆，橫向面盡量分散在各縣市、甚至海外，同時也能兼顧各個行業，這些成員都是具代表性的「種子」。為能符合內政部的規定，順利召開理監事會、會員大會，表面上的系友會會員不必太多，但「隱性」會員都在理監事的背後，透過各種管道，將系上、系友會的資訊，傳達給每一位系友。

為求系友會的永續發展，寄望在校的學弟妹們，尤其是大四的班代表及曾當過系學會會長的，畢業時主動加入系友會，讓系友會年年加入新血。

在系友會組織健全後，我們要增加我們的能見度。事實上，我們有很多傑出的系友，只是沒與系、系友會連結而已。這點就需要大家共同努力，得知系友有傑出表現，立即通報系裡，或系友會，再設法透過媒體，以廣為宣傳。

如果能達到此一階段，相信可以讓在學的學弟妹，增加無比的信心。但我們也要誠摯的期望學弟妹們，好好的充實自己，今日你以傑出的學長姐為榮，他日也有學弟妹會以你為榮。

在淡江中文系創系六十週年的時候，我們決定出版專刊，目的在為歷史留下一些記錄，淡江中文系將繼續昂首闊步，邁向更璀璨的未來！

2016年9月15日

目次

第二輯　系友的回聲

◎本書順序依撰稿者／訪問者之姓氏筆劃排列

第一輯

未盡的追憶

詩二首

1

丁威仁

之一：已不再
——致我們混過的淡水小鎮

已不再拿著酒壺倒出冷卻的青春
已不再穿著藍衫裹住慌亂的那一根
已不再仰頭四十五度假裝文青
覺得別人都蠢，已不再
於長堤邊孤獨寫詩
卻不時張望潘金蓮的
葡萄架，覺得
人生好悶

已不再拿著藍色的說文解字
假裝自己的筆跡長得端正
已不再指著招牌拼音
讓聲韻變成死當的
墳，已不再穿著長袍吟唱李白
與杜甫的夢醒時分
已不再從幾百階的上坡氣喘
吁吁，擔憂半夜的姊姊
從步道的第二支宮燈
與我們相認

已不再記得一起哭笑的
淡江側門，已不再於凌晨
起身，只為了一碗加辣的阿給
與熱湯裡的魚丸
一起翻滾，已不再沿路
大哭，因為把妹失敗
卻被兄弟
損

我們混過的小鎮
已有一堆飄洋過海的強國人
總是在轉角的麵店
詢問，哪邊盛產周杰倫
前方的夕陽比雞蛋
還生，渡輪上的
捲舌音讓我

覺得好睏

我們混過的小鎮
愛也紛紛，恨也紛紛
被拋棄的總拿把吉他悲情的很
還有的追不到背影
卻每晚假裝爛醉
學貓兒喚春

我們混過的小鎮
革命的盟誓，早就作不得準
長大後，開了一扇門
立刻就與鑰匙錯身
剛關上一扇窗
卻已經累得
發昏

我從四十一歲的淡水出走
以觀光客的眼神
於渡輪望向觀音山的
人潮滾滾，想起那年的孔雀蛤
與墮落街吵嚷的麻將聲
追不到的女生
早已變成別人家的
光明燈

我從十九歲的淡水醒來
夢裡的景色
庭院深深，陽光像是
流氓，恨透了暴雨
也讓我想起那年
蹺課的
冷

之二：天光的帽簷
——寫給恩師王文進教授

十九歲總是孤寂
孑然的日常少了一個

指南的羅盤
我只是一片苦行的
落葉

而您卻拉起我的手
於初春賞梅
把涼意披在微汗的肩膀
叩響觀音山的
回聲

您說這就是美學
風聲裡傳來虔敬的誦課聲
像是蟬鳴，我終於
理解只有登高
才能從自卑的仰角
抓住天光

我二十歲的淡水
您把魏晉六朝種成
我的心跳，預言我中年的
尺規，我看見
觀音山雙手
合十

而您的帽簷有光
與一條寬闊的
河

後記：王文進教授除了是我就讀淡江大學中文系的啟蒙恩師之外，我更視其為父，我能從一個提早老化的淡水少年，感受到生命與青春的躍動與自在，都是緣於大二時修了老師的中國文學史開始，之後就一直跟著老師做學問，師恩難報，唯有以詩代言，並記錄淡江時期的老師授課的風華。

淡水情懷——七〇年代淡江行

2

王文進

一

有時候也會對自己那種癡迷於淡水的情懷羞赧起來。都已經是遍嘗過風霜的中年了，可是只要稍一陷入七〇年代那段淡江歲月的回憶，據領教過的朋友揶揄道：我敘事時的語調往往亢奮得幾近著魔。其用詞之黏膩，表情之稚嫩，實在和一個寫過博士論文而現在又正在大學教書的人該有的分寸不搭調。

其實我也一直對這項易於失控的激情感到困惑。歲月中有那麼多可貴的經驗，為什麼對這一段特別難分難捨？淡江大學畢業之後，我分別在師大、台大取得碩士、博士學位，也深獲更多良師益友的攜愛照拂，但是對淡水的回憶永遠是最冷卻不了的熊熊烈火。顯然那個時代的種種因緣際會一定在我體內化合成燃燒不盡的能源，隨時會噴出她捲噬自身的火焰……。

二

所謂時代的因緣際會指的是：一城雄山秀水的文化古鎮與一座大學飽滿心靈適時的相遇。七〇年代的淡水幾乎在每一個街道巷落都還可以驀然回首，看到觀音山與大屯山如款擺著綠的島般浮現在四周，將淡水圍繞成寧靜而又蓄積著生機的港灣。七〇年代淡江大學的校園並非堅守在五虎崗偏隅一方，而是以整個淡水鎮的靈氣來滋潤她的學生。每當好天氣的黃昏，一定會有學生佇立在創辦人驚聲銅像邊極目天涯，遠眺淡水最有名的夕陽光輝。每天清晨，不論風雨，一定會有學生兵分三路開始晨跑，把整個淡水鎮上山下海地先巡狩一周。一條是漁港邊的堤岸，據說是美國一電影公司為了拍「聖保羅砲艇」出資興築而成的。我們可以和淡水河上的漁船並肩齊步，帶著出航的心情。一條是學校側門外的水源路，沿途都是農舍和山嵐。「水源地」是大家一定會藉故停下來小歇、手掬清泉的中途站。淡水鎮水質人稱甘美，可直追埔里，就是由此岩澗湧出。再往前跑就是綿延不盡的山脈了。有時候小型的晨跑禁不起撩撥，就會變質成遠征七星、大屯的壯舉。因此大家就把一個上午可以跑步來回的範圍劃入我們所謂的「後山」。第三條則是踩著平坦的柏油路，直通沙崙海灘，運氣好時候還可以撿些貝殼回來在上課時傳閱。這條跑道來回約三千公尺。那正是淡江學生號稱佔地方圓十里，校園千頃的盛世。

更耐人回味的是七〇年代的淡水本身和台北「中央文化」正好維持著城鄉之間最恰當均衡的關係。淡水學生可以用三十分鐘的專程直抵市區，逛遍重慶南路的書街，趕一場雲門舞集或是繞一圈西門町首輪電影，然後把台北的塵囂謝絕在外，抽身退回四周仍有蛙鳴的山鄉水國。那時指南客運剛剛新開闢關渡平原的直達路線，票價十元，有車掌小姐殷勤地遞送白色毛巾。道路筆直地由廣漠的稻田中間穿越出來，路面很低，車子急馳時，常常會將橙黃色的稻穗捲進窗內。三十分鐘的車程需要毛巾，大概是用心於此吧？淡江學生就是掌控了如此天然屏障，和台北「中央文化」若即若離地自成天府霸業矣！

三

第一次強烈地感受到自己和淡水鎮血氣相連的情誼是由於那位年輕的蔡憲崇醫生。大一下學期那年久咳不癒，偶然間走進清水街的一間醫院。猛一抬頭，只看到牆上嵌著一幅大理石壁畫，是一個偉岸的身軀追撲一個紅色球體的圖案。和一般醫院在顯眼處掛著「懸壺濟世」、「華佗再世」類的擺設是有些不同。正在猶豫揣測這家醫院時，一位穿著白色制服、年紀與自己相若的醫生得意地拍著我的肩膀，指著旁邊一行寫在紙上以木框護的註解——「莫負乾坤手，欲挽夕陽紅」。那場病後來是不是讓他醫好的，已經記不清楚。他的醫術如何，爾後也沒機會求證。原因是長期的晨跑使我一直沒機會再成為他的病人。更重要的原因可能是我認為若為了區區感冒找他，豈不辜負此乾坤高手？此又是我們之間的幸運。原來他那時只是實習醫生，醫院是他父親的。由他家裡的藏書量看來，似乎他哲學、文學的修養要遠勝過醫術。學生社團請他上山演講，最成功的一次題目是「火焰的人生是怎樣開始的？」絲毫沒有藥水的味道。倒是他醫院的小客廳時常準備著一些咖啡、好酒，使得一群自認為有點乾坤氣度的學生多了一個聚會的地方。大四以後為了準備考研究所，逐漸少去找他。但是那幅追撲夕陽的壁畫卻反過來追撲著我，使我二十幾年來，從不敢怠惰下腳步來。

釣魚台事件在台北如火如荼的展開時，五虎崗上正是花落如血的季節。淡水的溫度較冷。花，總是比台北開得遲，謝得當然也慢。那時幾位社團負責人，正在商議如何舉辦遊行示威，一位英文系高年級叫桂健的學生卻早已把頭髮剃光，戴著一頂斗笠，背著一副釣竿一夫當關地在校園中抖擻起來。沒有口號，沒有標語，也不綁白布條。教官一時也楞住，無從「勸導」。就那麼巧，天空突然飄起雨來，桂健反過來把斗笠揭開，雨滴不斷打在他鐵青色的光頭上，流過肩頭，濕透上衣。有些學生看懂了，衝出教室，奮力鼓掌，一時雨聲、掌聲傾盆而下。釣魚台呀！釣魚竿！也只有在這靈山秀水裡讀文學的他才會悟出這種怪招。當然也有些學生不是那麼慧黠的，做起事來只知道硬碰硬。有一年學校突然准許學生舉辦聖誕舞會，一位歷史系的周家安凜於民族大義，偏偏要去勸阻。理由是「國難當前，何以樂為」，以及聖誕舞會又是西方文明的遺毒云云。他召集了幾位同志在活動中心門口把關發傳單。結果和一些急欲進場、體格魁梧的學生起衝突打了起來。我一直惦記著他倔強又削瘦的身影，相信他當時一定重重挨了一拳。但是我知道他現在贏了，所不同的是已經把狂熱的民族主義轉成務實的鄉土主義，回到心愛的宜蘭平原去編台灣第一部規模最大的縣史。

說起「民族大義」，淡江的學生倒真是做了一件促使政府「收復國土」

的大業，那就是「紅毛城」。當許多人只知在紅毛城憑弔古蹟的時候，李雙澤已經注意到紅毛城所有權的歸屬問題。李利國由淡江歷史系畢業後，更把這項問題利用他工作的《仙人掌雜誌》渲染開來。一時討伐之聲四起，政府得到民氣的支援，終於在七〇年代結束的1980年，順利將那三千七百坪的國土收回來。不知道《淡水鎮志》將來編寫時，是否可以帶上一筆？淡江建校，居民曾經捐地，而後學生有所圖報，實也平添一段佳話。

五

李雙澤的登場，使得淡水校園由黑白默片剎那之間進入彩色立體音響時期。在他之前儘管有學術演講、有抗議遊行，但是總嫌缺乏那臨門的一腳。他總是在大家辯得面紅耳赤的時候，笑嘻嘻的用他厚重的手掌抱起吉他，唱一些讓雙方都覺得自己是贏家的歌詞。他畫畫、他寫小說、他唱歌，最重要的是他思考。今天重新聆聽他的〈美麗島〉與〈少年中國〉不禁要為他的先見拍案。九〇年代喧騰不歇的「台灣結」與「中國結」，雙澤在將近二十年前就用他的歌詞嘗試去紓解。他要我們擁抱台灣，他期望對岸古老中國少年化。相較於他對這項問題的早熟，向為眾人津津樂道的推展民歌運動一事，實在只是順理成章的發展而已。那時有一位建築系的徐力中拉著一手上好的小提琴。碰到雙澤後，甘心以樂器中的貴族屈身為雙澤的吉他伴奏。有一天深夜我們在淡水學生視為菁英聚集處的「動物園」中通宵暢飲。那是坐落在後山相思林中的一棟四合院。正面可以看到淡水河的漁火閃爍，左側則是高高攀起的大屯山脈。那時候電影院正在放映〈屋頂上的提琴手〉。力中一向很少在我們面前扮演主角的。那夜他拗不過大家的起鬨，像電影上那位身手矯捷的提琴手一般扭著腰拉了一段精彩的主題曲。雙澤更妙，搖身一變，用他的九十公斤壯碩的身軀「碰、碰、碰」扮演起那位載歌載舞的父親。皎潔的下弦月從大屯山的背景後浮現上來，大家彷彿被營火催迫似地狂舞起來。我那時才知道雙澤不但是位最佳主角，他隨時可以為了大局改演最佳配角。

他從不搶戲份。他默默的做了許多人不知道而又有意義的事。他的英年早逝絕對是淡江難以彌補的損失。有些人才是可以用耐心去緩慢培養的。唯獨雙澤，是上帝的賞賜，來時飄然，去時愴然，下次要再出現這樣的人才，不知是何年何世？

六

如果說李雙澤的傳奇是劍俠，那麼化學系那位張柏年就是義士。張柏年轉進淡江時已經讀過輔仁。化學系讀了一年又不安於室，考取了台大外文系的插班考。他不知道該何去何從，跑去問當時學生心目中的偶像——李子弋教授。李子弋教授總是帶著一些五四時期的風采，勸張柏年科學救國。柏年一條直腸子通到底，也下海共襄起救國事業來。淡江大學化學系的魔鬼訓練是出了名的，每年近百分之百的研究所錄取率，靠的就是毫不留情的淘汰，柏年讀起來始終不得志，又一時技癢，想藉英文系的英語演講比賽紓解心中鬱悶。柏年的英文的確很好，但發音實在令人不敢恭維。比賽進行第一階段時，一再引起哄堂大笑。但就在第二階段之後，峰迴路轉，爆出了冷門，讓英文系師生啼笑皆非地將冠軍拱手讓出。原來第二階段是由外藉教授即席問答。當時一位外籍教授問起一個中國人應如何看待自己文化的問題時，柏年將李約瑟的《中國之科學文明》一書整套提綱挈領說了一大堆。當時台灣還沒有完整的譯本，柏年整年在圖書館就是讀這些原文書。外籍教授睜大眼睛——「恭聆教誨」之後，立即朱砂筆一揮，拔為狀元。無奈這些殊榮並無法挽救柏年；在他學系上蛟龍困淺灘的命運。終於還是因為一科三修而面臨退學的窘境。這下子驚動了那位曾對他曉以大義挽留他的李子弋教授，奔走要求召開教務會議。最後柏年總算利用暑修逃過一劫。難得的是他從無一句懊惱之言。前些年他從美國回來，居然還念了一個化學碩士，甚至說準備再去攻一個博士回來。記憶中他很少笑容，也從不說一句自怨自艾的贅語，包括他處身退學大劫之際，仍然像玻璃試管一般冷靜。我似乎在他身上領悟到人在受苦時應有的風範與尊嚴。我更好奇的是：他的沉著究竟是在實驗室裡磨練出來，還是向大屯山的肅穆學習來的？

七

「行俠仗義」似乎是那個時代的傳染病。在各項活動中，因為牽涉政治被禁止，群起抗爭者有之。因為理念不合，學生自己內鬨者有之。但是從未聽說爭取「權益」之類的字眼。仁義而已矣，何必曰利？大家學起來，倒也有幾分架式。就連正正當當賺來的錢，也沒有人敢去沾碰一下。有一次中文系的張爾廉，不但爭取到學生自行演講的機會，還被准許可以收門票。海報貼滿整個校園。票價定成七塊錢，故意和當時淡水三家電影院的票價一樣，意思是要和瑪麗蓮夢露的《大江東去》一比高下。並且保證聽了不滿意可以退票，駁倒主講者可以退票。這種挑釁的口吻，惹惱了理、工、商諸學院的武林高手，紛紛揚言要踢盤子。訓導處教官也覺得不妥，四個人著了便裝而來，仍然很民主地購票入場。系裡的王仁鈞，李元貞教授雖以呵護晚輩的身分前來，堅持不接受免費招待。沒想到張爾廉一開講，文不加點，字不換氣。一瀉千里地講了整整一個鐘點。九十多個在會文館中的聽眾鴉雀無聲，根本忘了駁倒主講者可以退票的一回事。那次的講題是：「人生價值的鐘擺」，內容實在沒什麼新奇，但是張爾廉的本事，就是任何題目到他手中，都會像魔術般變得懾人心魄。他最大的本事是隨時即席演說，從不攜帶紙條，且用字鏗鏘遒勁，中間絕無「這個、那個」之類的停頓語詞。一口京片子像銳利的刀鋒一樣，逼人莫敢仰視。

那晚結算後，主辦單位「文社」，淨賺了六百多元，卻又像燙手山芋般捐給專門服務老人孤兒的「慈幼社」，以維自身清譽。

八

也不知道當時自己怎麼會有如此多的功夫去結交這些江湖好漢。甚至還有更多精采絕倫的人物一時都不及著筆，像王津平就是重量級的一位，但是淡江無法傾全力保護他，實乃淡江七○年代白壁之微瑕耳！可惜這篇文章是以學生群為主調，而他當時已躋身教授級，所以這裡調不過筆端細細來談他。還有現任教於台大外文系的吳潛誠。有一次聽他在瀛苑草坪上朗誦濟慈的〈夜鶯頌〉，說明詩人有什麼理由可以如此單刀直入，毫不遮攔直呼「MY HEART ACHES」，一時四周花鳥俱寂，大家皆摒息以待，等他作出我心絞痛的動作。可見他當時在五虎崗詩壇的聲望。而那時的他，也已是英文系的助教。由這些交遊圖來看，顯然我當時也是不怎麼安於室。我真正痛下功夫大概是在沙崙海邊那段時間吧！其實那時我已經就讀師大研究所，卻怎麼也離不開淡水。住在鎮上，又結了太多塵緣，難以專心。就乾脆在淡水的盡頭處找到一間農舍。四周是稻田，一直延伸過去是座燈塔。碰上風雨交加的夜晚，燈塔的光一閃一閃地撲窗而來，有時整個房間竟像船一樣晃動起來。那種像旅人一般飄泊的心情，滲雜著稻田泥土的落實，最適合埋首文章。除了偶爾有幾位知心的人叩門相訪外，我可以一邊淡淡地懸念友人，一邊拚命讀書。終於，我挑了一個初春的日子動筆，那天正是旁鄰農人插秧的節氣。秧苗轉綠了，論文也舒展開了。而後論文積稿的厚度就一直和稻禾的高度比賽。六月入夏，農人方欲啟動穀機收割，我的論文則應聲裝訂妥當。

背起行囊返鄉服役時，我遵守埋在心裡已久的約盟——用北淡線的火車離開淡水。我要選一個右邊靠窗的位置，一路凝視著和淡水相牽連的觀音山。然後在火車進入關渡隧道之前，把所有剪不斷、理還亂的回憶纖塵不染地封存起來。

這是生命最得意的事。我必須毫不羞赧地說：淡水的七〇年代就是用那種大山大水撐架起來的舞台，讓許多人物任意地去組合自己的戲碼與靈感，包括把寫論文這麼痛苦的行業都要逆轉得像寫詩般的甜美。

靈魂的寶藏

3

王幼華

1976年7月，我考上淡江大學法國語文學系，後來因為不適應大學生活，唸得不好，所以第二年便轉入中文系了。我迄今很感謝中文系，願意接納我這個騷動不安，瀕臨退學的年輕人。中文系寬鬆而自由的風氣，反而讓我有很多餘裕，思考自己的定位，從而發現我竟是一個適合研究學問的人。彼時淡江風氣十分自由，我非常幸運遇到不同意識形態的師長，有台獨，左傾，國粹派，統派以及婦女運動等等，給了我許多思辨的機會。由於個性的叛逆與不馴，讓我在學習和準備期間有了許多碰撞和火花，然而勇於出擊和不甘平凡的意志，仍驅使我不斷奮進。1980年我以129個學分多出1個學分，勉強畢業了，懷著複雜與遺憾的心情離開淡水。1988年中文系成立碩班，我曾來報考，學科成績還好，但口試只有五十分，因此落榜。2002年我來參加博士班的考試，以第二名錄取，但因同時考上中興大學博士班，便選擇了中興大學就讀，沒有機會再向系上的老師學習。回想起來，淡江的歷程仍是一個值得懷念的豐盛饗宴。

從小開始我就不是個專心學習的學生，功課欠佳，性格粗魯。每天想到要上學便覺得難過，有時裝病成功，待在家裡又覺得萬分無聊。數學這科是我的致命傷，為這科成績欠佳而挨打，那可算是家常便飯；常常手掌被打得紅腫青黑，吃飯時拿筷子都很困難。唸國中時英文、數學都不好，不知用功，整天胡思亂想，渾渾噩噩的渡日子。不過人在低微處，更可以看清某些事情的真面目，也算是一大收穫。

升上高中後，程度愈來愈差，精

力旺盛的我轉而把心思放在各種活動上。登大山、跳舞、練拳、攝影、戀愛、說謊、搞群眾運動。上課時，滿腦子狂想，不能安心於功課，每天在課本上畫圖、編織美夢，總想著熬過八節課後去幹些有趣的事。基本上是個街頭少年的我，帶著激昂的、血氣的味道，混亂的生活著。

偶爾，清醒過來，便會想想我是誰，明天將要去到哪裡。

帶著叛逆、頑劣色彩的我，沒什麼正派的、循規蹈矩的人認為這個傢伙會有什麼前途。

在頹廢的、激情的青春裡，在晦暗的、矇矓的世界裡，我似乎聽到一種呼喚，說不清那呼喚是什麼。

縱使前途看起來是那麼渾濁、昏暗，我仍感覺到有股力量在鼓動，有種光明、有種美好在前面等待。

後來——我竟然成為一位老師。許多青春期的友伴感到萬分驚訝。我畢竟不是位循規蹈矩的人。就算教學效果好，也不願去擔任升學班的課程。一向是劣等生的身份，很知道那些學生想什麼、要什麼，也知道被輕視、忽略的傷害有多大。因為曾把上課當做痛苦不堪的事，上課時會想出很多辦法讓它變得輕鬆自在，變得豐富有趣，讓學生欲罷不能。我談理想、談希望，向他們訴說自己的夢。雖然夢想十之八九落空，但學生都很諒解。五、六年前才有些老師和學生知道這人在寫小說。在此之前，有些學生在書店或地攤看到某本書上竟然印了王幼華的名字，在課堂嘲笑我一番，說：「這種名字世界上竟還有第二個。」

有班同學覺得我長得神似電視明星鄭進一，我講給另一班同學聽，有位同學當場翻臉，認為我不該高攀那位才子。後來，比較多人知道這位國文老師會寫小說。有人問，我不承認也不否認。一位學生讀了作品，說：那真的是你寫的嗎？為什麼和你的人差那麼多。我寫過太多可怕、鋒利的東西。另一位說：你為什麼不寫你上課說的那些笑話，你比那些耍嘴皮作家講的笑話好得多了。你——比較好笑。是啊！我把文學弄得太嚴肅了，不是嗎？

我喜歡美麗的東西，對齷齪不平的事總有股莫名其妙的激憤。改變不了大環境，也嘗試把自己附近弄乾淨。我喜歡有一種寶藏在等待、去探索、去挖掘的感覺。喜歡為理想而奮鬥而掙扎，喜歡追尋難以實現的夢。在現實裡我幾乎沒有成功過，但是仍然努力的鍛鍊身體，磨利工具，設計探索的路程。只要時機到來，隨時便可以出發。

雖然曾是浪蕩街頭的問題學生，但一直對進入大學有著憧憬。民國63年到65年，考了三次，總算考進淡江大學。青春期的同伴們都為我的堅持感到驚訝。一個言行如此頑劣的人，竟然可以在心中藏有這樣的火焰。

大學踉踉蹌蹌的唸完後，我又開始了研究所的考試。由民國69年起到民國87年，碩士班考過師大、台大、淡江、清大、逢甲，都沒上榜。印象最深的是淡江中研所第一次招生時，我的學科不差，但口試只有五十分，因此落榜。亡友林燿德第二年去考，也因為口試五十分落榜。唉！口試還真厲害，參加碩士班考試的原因在於自覺書唸得不錯，許多看法「與眾不同」，許多大學教授其實平庸得很，我為什麼不行？我要是去唸，保證比他們強得多！不過這大概是「一家之見」，別人不見得會同意。

民國85、86、87三個年度，我以同等學歷的資格，參加博士班考試，清大考了三次，政大考了一次。其中清大博士班台灣文學組的考試，令我受創最重。85年的考試，沒有其他同學的成績，只收到個人的成績和未錄取通知。86年則全部十五位考生的成績都列出來，我的筆試成績遙遙領先第二名，繳交論文的成績排中下，但總成績是十五人中的第二名。在參加口試後，我接到的又是未錄取。口試太厲害了，口試實在太厲害了。87年我想改組考號稱最強的「中國文學組」吧，結果我懷疑考題有放水之嫌，提早交卷。仍在三十名考生中排第二名，不過教授們審我的論文，在三十二人中排第三十二名，平均下來，我便沒有機會去和口試委員見面了。

每天春天，我都會讀讀書，參加考試，由青年考到中年，考了十八年。學問真的也還紮實得不得了，再笨的人也多少塞了些東西到腦袋裡了。87年，我想反正唸了些書，浪費一些報名費以及兩個禮拜的讀書時間，便去報考中興大學中文系的「在職碩士專班」，而竟然考上了，於是便興高采烈的去唸了。大約沒有什麼人會以為這種「賜同碩士」出身的人，搞的出什麼學術吧。

再說說參加小說得獎的比賽吧。《聯合報》短篇小說獎，至少參加過六次。《中國時報》小說獎、推薦獎，算不清參加過多少次，直到兩年前還投過作品。到目前為止，一次也沒有得過獎。最慘烈的還是《自立晚報》辦的「百萬小說徵文」，它總共辦了四屆，我參加三屆。參加那個比賽的目的，當然是想暴得大名，贏得萬人敬仰，一下弄到一百萬，便可以名正言順的脫離「誤人子弟」的行列，做位專業作家。我的三部長篇《兩鎮演談》、《廣澤地》、《土地與靈魂》都進入決選，前三屆首獎「從缺」，第四屆那一百萬為《失聲畫眉》奪去。唉！言之傷心。我只能乖乖的繼續待在教育界。

我被「百萬小說」折騰了五、六年，最後還是一場空。黃凡，那位聰明的文友很正經的勸告過我：「別去搞那個，只有你這個笨人才連寫三屆，你不會得的。」我以為自己比他這都市出身的人聰明，只要苦幹實幹的努力就好，結果事實證明，我還是個笨傢伙。不過很幸運的《土地與靈魂》出版後，在我完全不知情的狀況下，被推薦獲得81年度的「中山文藝獎」，得到了獎金三十萬。

我沒有停止過追求自己幻設過的寶藏。如你所知，我幾乎沒有成功過。

《帶著藏寶圖出走》，是寫來參加《皇冠》雜誌百萬小說獎的作品。聽說第一關就被刷掉了。這麼長的作品，沒什麼報刊願意登。除非夠大牌，除非關係確實夠好。於是「它」就被放了一年多。後來路寒袖兄在《台灣日報》連載了它，並且協助我出版。我的感激是難以言述的。

寫作自然是艱苦的，寫十幾萬字的小說，至少也要七、八個月。這期間身心的煎熬，只有「做」過的人才知道。寫出來被人胡亂批評，或無處發表，或帶惡意的「去除」，確實令人傷心。在許多次的徵獎活動中，亡友林燿德也曾說過我被「去除」的「神奇故事」。

我了解尋找夢想的痛苦，了解執著者在現實的扞格，了解理想主義者的敵人總是卑污的行徑，我編寫了尋寶老人侯金磚、漫畫家陳鐵人、可憐孩子侯弟的故事，在他們追尋的過程裡，我感到快樂、辛酸和無限的淒涼感。

我還在追尋著自己的夢，依著自己規劃的路徑向前探索。

如夢

4

吳麗雯

挑一個有陽光、有風的日子，沿著北海岸御風馳騁，一直是心中不願醒來的夢。大學聯考那一年，因為漏填了志願，放榜之後，知道自己考上位於濱海小鎮上的學校，心緒是有一些茫然而意外的。在新竹讀書的帆打電話來，有點責備的敘說著，他一直以為我應該會考上另一所學校，所以已經請託在那所學校讀書的表姊好好照顧我，可是……。後來，可能察覺到我的無措，他轉口說：其實也不錯啦，至少將去的地方挺適合你的，有山有水，風景秀美，沿著附近的海岸線，還有看不厭的海景……，你會喜歡的。

長久以來，在朋友眼中的我，一直是個需要小心呵護的人。對於生活，我的單純幾乎與無能同義，除去上學、回家，我唯一熟悉的事是到屋後的山邊眺望遠方的海。從沒單獨出過遠門，連上一趟街，也要他們接送，要不我可能就會被遺落在鬧區的某一個角落，找不到回家的路。這次考上了一所從沒去過也沒有人可以照應的學校，我的慌亂是可以想像的，而向來知我且縱容我的友人，更是憂心不已。開學前，帆陪著我搭上往小鎮的臺汽客運，沿著北海岸一路晃盪，古舊的普通車上，海風放恣的襲擊著，髮絲隨之狂縱的飛捲；遠處湛藍的海和岸邊激白的浪，交織成絕美的畫面；耳邊只聽得風聲啪啪的響，心中卻漲滿一種混含著新鮮、不安、躍躍欲動的情緒，覺得自己的生命將會走到一個轉折，就在這一條路的峰迴百轉中。然後，我在小鎮一待就是十年。畢業、工作、讀研究所，十年的黃金歲月，由青澀到成熟，一路跌跌撞撞，昔時遇事慌亂無措的小丫頭早已走入歷史的箱篋，只留昔時的點點歡喜悲愁，織就一張綿密的網，緊緊纏住年輕生命裡的斷續思維，鋪敘成如夢的記憶。

將時序迴轉到這段記憶的最初，看著自己興奮的踏著一級一級的階梯，走入一個全然陌生的國度，對於未來充滿著期待和些許茫然。還記得走完了長長的樓梯，上到頂端之後，望向遠處的山和山邊的河，帆說：屬於你的大學生活就從這兒開始了，好好享受吧！然後，他陪著我在校園裡走了一回，再送我到朋友先前幫忙租好的宿舍，等到一切都打理好之後，他們才搭車回去。那個夜裡，一個人在房間裡，想著自己將要在這個沒有一個熟悉的朋友的地方生活，心裡竟透著點悲涼，有一種人在異鄉孤寂的況味。

誰知這一待就是十年。這十年裡，我知道了長長的階梯是克難坡，對面的山有一個莊嚴的名字：「觀音」，依傍在她腳旁的是淡水河，河岸上可賞的夕照最是絕美；感受著五虎崗上四季更迭的溫煦和冷冽，曉得那一叢的杜鵑會春意先上枝頭，那一株櫻花會最早妝點粉嫩的燦爛，還有那一段路上的秋會有絲絲縷縷的桂花淡香；體驗到社團活動裡全然投入無怨悔的熱情，課堂中師友問學的執著與堅持，領教了某些「混之有道」的生存哲學，還有關於愛情的甜蜜與辛酸……。

生活中的人、事、物從全然無涉到熟稔、相親，心情從閉鎖到開朗，這樣的一段路頗漫遠，可喜的是總有人願意傾心相陪，教人不致太過無依。給昔日友人的信件，由滿紙的無助、惶惑，慢慢的有了新鮮心情的分享，進而有熱切的邀約，這樣的轉變終教擔心的友人放下了心，而我則欣喜於生命竟可以有如此多元豐富的樣貌。與師友間一場場不眠的燈下夜談，關於文學、生命的探索與觸動，逐漸架構起屬於自己的生命哲學；學會、社團的擔負與訓練，一次次活動的設計與執行，教人學得了獨當一面的沉穩和與人相待的懇切；而讓人堅強的終還是那不得不放下的沒有結局的愛情呵！誤解、相愛、了解、分開，每一回自以為全心的付出，總在愛情遠離之後變得突兀和不堪，這才終於學會了釋然以及珍愛自己！這樣的十年歲月，心情喜時、悲時，會放縱自己的行跡於山間水湄，而最喜歡的仍是專程搭一趟北海岸的臺汽客運，任海風狂烈的吹掠，重覆溫習著那原初的心情。然而這樣小小的一種情愫，竟隨著臺汽全面改駛冷氣車後，變得邈遠不可尋追。而其實追尋不著的又豈只如此，年輕稚幼、單純無慮的心，可隨意探訪的小鎮古樸的街弄，隨處可坐臥幽靜的校園……，過去的一切，是怎樣也無法再回頭了。

歲月的流逝，換取的是歷練後的成長，各事各物的變遷，或許也是一種時序推移的必然吧。而教人堪慰的是在小鎮的這段日子，風雨陰晴，相遇相惜的人與事與物，連綴成生命中一段洵美的記憶。雖然昔時那個連出門買便當都會侷促不安的小女孩，今日已然可以一個人背起行囊出國旅行，但自己知道心中想停駐的地方，想看的風景，還是記掛在情感寄託所在的那一方小小天地裡。欣幸自己可以擁有這一段供來年他日細細回望的年輕歲月，往事若真如夢，我有的便是一場悲喜均美的夢。儘管時序遞嬗，歲月終將催人老去，但是想要挑一個有陽光、有風的日子，再沿著北海岸御風馳騁一番，仍將會是心中想望，不肯停歇的夢。

後記：這是碩士班時寫的舊文了，曾發表在時報；後來，我又繼續就讀博士班，加上前後三年的助教工作，我在淡水待了不只二十年。二十年中，總是在搬家的我，逐水草而居般的，從學校旁到後山，從山間到水湄，幾乎足跡踏遍；在我心中，淡水就是第二個故鄉了。所以，我總是說：回淡水。博班畢業後離開淡水已匆匆七年，再回去長住的機會愈發渺茫，每次想起在淡水的生活，和中文系師友們「煮酒論學」（這大概是專屬於中文人的豪氣吧！）以及共同經歷過的一切，彷若昨日；即使人生終究如夢，謝謝曾經陪我一起逐夢、築夢的人，因為你們，讓我的生命得以如許豐盈，並且多了些動人的姿態。

追嚮少年安那其

5

李桂芳

回到更早以前，我對大學時代的淡江記憶影像，竟不知所由地與陳映真在〈我的弟弟康雄〉裡的這一段描寫有關「他們都留著長髮，漲紅著他們因營養不良而屍白屍白的眼圈，講著他們各自不同的奇怪但有趣的話，或者怯怯地沈默著，半天不發一語。」這是小說中那位全身充滿豐饒疲倦的少婦，對她年輕而早夭的弟弟與戀人畫家所作的記憶素描。剛開始，我並未深究如此的直覺是怎樣聯繫起我對淡江生活的懷想，而記憶影像與小說情節的交疊錯生，又可能洩露出什麼樣的真實？我也說不出個理由。唯一確定的是小說中那位年輕的虛無者，幾乎已經成為我對大學時期所有記憶聚焦的原點。後來，進了研究所，不再因為接近了一片飄葉的邊緣，而隨時隨地渴慕留下造亂的指痕。所以，認真地以為自己好似和虛無悄悄聲地道了再見。

直到開始準備論文的秋天，和施淑老師談完大綱的午后，秋日的斜陽，透映在研究室的百葉窗片上，好像無數張著繁盛葉芽的眼睛，開始閃爍逐層跳動的光點，它們彷彿隨時都在記錄一種幼嫩的心情和將老的記憶，以一種伸張的姿態，只為了捕捉分分秒秒之下彼此萌芽的動作。當時，尚不清楚自己將要踏上的書寫旅程，會在怎樣細緻與騷動的對話之間，從分裂歷史的罅隙微光之中指向詩的自由。走出研究室的我，還恍恍地走在飽含幸福意味的秋陽底下，卻乍然地回味起老師方才帶有寬容的笑意對我說「就別再無政府主義下去了！」剎時，我才頓時捕捉到屬於淡江的這一段安那其(Anarchist)的歲月。

如果，以少年安那其作為我追嚮淡江歲月的起點，那麼，沿途我幾乎要喊出每一位藏匿在漠漠人群之中的奇異靈魂。他們始終保有的姿態，來自遙遠的目光撫觸之後，便會進入軀體內部飽蓄良久的熱量。儘管他們只願說出一些很輕的句子，繼續閒晃在漫無規章的文法裡；或者，決心與世俗世界背道而馳地植入爆裂的生長，以便反叛歲月逐漸拉長之後的灰色眼睛，並由於剝開人群陳舊的皮膚，而拒絕偽裝世故的表情。某一種淡江的氣質，在他們身上特別彰顯出一種來自荒漠，卻又飽含著奇異熱情的目光，使他們這一群穿過山崗黃昏的少年，甚至在還來不及辨識時間的命題時，已經多麼無畏地投入所有一切熱望青春的儀式。

　　這一股特殊的氣質，一直反映在具有獨立創造的思考力上。你可能不經意的遇見那個漫步在宮燈道上冥思的詩人，他幾乎願意與一片葉子說話的靜默，讓你不由得驚奇一種內在生命的純粹；或者，我們經常是半夜拖著涼鞋，走過昏亂水源街的一群人，當殘餘的飢餓，繼續流徙在美味四溢的攤位上，暗處埋伏的小說家可能已經偷偷翻拍了今晚垂涎的津液，在紛紛擾擾的市聲中，打造他創作的閣樓；也許，我們更愛佔據煙氣瀰漫的咖啡館，大聲地辯論九〇年代最後的革命方向，而你可以瞥見旁邊那一桌的孤獨身影，則是將自己沈溺在煙霧思維的哲學家，他正在為下一個世紀的心靈美學，構思未完成的備忘錄；還有還有，面對夕陽告別地平線的那一刻，我們一起聽見屬於淡江的歌聲，如此舒放地展閱在觀音山柔美的凝視底下，然後，我們沿著河畔朗朗訴說晚風的心情，民歌手時常就席地而坐地在書卷廣場上，和我們一起聽見草地上恣意的笑聲與歌唱；或者，我們總要隨處攤開一張寬幅的牛皮紙插畫，那裡面密密麻麻的爬滿了所有淡江人的記憶，許多人都會偷偷地珍藏起那麼一張屬於淡江人的地圖，並且逢人便要說我們一起戀亂淡水的由衷情愫，那種混含著最甜蜜的秘密裡，幾乎一一考證了記憶裡每一部位的細節。因此，耽留下的圖像，成為最好的物戀癖見證，而畫畫的人兒，也許為了防止某種感傷的泛濫，早就再度背起畫袋，繼續蒐集在地觀點的視覺影像。同是淡江人，我們大概時常要抱怨到處與人群為伍的擁擠，卻又常常因為沒有了熱鬧的長街與人群，就真的不知道該怎麼滋生漫遊的寂寞罷。這麼多年了，即使再享受孤獨的人來到淡江，恐怕都不免染上了像波特萊爾（C. Baudelaire）所說的「在人群中的快感是數量倍增的愉悅的奇妙表現」的確如此，如果我們以同等的喧嘩和震驚的眼神，目睹生活中形形色色的淡江人，便彷彿時常要為目光中的人群蔓延出奇異的熱情，來體現青春歲月的見證。這樣與人群保有距離，卻又秘密地進行一樁樁追憶形象的幻戲，便彷彿為安那其的歲月說明了記憶的來源。

也許有人要起了疑竇，究竟屬於少年安那其的虛無與來自人群的熱情凝視之間產生了什麼樣的作用？我想，其中可以綰結的關鍵點在於：身處淡江，你幾乎由於一股山水靈氣的拂照與浸息，使得在這裡每一株敏銳而細緻的年輕生命，都將在種籽成長出滿覆綠蔭的生長過程中，孕育出豐美的心靈土壤，並深切地感激這一片好山好水，富裕了每一吋蘇活的呼吸。淡江自由、開放的校風，使得沒有圍牆的校園，更成為每一個虔誠而躍動的年輕生命，能夠毫無顧忌的茁壯於山崗的風雨之中。

我們以五虎崗為中心，向周圍輻射出我們的行蹤：從凝望大屯山的雲嵐，便知道如何測量雨水的深度；或者，你總是沿著北海岸線呼嘯而過，以為野漫的長空，終將使最遙遠的心願全都攏到身上來；而沿窗聽雨的日子，其實成為在淡江最後倒數計時的日子裡，最令人回味的生活樂趣；渡船口旁的長堤，又成為多少細數年輕心事的紀念站。當我們在閱讀年輕的心情與書寫自我的同時，在每一個熟習的角落裡，全然地成為記憶駐足的光點，我們緩緩甦醒於傾聽的流域，望見與自己視線交錯的波紋，一如濟慈（Keats）將名字寫於水上，細問生命裡將會有多少個名字從我們身邊划盪出遊？又會有多少個名字，從此墜落在聲河裡，沈沈地惦在某個角落，只等待相遇時彼此碰觸的聲音。

抑不住被純粹肯定的一日，往前的日子便是其他的季節了，開始允許遺忘的曾經，竟任性地作起箋注來，我們幾乎不可能在長夢並不知道自己細微的傷感與呵護的幸福，彷彿一閉起雙眼，光，仍在記憶的原鄉，找尋旅行的影跡。如果開始在結束之後？孩子一般傻呼呼地以為日子長出了尾巴，可以拖曳成願望的星河，我注視著身上逐漸離去的航線，每一天每一天直到天涯的盡處……，直到有一天，我們再度讀見彼此美好而年輕的靈魂，胸口便要翩飛起一羽追尋的蝶翼，是的，如同遇見一雙可以陪伴流淚的眼睛，她將治癒人生綢繚的苦痛，讓我們都不再因為野遊而幻滅。

我特別感到幸運的是整個大學與研究所時期，都得自淡江中文系的汲養。雖然，來自中文系內部傳統與當代社會的糾結性，時常使我產生某種既抗拒又迎合的知識力道。對我而言，知識的生產關係，毋寧更是一種位置關係的標誌，它來自性別、語系、文化與社會。很有趣的是，我發現這些伴隨著寫作與閱讀的思考，竟一直與身為女性身分有關，身在中文系，卻一直對於文化身分有一股特別的情結，它也許牽涉到個人成長經驗中，尤其是認同與汲養文學／文化的過程，對於主體形塑的影響成因。尤其，一名身為中文系出身的女性，她在整個文化教養的學習下，一直扮演著被內化的女性角色，在古典文學的論述領域上，她一直要面對的是傳統文學／文化文本之中女性形象被統合在一個論定的角色意涵下，以致時至二十世紀末，她仍然對某種典範的話語，產生了阻抗與潛抑的心理作用。不可否認的，過去的成長過程，我受到這樣的文化背景的影響，是非常深厚。但是，當傳統的女性文本裡，找不到汲養新生意識的開啟時，我選擇逸離話語給定的規範，而開始以書寫的力量，踰越可能的界定。

這樣的轉變，當然與大三修習李元貞老師的「婦女文學」有關，對於女性主義文學批評，以及相關女性文化的研究關懷，有助於我思考自身在一種話語規範下的位置，也更加強我對虛假的女性形象的一種反叛。新生的自我，便在踰越文本的書寫策略上，找到快感的形式。寫作片刻裡，它成為換取生存的另一種驅力，以至於讓騷動的不安，時時處於毀滅與死亡的現實道路上。我時常可以感受到陌生的安靜與熟悉的不安，並時時存在於寫作的身體之間。這樣的改變，令人不安，卻也教我更勇於突破自我，我想這應不單只是知識型態的獲取，而更是一種生命驅力的恣放，它可以透過各種騷亂多姿的書寫形式，擺並不安的風力。

另一道關於知識份子精神系譜的開展，則使我想到自己的指導老師施淑先生，當了施老師六年的學生，有時，對老師那個世代真是起了懷想的鄉愁。一方面來自於施老師左翼經典的深厚涵養，在知識學程的道路上，她啟示了我追索左翼精神系譜的開展。尤其，我特別對三〇年代文學思潮投注了關照的心力，這樣的知識受洗是彌足珍貴的。它來自知識份子對於理想主義的追尋與堅持，雖然，在一些特定的時空不時仍要遭受到現實的迫力，但是，不管是承襲自啟蒙論述、或是左翼傳統，我都從施老師的學養背景裡，得到了認知與探索的力量，它不再僅僅陷溺於個人主義式的青蒼與虛幻，而是知識份子對文化理想的追求，來自於意識界的改造與變革。從經典馬克思主義到新馬學說，施老師豐富的理論素養與對於中國／台灣現代文學現象的思考，在在使我在現代文學研究領域的視野上，開啟了一扇富有前景的視野。這些學習經驗與心得，都是這幾年在淡江歲月的一種感激。

我願意細數每一次離別的眼神，它總教我以更深的凝視向月蔭縷縷生岸的盡處行去，也許是為了摘取一枚傍路的掛念罷。所有的眼神彷彿與告別相逢，即使在時間的盡頭，我仍願意再度給曾經一個深重的擁抱。雖然，清楚的感受有些記憶太重。但，如果眼神不是飛往遠方的地圖，那麼，握在手上的記憶，是否也如同虛構？夜晚的星座，是不是還在嚮往初次的誕生？再一次走入記憶的甬道，那裡，我遇見了一截漫遊的影子，突然被熟習底腳隻，找到了距離地心的路程。追嚮少年安那其的路上，我知道光在那裡。只是，竟夕未眠的星子，終將歸舞——山崗最後的夏季。

恍如昨日

6

李珮瑜

時光荏苒，即使經常走在淡江的校園裡，也很難想像就這樣一晃眼過了二十三個年頭。有時看著淡江校園一點一滴、似有還無的改變，腦海中總有些似曾相識、彷彿老電影上演一般的情景浮現。

我們是在民國82年進入淡江中文系的。還未入學前，我們的直系學長姐，就已和我們電話聯絡，熱情的歡迎我們走入中文系的大家庭。我的學長是赫赫有名的才子——丁威仁教授。一年級時，學長常和其他的學長姐帶我們轉戰學校附近的餐廳，大家雖然吃著簡單的鳳梨炒飯、鍋燒麵……，但印象中，聚會的氣氛總是洋溢著揮灑青春的喜悅，雖然，同學們有時會用懼怕的口氣，向學長姐詢問李元貞老師的「文學概論」，為什麼開書考還是考不及格；還有要怎麼理解鄉音極重的王甦老師的「文字學」；更重要的是，要怎麼面對屢當不鮮的竺家寧老師的「聲韻學」，以及陳廖安老師的「訓詁學」……。轉眼間，身分對調，當自己現今擔負起教授文字、訓詁學時，才體會到為人老師的心情與責任。

中文系有A、B兩班，說起我們B班，上課、讀書、準備報告的閒暇之餘，總是有約不完的宵夜攤、水餃會、北海岸夜遊、陽明山翹課遊。一年級時定期聚會的「墮落街」、二年級的「五賢坑」、三年級的「動物園」、四年級的「讀書會」。男同學生日丟福園、情人節巧克力、玫瑰花傳情活動，其中全班動員準備班際排球賽，大家一大清早自動到排球場報到練習，再一同去上課，最後比賽是否獲勝，我已不太記得，但總想起大家青春的笑臉與汗水。這些如今回味起來一點也不文青，卻讓人津津樂道的中文系生活，竟如此鮮活明亮。

從前從前，我們上課勤做筆記，私自也會相互交流心得。其中文學性的筆記，以簡齊儒和賴靜玫最具口碑。聲韻學等小學類的筆記，以曾昱夫最為傑出。這三位佼佼者所做之筆記，圖文並茂、原文與笑話兼具，因此流通最為廣泛。

猶記曹淑娟老師的「古典文學賞析」，帶領我們優游柳宗元〈永州八記〉，老師以輕柔的聲音，訴說著柳宗元的無奈與超脫。還有林保淳老師的「小說選」，讓我們吃著「小麥」三明治、卻甘之如飴地加課再加課。當然還有高柏園老師的「中國哲學史」，老師總用深入淺出的方式，讓我們體會到中國古代哲學家生命的哲理，老師的口頭禪「真的是這樣子」，老師的招牌動作──推眼鏡、四十五度角看著天花板……，那聲音與畫面至今依然令人難忘。廉永英老師的「文心雕龍」，是我筆記做得最詳盡的一科。聲韻學、訓詁學是整學年全勤的兩科，當時完成的作業，仍舊珍貴的保留在案頭。劉文起老師的「老子」，讓我在雙修國貿系和中文系的課程外，還又慕名跑到夜間部修課。周彥文老師的「中國文學史」，精采絕倫，讓我萌生繼續攻讀中國文學系碩士班的念頭。凡此種種，竟讓我結下與淡江中文系此生不解之緣。

民國87年結束國貿暨中文系雙主修的課程，應屆又進入淡江中文碩士班就讀，當時的我「立足淡江，放眼世界」，在機緣之下，拜台大中文系許進雄先生為指導教授，因而「轉行」以古文字學做為此生學術走向，但記憶裡，王仁鈞老師的「中國書畫專題研究」讓我吃了不少苦頭，傅錫壬老師的「神話學研究」和左松超老師的「漢語語言學研究」是啟發我研究興趣的兩個重要科目。

於碩士班就讀期間，印象中，中文系辦公室和研究生討論室是空前絕後的熱鬧，同學們常聚在一起，不是輪流打工、帶外籍生導讀、討論功課，就是幫忙辦會議、替系上出版刊物校稿，中文系常常是半夜還亮著燈的系所之一。周彥文老師、高柏園老師、崔成宗老師是當時我們的系主任兼所長。期間曾負責編輯由周彥文老師主持的《1999年淡水地區人物誌》，以及身任陳廖安老師總編之《康軒字典》初階本、進階本的編輯委員。上述的工作經歷，皆使我獲益匪淺。一方面是實際參與刊物的採訪與編輯，而字典的編纂，更讓當時的我對於文字的考訂，完成了一次較大規模的整理。

民國92年碩士班畢業，本已準備至蘆洲三民中學進行中等教育學程的實習，但因四月剛退伍的男朋友（後來成為外子），決意報考中文系博士班，我自己就在另一半準備考試期間，因閒閒無事，也跟著唸書，就這樣，原先「陪讀」的我，到最後竟變成「陪考」的考生，繼而又考進淡江中文系博士班。在所長崔成宗老師的說服下，放棄了中等教育學程的實習，繼續攻讀博士班。

博士班修課時，亦在系上打工，協助辦理會議、更新網頁、處理雜務，二年級的暑假，至成都，和四川大學文學與新聞學院進行交流，合辦「文化與社會」海峽兩岸學術研討會，一行人除了博士班前後屆的同學外，還有周志文教授、王邦雄教授、高柏園教授……等。五天的行程，前兩天開會、後三天安排旅遊，這一次的參訪活動，畢生難忘。發表了什麼文章、討論過哪些議題，雖已模糊不清，但四川大學文學與新聞學院師生們的熱情相待、旅遊所見九寨溝之美，還有旅途每晚就寢前，大家總相約聚在老師的房間，一同談天說笑，這些種種回憶，恍如昨日之事。

今年（2016年）是淡江大學建校六十六年、中文系創系六十甲子。我的人生迄今四十一年，其中二十多年身在淡江中文。雖然說起來有些老套，但與淡江中文情緣甚深，有幸將我在淡江中文這二十多年的歲月，重新掀開了記憶的扉頁。我們以身為淡江中文人為榮，並與所有正身為、曾身為淡江中文的一份子，共同祝福淡江中文。

純粹

李懿純

7

千禧年的夏天，鳳凰花開後的淡江大學，依舊豔麗；許是因豔陽高照、夕陽太美，學長追學妹的戲碼也就此展開。老掉牙似的情節，至今也上演了十六個年頭，回首過往追求知識學問的青春歲月，搭配那青澀又懵懂的愛戀，竟成為我們彼此人生中難得的風景。

在五虎崗的這段歲月，讀書與問學、朋友與情人，單純而美好；很難想像，在未來工作的這幾年，亦因這些單純而美好的記憶，成為維繫彼此情感的重要基礎。碩班十一、十二屆莫名的緣分，在當時大家口中的黃助教（現為黃副教授）帶領下，無論是研討會、讀書會、逛書店、當苦力、聊生命、寫論文等等，在在勾勒並豐富我們在淡江的交友歲月。許是這個因素，就與學長結了段孽緣，依稀記得是在一個下雨的午後，我在圖書館找書，覓尋不著卻與學長相遇，學長找書功夫一流，不一會兒，便幫我找到了需要的用書。相偕出圖書館，本該道別，然而，淡水的雨總是綿密，似乎預告著這是一段綿延卻難以了斷的緣分，我的傘，居然被偷了！多年後結為連理，我總是質問學長「當初我的傘，到底是不是你故意偷走的？」我記得那是一把淡墨青色的傘，顏色特殊、非常精巧，用一把鍾愛卻遺失的傘，換一張信誓旦旦的愛情合約，究竟值不值得？傘下的自由與奔放，在青春歲月的洪流中，竟也凝斂成責任與生活。

一晃眼，超過十五個年頭，奶粉、尿布的生活，催促著我們不再年輕，但記憶總是非常奇妙，引領著我們回到學府路、克難坡、宮燈下，再回到老街上，仰賴著味覺尋找半坪屋、酸梅湯、排骨飯，林林總總，難以忘懷。而這又讓我憶起了住在桂花樹的日子，從淡水往陽明山方向，經過水源國小、轉入演戲埔，走一段蜿蜒小路，進入兩旁都是樹林的道路，桂花樹即在眼前，彷彿桃花源秘境。在這個秘境中，可以聚會、可以讀書、可以寫論文，自由自在；爾後，我們在沙崙海邊，俯視情人橋上喧囂而熙來攘往的情人，從依山到傍海，心靈總是滿載。這也是在淡水讀書最大的樂趣，總有意想不到的住所，等著我們去追尋。

我們總是被時間推著走，走向遙不可及的未來道路，然而，始終無法忘懷的總是這段在淡水的歲月，淡江師長無微不至的照顧，帶領我們出國發表論文、培養國際視野；學長姐不藏私的學問分享，帶領我們辦研討會、研讀學術論文；和樂融融的學習環境、教師學生間毫無隔閡，讓淡水成為我們人生路途上，特別且重要的驛站。多年後，回到淡水，我們已是旅人，旅人之所以能寬容的欣賞這個過度開發的小鎮，平靜的在渡船頭享受紛擾並觀賞雲霧繚繞的觀音山，正是因為曾經經歷過這段純粹，讓驛站成為了家，留下永恆的美好。

山海之間——淡江校園巡禮

8

周志文

「聯副」約我寫淡江校園巡禮，我只能寫一些從自己記憶觀景窗看出去的地方，無法全面。我隨意寫，不求公正周到，因為寫全面才須要公正周到。

我1982年到淡江任教時候，淡江還不是一所太大的學校。到淡水不要說沒有捷運，就連今天從北投到關渡的大度路也沒開通，一早從金華街的淡江城區部趕到淡水上課，得搭一個小時的交通車。車子從北投彎到新北投，再繞過有政工幹校的復興崗才到關渡，關渡過後走一小段很窄的山路，經過竹圍，越過一個大墳山才到淡水。車子還沒進淡水鎮，路邊就看到一個漆成白色的華表柱，上面寫著淡江大學四字，從這兒右轉，經過鄧公路、學府路才到英專路，路底就是學校了。這所學校早年以辦英語專科學校起家，學校前面的路叫英專路，還有些飲水思源的味道。

那華表的後方不遠處，有個不小的荷塘，秋天開學了，還看得到一大片粉紅的荷花，鄧公路的兩旁，栽著一株株高大的尤加利樹。我後來聽一位歷史系的老師說這條鄧公路是寫錯了，該叫定光路的，路首一座鄞山寺，所拜主神名叫定光古佛，以前鄞山寺也叫定光禪寺，台語定光、鄧公聲音一樣，所以寫錯了，真是錯得離譜。不過世上像這類的錯事不少，也就見怪不怪了。

我在淡江的日子過得舒適愉快，第一是淡江的風景很好，有山有海的。淡江在淡水河的入海口，一個名叫五虎崗的小山坡上，站立其上可以看得很遠，朝西是觀音山，朝東是大屯山，朝暉夕陰，都很有氣象。早年十多層的商管大樓還沒蓋，人站在海事博物館前方的草坪朝北看，是可以看到海洋的，晚上安靜時，還聽得到海濤的聲音。冬日午後，與學生列坐草地，或吟唱或談話，真覺得天高日遠，胸懷也跟著擴大起來。

其次淡江的同仁相處得很好，我在中文系教書，其他科系我不清楚，但感覺也是一片祥雲。我們的中文系當年真是和諧，系裡有事，大家分著做，幾乎從沒有發生過爭執。系裡幾位老教授，有王久烈、王甦、王仁鈞（號稱「三王」），再加上本職在學校秘書處的白惇仁、申慶璧等先生，他們輩份高學問好，卻從不擺架子，對我們這些新生晚輩，也禮數周到。年輕一輩的，多與台大有些關係，譬如聘我進去的韓耀龍是台大研究所畢業的，系上的施淑女與李元貞，都出身台大，還有位詩人何金蘭，她算我台大的學姐（但年齡比我要小），我進淡江的時候，她又從巴黎第七大學拿了個博士回來，還有與我同時應聘的，是我台大的同學林玫儀。這不是說淡江是台大人的天下，淡江也有師大、政大乃至文化大學「系統」的人，淡江在我進去的時代還沒有研究所，沒有自己的人可用，這樣缺乏「山頭」，卻讓她格外的有容乃大了。

台大人一向鬆垮垮的沒什麼組織，但有個好處，就是自由，不但自己自由，也獨來獨往的不喜歡干涉別人，所以在淡江的生活可以過得毫無拘束。到了龔鵬程主持系務的時候，又找了很多有本事的人來「玩」（龔鵬程的說法），雖然是各路好漢，不以台大人為主，但自由的系風還保留不墜。原因是淡江離台北很近，有本事的人除了教書之外還有其他要忙，根本沒空也沒心在這小地方爭名奪利，加上學校行政當局對老師也算尊重，沒事不會干預老師的教學，所以在這兒待著，都覺得天高皇帝遠似的。在淡江如打算頤養，是個適合頤養的所在，打算做學問，也是個不受打擾的做學問的好地方。

在這天地之中，淡江的學生也比其他學校的學生顯得自信又快樂些，六、七零年代台灣流行校園民歌，淡江就是發源地。我在中文系教書的第一年，除了教大一國文之外，還擔任他們班的導師，就是孫維儉、曾子聰那班。這班學生一開學，就編了本《草生原》的刊物，刊名用的是鄭愁予的詩，有特殊的韻味，刊物以詩與散文為主，其中偶爾還有插畫。由於是自己刻鋼板油印，有時整本書弄得髒兮兮的，但編得很有趣也很精彩。這本刊物，一直按期出，直到他們畢業，我還收到一兩期，不過已改成打字版了。他們後面的，就是陶玉璞、陳明柔那班，也是由我教大一國文及兼導師，這班學生也是從大一開始編班刊，刊名是開班會決定的。記得我不久前跟他們講蘇東坡〈臨江仙〉，就是「夜闌風靜縠紋平，小舟從此逝，江海寄餘生」的那闕詞，結果大家決定用〈臨江仙〉做刊名。我覺得這名字取得渾然脫俗之外，又十分貼切，臨江的江可以指淡江，再加上大一新生，都還是仙子一樣美麗的年代，還有比它更漂亮的名字嗎？

我當年教大一學生，為學生開了個必讀的書目。由於是中文系，有關中國文化、中國文學的專書系上都開有課程，以後他們都會陸續讀到，所以我開的書目以世界名著為多。當年坊間有一種名叫「新潮文庫」的叢書，多以名著漢譯為主，書前有專文介紹，書後又多附有作者的年譜或著作目錄以備參考，雖然印刷不算精美，但訂價低廉，很適初學閱讀。

學校山下有家「文理書店」，女主人很欣賞我們的閱讀計劃，一些早已絕版的書，她不但幫我們到處去「調」過來，還以極低廉的價錢供應我們，一天學生興沖沖的把成捆的書搬上山。我將全班五十多人分成五組，每組十人左右，規定學生每人一週閱讀一本，先在組內交換著讀，一組讀完再與別組交換，這樣一年五十二周，每人就可以讀完五十多本書了。我還要學生每「輪」完一本書，都簽名書上，以留紀念。

我還規定學生每天寫閱讀日記，這日記只記與閱讀有關的事，最好是筆記心得，如果沒有，抄幾段自認為有趣的文字也行。這閱讀日記我是要看的，每週依組來看，所以負擔並不重，我會在上面寫些評語，絕不只畫一勾了事。我如此謹慎來做這事，是要求學生真正讀一些能開啟他們智慧的書，五十多本他們不見得每本都認真讀，但這些書在一年之內，都在他的手上停留過，使他知道世上有這麼一本智慧的結晶，絕不是壞事。我常想如果沒有這樣的規定，他們也許大學讀完，都不知道有這一本書呢。一年後，他們大一生涯即將結束，我要大家把書帶來，集合之後再分發他們每人一本，至於該分到哪一本，則由抽籤決定。我跟同學說，這本簽著全班姓名的、累積著很多人的筆痕與淚水的舊書，可能是你們一生最重要的珍藏。

我想學生是有收穫的，但所得到底有多少，不要說我不知道，連學生也不見得清楚，心靈的成長須要長時間去印證。我偶爾會收到學生的信，有的有名字有的沒名字，多數是感謝我給他們機會，藉著閱讀，看到了這世界他們不曾看到的美景。

一個在讀大二的女生耶誕夜打電話給我，說不是祝我耶誕節，而是要告訴我她剛剛讀完第一百本課外讀物，她想我一定喜歡聽到這個好消息。我問她第一百本讀的是什麼，她說是史坦貝克的《人鼠之間》，我說那是本不很好讀的書啊，她說全書很黑暗晦澀，但她接著用哲學家的口吻說：「老師，一點點的光明，不是藏在無盡的黑暗之中嗎？」宋儒說讀書在變化氣質，求氣質變化，是需要經年累月的，不可望其速成。古人常用「春風風人，春雨雨人」來形容教育，春風春雨是指令人成長的和風細雨，絕不是指令人摧折受傷的狂風暴雨。有時候，被我們詬病的「效率不彰」，在教育上，反而不見得是壞事。

我喜歡在我初期任教淡江時的景象，學校只負責提供我們自由的空間，就好像畫布的功能一樣，你在上面畫什麼，它從不管你。但在這種氣氛下，老師並沒有因此而懈怠，而學生也沒因此而學壞。當時生活的速度，比起今天來要緩慢一些，用音樂的術語來說叫做「慢板」(Adagio)，音樂裡面，最美一段往往在慢板。這世界有那麼開擴的天地任我們俯仰，有那麼美的山嵐海風讓我們飽覽，又有那麼營養且舒適的空氣，讓我們的肺可以徐徐張開、緩緩收縮的吐納，世上的一切，都是那樣謙和又自足的存在，我們還有什麼更重要的事要趕呢？

但是這樣的風景，好像只有在悠遠的記憶中找尋了。

後記：2011年8月某日，聯合報副刊主編來電，央我寫一篇他們推出的「大學校園巡禮」專文，指定請我寫的是淡江大學。我有點詫異，跟他們說我是台大教授退休，寫台大比較沒問題，寫淡江就有些「越界」之嫌。他們說不會的，因為他們看過我的一本《記憶之塔》的小書，裡面有篇〈觀音山〉專記淡江生活，給人印象深刻，由我來寫不僅不費力，也會寫得精彩(這是他們的話)，勸我無須游移，再加上台大已約了洪蘭教授來寫了，便只好認命，全文刊登在同年9月6日的聯副。

隔了四年多，在暨南大學任教的陶玉樸寫信告訴我，文中所記有錯誤，說編《臨江仙》的沒有陳明柔，因陳不與他同班。他說的正確，陳也是同屆教過的學生，但班級弄錯了，這事在文中並不重要，也無須改正了。

梯田上的白鷺鷥

9

周彥文

第一次看見淡江是民國62年。高中同學考上了淡江中文系，他邀我來淡江和他聚聚。早上出門時下著雨，我搭上淡水線的火車，在老舊狹小的火車站下車後，依照同學的指示，立刻看到了孤另另矗立在學府路口的華表，上面刻著淡江大學四個大字。

同學怕我走丟，在行前的來信中囑我向西走隔壁的英專路。雨勢很大，我沿著英專路向北走，拐個彎，卻看到了像瀑布般的好漢坡。似乎全淡江的雨水都集中從好漢坡沖刷而下，層層白浪掩住了階梯的面目，我看不清那階梯是石頭砌的還是夯泥的，而且後悔早上出門時穿了雙剛買不久的皮鞋。

階梯沒有扶手，四周空無一人。剛滿十八歲的我猶豫了一下，伸出早已濕透的鞋子踢了踢，確認階梯是石砌的，於是勇敢的踩上去，逆流而上。

我坐在宮燈教室的長廊下等同學下課，刻意離他的教室遠遠的。那年我沒考上大學，賭氣的不想聽到大學老師在說些什麼。口袋裡的煙和火柴有點潮，但還是可以點得著。我百無聊賴的望著淡江周圍綿延到山陵線的梯田，以及一群群在梯田間飛翔的白鷺鷥，腦中竟然憶起高中國文課裡老師講過的「漠漠水田飛白鷺」。真是可笑，我最討厭國文課了。

那晚我住在同學在水源街租來的農舍裡。農舍的位置大約就在現今松濤館的對面，是夯土疊成的土角厝。同學和房東住在一起，屋內擺著農具。天黑了以後，農舍主人在一盞大約只有十燭光的小燈泡下作草鞋，整晚他都沈默不語；我和同學擠在一張床上，聊到快天亮。雨一直沒停過，始終深深淺淺的下著。

料不到的是，十四年後，我竟

然當了淡江中文系的老師。現在說來有點匪夷所思，但那個時代找工作真的沒像現在這麼困難。我考上博士班後，立刻就在實踐家專找到了兼任教師的工作。博二的暑假，我寫了封求職信給銘傳商專，裡面附了一張從文具店兩張一元買來的巴掌大的履歷表。幾天後銘傳通知我去面談，和包校長談了幾分鐘，她就交待祕書帶我去人事室填資料，我就成為銘傳的專任講師了。三年後我拿到學位，準備去服兵役，校長找我去，跟我說銘傳準備要升格為大學，希望有博士學位的老師能留下來，所以她幫我辦留職停薪，並趕在我入伍前將我升等為副教授。我一向是油麻菜籽命，待在那裡都好，當然一口就答應了。

兵役徵召令和副教授證書幾乎是同時拿到的。我頂著當時國軍中唯一中文博士副教授的頭銜，在軍事學校教了兩年書，安穩的退伍了。我老神在在的過暑假，等著九月銘傳開學。大約是七月底八月初的樣子，有天我躺在客廳地板上睡午覺，電話響了，是當時淡江中文系主任龔鵬程打來的。他劈頭就說：欸，你要不要來淡江啊？我睡得迷迷糊糊的，回他說：幹麻啊，要請我吃飯啊？淡水很遠耶……。

我就這樣進了淡江。去銘傳辭聘那天，人事主任說我的離職證明在校長那裡，她要親自給我。見了校長，我跟她解釋我之所以離開銘傳，是因為當時銘傳沒有中文系。可是校長仍罵了我一頓，我只有拚命低頭認錯。她罵完後，恢復了原本端莊典雅的風采，平靜的，中規中矩的把離職證明交給了我。

鵬程主任的理想，是希望凡是屬於中文領域的，淡江一個都不要缺。

我學的是目錄版本，當時淡江中文系沒有專修這專長的老師，所以我就撿了個便宜進了淡江。由於連續幾任系主任都有宏大的眼光，又都不會排外徇私，所以我剛進淡江的那幾年，中文系裡真是人才濟濟，熱鬧滾滾，每位老師都是中文學界各領域的一時之選。其中王久烈老師是我姨媽當年在北京大學中文系的同班同學，他見到我時，親切得像是見到親外甥似的，大大安定了我初進淡江時的忐忑不安。

那時候的淡江學風自由，老師也備受尊重。老師要怎麼上課，沒人盯你，更沒人要你寫什麼不切實際的教學計劃表。老師有事，通知學生後就可以停課，從沒聽說學校追著你補課，甚至還派工讀生到教室外來點老師名的。當時老師是可以帶學生離開教室的，我有一次甚至帶學生到國家圖書館去上課。系上的王文進老師是個標準的浪漫派，在講詩詞時，常常臨時起意，課堂中就帶著學生到牧羊草坪去看草木的枯榮，去看觀音山。

因為受到尊重，所以老師們都很自愛，大家都有教學的熱忱。當時的學生耳濡目染之下，很少人只是來享受大學生活混文憑的。當時被當的學生不多，萬一被當了，多是心懷羞愧的重修，而且大多不敢讓別人知道。我一向是佛心來著，是出了名的營養師，很少當人。可是有一年我教國學導讀，卻有個學生總是不來上課，考試的成績也很差，到期末我就把這壞學生給當了。這個學生，名叫普義南。現在，他的研究室在我隔壁。

龔鵬程老師當系主任時，正值大陸剛剛開始改革開放。他頗有遠見，立刻帶著系上老師衝州撞府的到大陸去拓展學術交流。第一個和我們合辦學術會議的是在昆明的雲南大學，我記得我們到昆明後，竟然有不少當地居民圍在旅館門口，爭睹這些吃香蕉皮長大的苦難的台灣同胞。我當時曾經問過一位雲南大學的青年學者：你們有沒有想過，那香蕉肉到那裡去了？他理所當然的說：送去給美帝吃了。我問：你信嗎？他毫不遲疑的說：信！

鵬程主任和繼任的王文進主任，那幾年帶我們走了不少地方。我們接著去北京、四川、江蘇、吉林、山東、陝西等等，又去韓國，還遠征去捷克，那時捷克還叫做捷克與斯洛伐克共和國。後來又因為有位中文系系友連清吉到日本讀博士，並且留在日本的大學裡教書，在他把淡江與日本漢學界的交流視為自身使命的情況下，我們學術交流的版圖又擴及到了日本。我跟在這些老師後面，學著寫會議論文，並且學著辦一個接著一個的學術會議。

我記得，曾經有一年，我總共參加了六場學術會議，並且都發表了論文。其中有四場是到國外，兩場在國內。連我這種小咖都如此，那些大腕名師的忙碌更是可想而知。那時，大家忙得昏天黑地的，可是心裡都很快樂。因為，沒有人是為了標榜自己才去做這些事，大家心裡都是滿滿的學術理想。

後來高柏園老師提出個說法：從事學術工作的人，要有理想性。那時，我們不會受到來自教育部的干擾，尤其沒有學校行政系統的干擾，大家單純的、無私的、快樂的教書做學問。

我是民國76年進入淡江的，到目前為止，人生有將近一半的歲月是在淡江度過。近三十年來，我看著淡江和淡水小鎮的潮起潮落，心境也逐漸的淡漠了起來。回想起漠漠梯田上飛翔的白鷺鷥，回想起那一段有自主性、有理想性的日子，真像一場夢。

夜間摸索中文世界的樂趣

10

周德良

正式開學前的新生訓練，系主任龔鵬程老師，著一襲唐裝到教室，原本預料他會渲染一番讀中文系的種種好處；沒想到，他開口就說：「想轉系的學生，趕快轉系，以後不要說中文系誤你。」簡單而突兀的致辭，說完就走，留下階梯教室內二班一百多位夜間部新生，與少數中文系學會的輔導幹部。事實證明，龔主任的話，並非無的放矢，第一學期之後，果然有許多成績不錯的同學，相繼辦理申請轉系手續，簡直把中文系當做進入大學其他科系的「旋轉門」。

新生訓練，除了系學會幹部，輪流宣導選課的相關規定之外，最重要的工作，便是選舉一年級的班代表與幹部。新生訓練當天，同學彼此互不認識，學長姊雖然從旁協助選舉，最後不得已，也只好靠視覺加直覺，隨機挑選幾位新生，好讓同學投票表決。說來可笑，當學姊準備相中人選時，我偷溜出教室，躲在廁所裡避風頭，深怕夜補校事件重演；等到「冤大頭」人選底定，才從容走回集合教室。事後得知，經學長姊推薦，全班同學舉手投票表決，選出鍾奇龍擔任一年級A班代表。

教育部規定，男生讀大學夜間部，必須服完兵役或是免役，所以男生平均年齡比女生年長，又加上社會組的中文系，陰盛陽衰的情況，尤其嚴重；以我讀的A班為例，女生人數是男生的四倍。由於夜間部的學生，白天大多有固定工作，上課下課，來去匆匆，同學相處，總是有些隔閡。幸虧鍾奇龍當班代，穿梭遊走於全班男女之間，維繫夜間部不易培養的同窗情誼。也因為鍾奇龍的帶頭媒合，將班上三個孤僻成性、而且私下都喜歡聽音樂的男同學，組織成非法的次級社團——「死豬社」。

死豬社的成員，我的年紀最長，當然叫「大哥」；其次是台東的李啟楨，取台語的諧音是「K金」，出生只不過少我三個月整；鍾奇龍住士林，排老三，看名字就知道他的生肖，班上二位女同學「R II」給他取的外號叫「怪龍」；墊底的是雲林愛作詩的「死人」許見智，生日與怪龍只差三天，巧的是我們三人都是十月份的壽星。K金與死人二人，是專科畢業生，二年級才插班進中文系。

死豬社的成員，每個人都有一套基本的音響配備：擴大機、CD播放器與一對揚聲器，當然還有自己喜好收藏的CD唱片。由於K金日間在電子公司當業務員，同時也熟識多家音響器材行老闆，所以社員經常委託K金，查詢音響品牌型號與售價，或者代訂、代買，K金成了死豬社的音響器材顧問。其實，社員們的經濟能力有限，平均一套音響，三至五萬元不等，實在談不上「玩」音響。譬如，成員全部使用數位式綜合擴大機，CD播放器也是比較便宜的日本品牌，只有揚聲器，堅持要用歐美產品。比較講究的社員，還會另購訊號線、喇叭線；而捨不得多花錢買腳錐的人，就到住家附近的工地，「借」空心磚回去墊揚聲器，防止揚聲器產生共振效應。個人擁有的CD唱片，即使最多的怪龍，也不過三百多張。如此簡單的設備與少量的唱片，就足夠讓我們在求學期間，討論得口沫橫飛，爭得面紅耳赤；甚至還有社員投稿到音響雜誌，發表自己對音響器材的看法，竟然也被刊登出來，此舉更助長社員辯論的氣焰。

每週六傍晚放學與例假日，社員們不是結夥去中華商場逛音響器材行、唱片行，就是一起到克難坡下，擠在我的雅房內，一邊啜飲著用虹吸式酒精燈燒煮的曼特寧咖啡，一邊高談闊論音樂與音響。從CD唱片的版本內容，演奏曲目、演奏者、錄音效果，到「企鵝評鑑」最高等級的三星帶花，以及各式廠牌的播放器材的音響特質，社員們都有獨到、而且固執的見解。事實上，社員討論音樂，更關心錄音還原的音響效果，聽聲辨位，彷彿把自己的耳朵當成聲音分析儀，愛聽音響的程度，更甚於音樂。死豬社的成立，與其說是愛好古典音樂人的聚會，不如說是反映當時錄音與播放的技術，由類比躍進到數位的革命性變化，數位化音響大量生產與價格普及化之後，所產生的社會現象！

我所選填的志願卡中，淡江中文系是倒數第二，壓根兒不了解中文系是什麼？也不清楚中文系要讀什麼？當然更沒有想過，讀中文系將來有什麼「路用」？初上大學，上課只是聽，不知道要做筆記，考試前，也不懂得請教同學，還以為大學考試會有是非題，或是選擇題、連連看之類的題型。一年級第一學期的總體成績，差強人意；但是，大一「國文」科，雖然學期總分也達到及格邊緣，期中考試卻只有52分！其實，曹老師打52分，我還是覺得這個分數有些寬鬆。

曹淑娟老師教中文系一年級A班「國文」科，同時擔任A班導師。老師在課堂上，動作非常緩慢，聲音非常細微，措詞非常謹慎，偶而微笑，也是淺淺的。老師上課的時候，班上同學特別安靜，不是埋首閱讀晚明小品的講義課文，就是勤做筆記；我只喜歡在老師講課的時候，觀賞她的神情姿態。老師會隨著講授的內容，時而驚奇得瞪大眼睛，時而感傷到皺起眉頭，有時會突然提高聲調，暗示文章精彩之處，有時也不忘放緩語氣，稍做停頓，讓學生咀嚼其中韻味。我經常會被她的表情牽引，情緒像被催眠一般，不自覺地隨之高起低伏。同學大多同意，聽曹老師的課最受益，我卻覺得，看老師上課最享受。到了四年級，曹老師教「專家詩」，讀杜甫詩，我當然沒有缺席。五年級時，老師託林同學代為聯絡，邀請同學，到老師在淡水北新莊的家，聚餐包水餃。殊少參加同學聚會活動的我，也忍不住隨隊前往，還被同行的同學調侃著說，是什麼風把我吹來？在老師家，初次認識師丈顏國明老師，顏老師的親和與豪爽，使我們這群原本拘束的學生，覺得輕鬆許多；而老師的稚子淵淵，讓滿屋子逐漸熱鬧的氣氛中，增添喜樂的笑聲。

大學二年級，同時教授「文學概論」與「現代文學」的李瑞騰老師，每次上課，一定穿著筆挺的整套西裝，講課的聲音最洪亮，抑揚頓挫最分明，手勢最多，笑容最迷人，學生很難不被老師上課的魅力吸引。「文學概論」，老師介紹同學閱讀龔主任的《文學散步》，這門課，是引領我進入文學世界的敲門磚；「現代文學」，則是從葉石濤的《台灣文學史綱》講起，老師如數家珍似的介紹台灣作家，與中國近代現文學作品。在一次「現代文學」課程中，老師請來台灣作家黃春明先生，到課堂上演講。老師循例用五分鐘向同學介紹作者的生平、著作、作品特色與文學價值，接著，便請黃春明上臺。黃春明一上臺，還沒等到學生的熱烈掌聲稍息，就接著說：「剛才你們老師說的，都是錯的，不要聽李教授亂講。」同學對這突如其來的發言，先是遲疑一下，接著就是一陣大笑，以為黃春明是在開玩笑。接著，黃春明就從同學的笑聲中，開始對自己的小說，發表許多心得感想。當時，我非常在意黃春明的開場白，如果那只是一段脫稿演出的笑話，表現出作家與老師的熟悉程度，也就罷了；但是，如果那是黃春明身為一位作家對學者研究成果的質疑與反駁，那麼，李老師的學術研究成果，豈不是一場誤會？我的疑惑，持續到黃春明講完下臺，李老師在結束語中，大致是說：一部文學作品完成出版之後，每一位讀者都有詮釋的權利，即使是作者，分析說明自己已完成的作品，也只是做為一位讀者身分的解釋，它可能是比較好的解讀，但是不能把作者的解讀當做作品的標準答案。老師說完，便帶領黃春明坐在斜梯教室學生桌椅的第一排，為每位同學在他的小說集本上簽名。李老師當晚的安排，不僅讓我們有幸目睹當代重要作家的丰采，聆聽作家對自己作品的解讀，尤其是老師的結語，啟發了我對文學研究的興趣。

淡江中文系「中國文學史」課程，得修習二學年八學分，A班由周彥文老師教二年級，三年級由高大威老師負責。二位老師授課，有共同的特徵：講課內容著重觀念說明，誘發同學建立文學史觀；每學期均安排學生上臺報告，訓練學生表達能力，同時主動探索文學史議題。周老師是系上有名的「龜迷」，最大的興趣，就是蒐集各式各樣的材料的烏龜造型，連他的領帶都是烏龜圖案。周老師講課，就像他喜愛的動物一般，慢條斯理，喜歡把學生當做中文系的「小朋友」，上課時所提出的文學問題，往往比結論多。三年級的高老師，體格雖然壯碩，長相卻是斯文，風度翩翩，或許是還在政治大學攻讀博士班，上課教學，總是充滿熱情與活力，喜歡學生發問問題，也鼓勵學生表達不同意見。

夜間部中文系每個年級有二班，許多必修課，多安排二位不同的老師教授。為了避免二班同一門必修課，選課人數不均，造成排課作業的困擾，因此系辦規定，除了插班生、轉學生或復學生等特殊生，容許修選別班必修課之外，其餘，所有必修科目，統一由系辦預先替學生選課。因為這些特殊生的特殊待遇，造成「原住民」學生，(「原住民」一詞，是「死人」同學戲稱經由大學聯考入學的一般生。)在選課上受到不平等對待；因此，有學生要求，系必修科目，應該開放學生跨班選修。但是，學生的訴求，一直未獲得正面回應，而一般生在一般課程中，也不覺得有太大的差別，也不再計較特殊生擁有的特殊待遇。事實上，縱使系安排選修的，不是學生期待的任課老師，一般生還是可以利用「旁聽」的方式，彌補自己的缺憾；除非是遇到像「中國思想史」這種例外。

「中國思想史」課程，修習學分數規定與「中國文學史」相同，各開在四、五年級。系辦為避免教授內容與進度不同，每班固定由同一位老師教授二學年，同時，為避免選課人數不均，便將二班的「中國思想史」課程時間，刻意安排在同一天同一時段，如此一來，連特殊生都找不到任何藉口可以跨班選課。系辦的用心雖然良苦，但是，原本想旁聽的學生，如今連旁聽的機會都沒有，除非是翹課。我為了想「旁聽」B班高柏園老師，請託B班一位用功的同學，用錄音機全程錄下高老師上課的內容，回家再聽；不僅如此，隔天一早，我到同樣是高老師在日間部的課堂上，重聽老師的「中國思想史」。

五年級時，在日間部旁聽高老師的課，照慣例坐在教室最右排最後一位。第一節下課，老師突然走到我的坐位前，問我手邊有沒有現成可以發表的論文，或是讀書報告？如果可以，老師準備帶我參加，由政治大學所舉辦的大學生論文發表會。對這突如其來問題，我有些不知所措，結巴的說，目前正在準備研究所考試；老師笑著說沒關係，便走出教室。我懷疑，老師可能誤認我是日間部的學生，才會想帶我去政大參加論文發表？

除了高老師，我也旁聽在日間部莊雅洲老師的「聲韻學」，與施淑女老師的「文學批評」。旁聽莊老師的課，是要增強小學基礎；而施老師的課，則是出於對文學理論的喜愛，與景仰老師的風範。

淡江中文系的學生都知道，施老師是淡江中文系的招牌之一，老師開在日間部四年級的修選課「文學批評」，是中文系學生公認的必修科目。修過課的學生也都知道，老師從來不在課堂上點名，而且，每學期上課之初，都會口頭告誡修課學生，上課禁止錄音，老師笑著說是因為害怕遭受「白色恐怖」。於是，三年級時，我便固定到日間部，旁聽老師開在星期一早上八點十分的「文學批評」；與我同行的，還有夜間部B班幫我錄音的那位用功的同學。

關於「旁聽」這件事，我一直有個觀念，旁聽生畢竟不是註冊的修課生，旁聽生不應該造成老師的困擾，也不可以侵犯到修課生的權益；所以，我旁聽時，大多會選在教室內最後角落座位，靜靜聽課。但是，選修施老師課的人數，動輒百人以上，教室多安排在文館只有前門可以進出的斜梯教室，修課的學生，可能是敬畏老師的肅穆威嚴，大多搶坐在教室中段以後，前二排的位置反而淨空；我不得已，與B班同學二人，固定坐在左邊第一排靠走道的上等位置。

一次星期日傍晚，我與「死人」結伴到天母棒球場，觀看三商虎與統一獅賽事，因為是第一次看球賽，又不明就理地坐在三商隊的加油區，被迫隨著啦啦隊的帶動，聲嘶力竭地為三商隊的鷹俠加油。看完整場球賽，回淡水已深夜十一點多，當晚累到忘了設定鬧鐘，睡到隔天早上八點半才驚醒。匆忙盥洗之後，拖著全身酸痛的肌肉，與彷彿發高燒的症狀的沙啞嗓門，勉強爬上克難坡，趕在第二節九點十分上課前，坐上固定座位。我一坐定位，B班同學低聲的說：「剛才下課的時候，老師走過來問我，常常坐在妳旁邊位子的男生，今天怎麼沒來？」頓時，我有些竊喜，也才知道，老師表面上雖然不苟言笑，其實隨時都在觀察講臺下每位學生的一舉一動；老師的行為，簡直比「白色恐怖」還恐怖。

四年級時，教育部為了縮短夜間部修業年限為四年，修法同意開放夜間部學生，學期成績到達某一標準，可以選修日間部一至二門課程。我們這屆想提前畢業，已不可能；但是，也算是享受到開放日間部選課的好處。當時，我毫不猶豫的第一次選修、也是唯一一次選修日間部，已經聽過一學年施老師的「文學批評」課程。

在淡江中文系夜間部晝伏夜出的五年期間，陸續接受許多老師的教導與啟發，逐漸累積知識，培養思考能力，不僅在讀書中獲得知識，也在讀書過程中得到樂趣；也因為屢次受到師長的鼓勵，逐漸產生研究學術的熱忱與自信，誘發攻讀研究所的企圖心。只是當時沒想到，我會繼續留在淡江中文系三年半，甚至更久……。

最好的時光

11

房慧真

我念淡江大學時有點遲了，師長口中「最好的時光」已然遠去。

我從淡江畢業，又離開得有些早了，一間位於河邊的二樓書店，在我離去多年以後，它才如溼地上倒插的海筆子，萌芽發生。

這趕不上或者遲到的，使我之於淡水有些遺憾，又不全然是遺憾。

這一次我回到淡水，在新婚假期的最後一個晚上，帶著未及參與我過往淡江歲月的另一半，回淡水，像婚後歸寧回娘家。

我們為著一間可以聽見水聲的書店而來。我看書店男主人686的電影文章已經好些年了，貓和女主人隱匿則是透過網路認識的詩友。依六個人的小世界定律，在遇見貓之前，我們其實已經以一種弱連結的形式鏈在一起。我們相遇之後，分別談起686和隱匿，我才知道，這原來不只是兩個個體，而是一對、一組、一雙。

一對，一個寫詩的，和一個愛看電影的，開起書店該是什麼模樣？跳躍的詩句宛如電影蒙太奇；好的電影根本是詩。電影與詩，實在太合襯，如今他們決定聯手開間書店：「我這裡有河，你非來不可」，下了咒語，於是我們前來。在一個微雨的週二夜晚，小心翼翼踩著淡水老街溼漉漉的石板街，小心翼翼踏著一節一節的階梯，往上望去，盡頭處彷彿有光，一本闔起的光之書正緩緩為我們打開。樓上，藍色，露台，河水，長喙水鳥，觀音夜臥，種種都是我的最愛。更何況它還是間書店。

我和這一對詩人、影人，有點熟，又不會太熟，這樣正好，簡單寒暄之後，我們自顧自地看書、喝咖啡、空想。極有效率地，這個夜晚，我吞完了大半本蔡珠兒的《雲吞城市》，還有許多時間發呆，奢侈地享用著「最好的時光」，我忽然有個衝動，要寫信給我的老師，告訴他最好的時光還未遠去。

最好的時光，我的老師還在唸大學的時代。

李雙澤與楊祖珺的淡江民歌時代。昔日的遺跡「動物園」還在，已經改為咖啡店。

英專路上，英文系王津平開的真理書店還在，知書房也還在。我的老師時常帶著真理書店剛買的書，走下山至渡船口，坐渡輪到八里，再小跑步到廖添丁廟，休息一陣後，才坐在大榕樹下讀書。真理後來不在了，知書房搬到山上，沒幾年也關門大吉，我讀大學時，只剩下墊腳石和金石堂。

我的老師那時候還是一個身形頎長的少年（我偷翻畢業紀念冊得知），他說沒課的日子時常躺在陽光草坪上。陽光草坪，十分陌生的詞，原地後來蓋起了商學院大樓，蕩然無存。晚上則時常和三五好友夜闖後山，徒步遠行，吟詩飲酒，彼時登輝大道未開，仍是一派田園風光、鄉野情調。後來我們再也學不好陶詩，採菊東籬下，下一句遲遲接不上來。

最好的時光，是龔鵬程、王邦雄執教的淡江中文系。淡江學生以義理思辨見長，我讀大學時，龔、王早已離開，偶爾才能從老師的口中（龔、王是老師的老師）略知一、二，已精彩無比。老師的學識已經是我難以企及的高度，更何況是深深薰陶過他的龔、王二人。

最好的時光已經過去，卻難以確保它不會再來。

婚後第一次回到淡水，坐在有河的二樓露台，貓在我身邊看書，686和隱匿在我們身後煮著咖啡，杯盤碰撞的細碎聲音，竟比無聲還好。夜已深，明天一早，我的老師會從基隆搭車，翻過一個山頭前來水邊 書。「這裡有河，你非來不可」，這句咒語召喚過我，也將牽引我的老師，這一次他不用坐渡輪到八里去，此岸有著足以駐足的理由，了無遺憾。

那一段「旁聽」的歲月

12

林素玟

淡水，一個生命中黃金歲月的記憶之鄉。在這裡，我待了十四年，從小小的、天真傻氣的野孩子，一直到博士畢業投入專任教職，才依依不捨地從這個美麗的山海小鎮，投入另一座美麗的森林大學。回顧這十四年的青春歲月，影響一生最深的，卻是在「旁聽」碩士班課程的那一段美好的日子。

就讀夜中文二那年，龔鵬程老師擔任中文系主任，規畫舉辦唐代文學展，安安助教找我工讀，遞給我一本羅聯添主編《唐代文學論著目錄》，開始到國圖、政大社資中心摸索學習蒐集期刊論文，把紙本資料印回來，編目成冊，以供後來的研究生參考。

大四那一年，淡江中文研究所碩士班成立了，透過田哥的介紹，我帶著陌生忐忑的心情，開始了「旁聽」的生涯。在碩士班旁聽了龔鵬程老師、王文進老師、傅錫壬老師的課，大學部則旁聽了高柏園老師的中國思想史。之後，擔任助教的麗卿，找我當研究所的工讀生，大四、大五兩年，白天的時間，幾乎都在所辦及研討室，和第一、二屆的學長姐們，度過論道問學的時光。

在夜中文系，曾旁聽過顏崑陽老師的詩選、修過陳文華老師的詞選、背過廉永英老師規定的《昭明文選》及《文心雕龍》許多駢四儷六的美文。夜間的課程，大都沉醉在古典文學浪漫的情思中。第一次到研究所旁聽，卻挫折而回，「為什麼都聽不懂老師和學長姐在講些什麼？」挫折一回，便努力一回，加強不懂的內容、重新振作，再鼓起勇氣、硬著頭皮走進研討室繼續旁聽。終於，開始熟悉學術性的語言及文學理論的論辯方式，於是，決定以「學術」這條路，作為一輩子「安身立命」的道路！

第一屆的學長姐中，互動較多的，有胡大哥、明昌學長、善培學長、小馬哥、田哥、文瑞學姐。大伙兒對中文所的向心力極高，氣勢甚強。每一位都視我為同班同學，照顧備至，讓我有回家的感覺。下課時間，大伙兒圍在研討室聊天，聊得正興高采烈時，龔老師的身影一走進來，整個研討室彷彿停電了一般，登時鴉雀無聲！

第二年，多了明柔、淑貞、秀美學姐及聖峰學長等研究生，所辦更熱鬧了！這時的我，夜間是大五的學生，白天依然在所辦工讀，並到處旁聽，陪著一二屆的學長姐歡笑，也陪著他們緊張待會要上台口頭報告，並旁觀激烈的論辯。周志文老師在所辦經常看到我，一直以為我是研究生。某天，周老師走進夜中文五的教室要上「中國思想史」，一看到我，愣了一下，以為走錯了教室。從此以後，我們的感情便親如父女，還一起到西子灣參加學術研討會。

龔老師大氣磅礴的學問，讓研究生既崇拜、又敬畏。有一回旁聽龔老師的課，中場下課時，某位學長向大家宣佈所務，稱呼一二屆為學長、學姐、學弟、學妹，龔老師在一旁，很不屑地插入一句：「都是一群笨蛋！還稱呼什麼學長、學姐！」一言未了，登時，整個教室又瞬間停電！

我的個子長得實在太渺小了，兩屆的學長姐都戲稱我為「小助教」，尤其胡大哥和善培學長常開我玩笑。於是，我在研究生留言簿上，口氣很大地寫下：「我不要當小助教！我要當小教授！」這句玩笑話，直到二十八年後終於真正地兌現！

夜中文系畢業後，順利考上第三屆碩士班。龔老師曾問我：「碩士班的課都被妳聽完了，還有什麼課可以修？」雖然旁聽與正式修的是同一門課，但老師們的學問均如廟堂之高，讓學生取之不盡、用之不竭。有一回我因夜中文的期中考，白天必須暫停一次旁聽，王文進老師正好帶研究生到校外遊山玩水，問研究生說：「那個小學妹怎麼一起沒有來？」透過學長姐的轉述，王老師的真性情，讓我感動不已！

從夜大二「文概」開始，就一直

聆聽龔老師的課，慢慢進入龔老師的學問體系，從中品味宗廟之美、百官之要。碩博士論文自然地敦請龔老師指導，完成了《晚明畫論詩化之研究》、《《禮記》人文美學探究》二書。胡大哥曾對我說：「我們都不敢和龔老師開玩笑，只有小玟才敢！」也許是初生之犢不畏虎，龔老師經常關心我的生活及學術狀況。還曾指導孫中曾、黃偉雄學長和我，共同完成了《美學在臺灣的發展》一書，奠定我研究中國美學的基礎。

龔老師是影響我學術生命最重要的恩師。多年前我應守正之邀，發表〈書寫、詮釋與治療：龔鵬程紅學詮釋及其開展〉一文，以報答師恩。不輕易許人的龔老師竟說：「寫得不錯！」並收錄於老師的《紅樓叢談》附錄中，予我極大的鼓勵！以此因緣，開啟我研究《紅樓夢》的契機，繼而回母系發表〈折翼的天使——賈寶玉的心靈創傷與療癒〉，最後完成教授升等論文《紅樓夢何夢——小說的自我敘事與治療》。至今，每逢龔老師的生日，一定用微信問候遠在北京大學的老師，師恩浩蕩，畢生感念！

除了求學問道之外，超過一半的教職生涯，竟是在處理系務行政。淡江中文的師友中，教導我行政能力的人，一是明昌學長，一是高柏園老師。

透過胡大哥介紹，碩三進入國際佛學研究中心擔任行政秘書。當時中心的主任是龔老師，副主任是明昌學長。龔老師時任陸委會文教處處長，兩岸事務繁忙，中心業務多由明昌學長負責。明昌學長帶領我如何規劃每週工作重點及進度掌握，讓我在華梵中文系十年系主任的行政處理上，受惠極深。

對高柏園老師最難以忘懷的記

憶，就是淡海之旅。碩一修高老師的中國思想史專題，課餘之暇，高老師帶著我們一群二十五歲的學術小毛頭，到淡海附近烤肉。興盡之餘，發給每人一把超級小刀，大伙兒穿梭在淡海的山顛水涯，尋找清香的野薑花，一把一把採擷下來，滿心歡喜地捧回高老師的住處。美麗的師母泡茶請我們喝，大伙兒高談闊論地聊，後來龔老師也來了，記憶中，空氣似乎又停電了一段時間！

104學年度起，高老師接任華梵大學校長，我們在美麗的大崙山上重逢。校長老師的行政風格像莊子，靈動逍遙，創意的點子層出不窮。跟隨其側，舉辦「大陸成功人士華梵心靈饗宴」、與坪林區公所合作、接任中華經典文化教育協會執行長、應邀至四川外國語大學作紅樓夢短期講學，嘗試了許多珍貴的文化交流經驗。暑假某天下班後，忽然聽到一聲叩門，原來校長老師巡視教學單位的空間，來到中文系，出現在我的辦公室門口。我們聊著如何落實華梵的教育願景，校長老師樂觀積極的人生態度，總是讓人看到未來無窮的希望，不知不覺中，一抹夕陽已染紅了遠處的青翠山巒。

回顧這一切的人生歷練，都是那一段「旁聽」的歲月，結下的不可思議的緣。因為有這些獨特的「人」的故事，美麗的淡水，遂成為小小野孩子的我，亙古的懷念！

那一年

林偉淑

13

歲月悠悠，淡江中文系一甲子了。淡水河伴著觀音山，雲霓虹霞，四季流轉依舊。八〇年代末至九〇年代初，我在淡江度過大學四年，但也像當年校園裡的大霧，霧裡的一切迷迷濛濛，和夢境纏繞成片片碎碎的記憶，如今都已遠去。我不愛懷舊，因為舊時的記憶太稀薄，偶爾回望過往，記憶裡最深刻的，大約仍是宮燈大道的杜鵑花、淡水的夕陽。景物裡的人，遠了，而它們，一直都在。

多年後，我已走出迷霧，當時我並不知道，走了一遭，繞了大半個世界，最後，還會回到淡江，只是學生身份置換成教師。從此，我看著同學們來到這裡以及離去，而那些不斷重覆的，或者不再重覆的時光，將成為我新的日常。還記得那一年，我初從屏東北上，坐著校友會的專車來到淡江，下了專車，我站在原地，不辨東西，不知南北，也記得那一天，風很大，我迎著風，期待著明天以及未來。其實，我的大學時期過得迷迷茫茫，大約是因為方從國境之南來到這裡，淡江裡的一景一幕，都吸引我的注意。

搜尋課程記憶，大多遠了，記得周志文老師曾是我的導師，周老師上課風趣幽默，解說文章像是在說一則又一則的故事，我總是聽得著迷。當時我是學藝股長，周老師見到我，總念說我太瘦了。回想當時，一個瘦小又靦腆的南部女孩，走進淡江，像是走入一幅美麗的畫，景物和人物都令我目眩神迷，迷人的人物畫像裡，自然得說說有著魏晉名士風範的王文進老師。當時修習王文進老師的文學史課，找資料作報告，似乎是課程的常態，但印象最深刻的是有一回，天氣晴朗涼爽，老師突然起意帶我們到草坪上課，同學們團團圍住老師，我則悄悄坐到最外圍……，再更遠一點，嗯，風好涼，草很綠，我覺得浪漫得不可思議，完全無法「分神」注意老師，就專心聽風說話，看雲影掠過……，這竟是大學兩年文學史課程最深刻的記憶了。

我一直記著大學時曾上顏崑陽老師的課，課程內容不復記憶，但仍記著顏老師鼓勵我們：「人生當如車輪輾地，寸寸皆著實地，寸寸皆不停滯。」這句話寫在我的筆記上，伴隨我多年。彷彿預知也安撫我未來將要面對的坎坷，好讓我在求學、在工作的路上，踏實前進不懼怕。回到淡江中文系任教後，我看著我年輕時景仰的顏老師，仍努力教學、研究，並且帶領學生讀書會、辦會議，老師認真努力的身影成為一種典範，也彷彿，我的青春歲月不曾遠去。

淡江四年裡每一位老師，都為我開了一扇望向世界的窗。我的碩士論文指導老師施淑老師，在大學時期施淑老師為我開啟了現當代文學以及台灣文學的視野。這些在今日的學術環境中，很難再有的大師級的老師們，示現於我們的，是人文學科的風骨和氣度，是知識份子對於社會歷史的責任。記得當時，施老師從不點名，只在期中發考卷喊同學名字，我至今仍不明白，施老師怎麼能就記住了我們？就像我不明白，在那個沒有評鑑，不需要量化老師教學能力的時代，師長們的學養卻如許深厚，我們走在大師身後，循著大師足跡，我們曾是那麼幸福地學習著。

李元貞老師的現代詩和戲劇課，確實很難忘。當時的戲劇課，非常辛苦，得要到台北看表演，買票花錢是一回事，那時沒有捷運，只能搭指南客運到台北，這是一件費時辛苦的事。那一年，國家劇院、音樂廳、社教館、國軍英雄館⋯⋯，去了好多回，我也因此喜歡看舞台劇，看表演，聽相聲，連京劇都覺得極為有趣，每回看完戲再回到淡水都已是十一、十二點了，其實這是幸福的功課。比較辛苦的是戲劇課，修課同學必須自編自導自演一齣戲，每個人都必須參與，但大學時期的我實在太害羞了，怎麼也無法上台演出，只能「爭取」當燈控。我著迷於舞台燈光的明滅的瞬間，彷彿在那瞬間，置換了人生的布景。

有些事，在很後來才能明白。大學時期，有幾位影響我很深的老師、幾門對我有啟發的課程、幾位帶領著我前進的學長姐。其中，曾守正學長及江淑君學姐至今仍在身旁鼓勵我，待我親如家人。還有一位令我感念的老師——高柏園老師。大學時我上過高老師的宋明理學，永遠都沒弄明白程朱他們的深奧學理，但在高老師身上，卻看到溫暖的老師所示現的人師典範。那一年，女孩其實已畢業離開淡江，到南部念碩士班，高老師從其他學長姐那裡得知女孩情感失意，老師寫了一封字跡勁秀的信給女孩，老師用哲理闡釋生命的際遇，祝福並安慰這個悲傷的女孩，女孩收到信深深感動。這封信女孩至今仍保存著，當她後來也為老師時，她期許自己能成為這樣一位溫暖的老師。

如果一定還要回憶淡江四年的校園點滴，那麼克難坡大約是很難忘的。克難坡一直是淡江學生入學或畢業時巡禮的地點，在大雨時形成的克難坡瀑布，早成為校園景點，當年自然是走過好多回。記得，那回是打工下班，已是近午夜時分，天有細雨，我獨自走回水源街租屋處，當我終於走上克難坡的頂點時，有一身型微胖的女子，她移近了我，她木木的聲音問我：「現在幾點？」我嚇得不敢回答，都忘了要驚呼，愣了半响，轉身狂奔。我早已不記得她的容顏，但記得她的裙攞，大約是因為我根本不敢看她，也或者我忘了，記憶就是如此，自動修改，放大，扭曲，只剩一個黑白畫面留在記憶深處，在不經意時湧上心頭。我不知她是人或者是鬼魅，或者她只是在等待著某個人，將自己等成了時間夾縫裡的失常的女子。當然，更可能的是，因為自己太懼怕走暗夜小路，走了一回又一回後，自動加工的記憶情節。那個在克難坡上徘徊的女子，或許，她從不曾存在，只是一則傳說。

許多美麗的傳說，仍在校園裡流轉。然而，曾經的溜冰場，永遠不會再有了，因為它將成為國際會議廳。在它即將拆除前，每回開車離開學校，我都忍不住多看一眼，每一次回眸都彷彿看見過往，依稀記得，那裡曾有的活動，交錯的人影，歡顏笑語。時間會過去，但空間仍會存在原地，等待我們重返，我們可以一再說著：「我記得⋯⋯。」然而，時間和空間都是不安的，在時空的流蕩中，最後把記憶全沖刷掉。也許，新的國際會議廳會成為淡江人的新記憶，而我們的溜冰場就留在那些年⋯⋯。

淡江花季

14

林淑貞

淡江，是生命中最留戀的地方，也是記憶最深的地方。

曾經，淡水線是一條蜿蜒的火車道，而今轉換成捷運系統，不變的是山形水影，海風與夕陽。

喜歡臨水眺望，在河畔，在海邊，水，可以是一面澄清的鏡面，也可以是可人的容顏，映照著生命中的哀感頑豔迭宕起伏，也襯托著生活中的喜怒哀樂浮沉升降，情愁憂喜在這兒盤桓與流轉。

躊躇流連在宮燈道上，這是年輕時求學的場域，伴隨著夕彩紫曛，讓姹紫嫣紅的花顏粲然而綻，往日情懷也一一醞釀而上。

年輕的歲月裡，漫步相思林中，黃花如蓋，彷彿細語呢喃，細細密密地傾覆著伊的誓言與密語。

三月杜鵑，綻放活力與青春，似在呼喚情人處處徜徉流醉。

四月的紫荊花，如火如荼，漫成一片花海，讓人驚艷，記取花下的歌吟，總是清甜如蜜，供人追憶汲取，也在日後的歲月裡不斷地潮湧著記憶的浪花。

最愛五六月時節，教職宿舍旁籬笆是一朵朵白色的梔子花開，花香瀰漫，浸潤在芬芳中，感受生命中清芬流蕩。深愛這款花香，彷彿所有的幽傷與悲情俱可被冰封與稀釋。待花事漸闌，花色轉黃時，已近夏初了。後來，宿舍整建，籬笆拆掉，從此，梔子花香只能在夢裡迴旋。

鳳凰花開是離人泣血的季節，伴隨著驪歌而飛舞。未識情愁的年少，總要揀拾花瓣，與伊笑談晏晏。而今方識，人間傷別，最鐫刻心版難遣的是生離與死別。

偶然，行經牧羊草坪時，花架上的九重葛嫣紅地與我照眼而過，恣意勃放生命力的強韌。不與人爭的九重葛，總是適時適地開綻，似是藏不住心事，急著向路人抖出。然而，生命的故事，豈是隻言片語可以映現的？

偶然，在情人道上，瞥見緋紅玫瑰，在風中款款搖曳，忍不住多看幾眼，讓花顏留駐眼眸心底，殊不知，生命裡璀燦如花的影像，豈能在朝朝暮暮裡懸想與追憶？

冬天的淡水，淒風苦雨，沒有花顏，整個季節似乎淪陷在風雨之中，盼望著春天來臨。然而，淡水生涯，猶如人生的春天，一去不歸，深鎖著青春芳華，讓人留連徘徊而難以或忘。

屬於青春的花季，盛開在人生的青壯時期，陪伴著我們渡過求學的歲月，也伴隨著愛戀而增添繽紛色彩。

而今，重回宮燈道上，往日情懷一一襲湧而上，似亂石崩雲無可閃躲，似攪亂一池春水蕩漾未已。

悄駐芳園，臨高遠眺，觀音山遠遠在望，罩著夕彩紫曛，而歲月的流域幾度輪替洄流？

重回淡水，重回淡江，校舍幾經改建，多非舊時記憶了，唯獨宮燈道一逕地兀立在五虎崗上，順坡而上，所有的記憶翻湧而上。

淡江幫

15

胡衍南

1987年大學聯考，因為作為強項的國文科慘敗，最後非但進不了最想念的大眾傳播系，連中文系也因達不到低標門檻而遭排除，勉強落腳淡江歷史系。大學四年的課程很輕鬆，加上剛「解嚴」的政治環境使學術發展日漸蓬勃，誠為嗜讀雜書的美好時代。偶爾也心血來潮去中文系聽課，印象最深的是施淑老師文學批評，記得第一堂課大遲到只能坐最後一排的邊上，老師台上講毛澤東〈在延安文藝座談會上的講話〉，我看著前方整片低頭筆記的背影，心想你們中文系的連這篇文章都沒讀過？於是便走出教室再沒有回來上課。期末考幾個題目都不會寫，最後只拿到50分。

1991年考上淡江中文系碩士班，那時候龔鵬程老師剛去陸委會做官，不過前幾年他為系上聘來的「九流十家」大抵成為系上師資的中堅，他們包括搞明代思潮的周志文、文學批評的顏崑陽、唐代文學的曹淑娟、目錄版本的周彥文、六朝文藝的王文進、文藝美學的李正治、現當代文學的李瑞騰……，還有好多好多。那時他們多數四十不到，學術上已經展露頭角，但是好幾位的性格都很自由率真——例如浪漫到無可救藥的王文進、永遠像嚕拉拉大哥哥的周彥文、一派研究生氣質的李正治、對學生因宿醉不能來上課卻十分同情的曹淑娟和李瑞騰……，這些老師給我們最多的身教是自由與尊重，對我們最狠的言教是學術必須奠基於現實關懷。

當然還有比較資深、令人敬重的先生們，例如王仁鈞、傅錫壬、施淑、李元貞等，當年把我文學批評當掉的施老師，後來成為我的碩士論文指導教授。

碩士班那幾年，真是我人生最

美好的日子，同黨們老在咖啡和菸酒之間談文論藝的情景（當然更多時候只是打屁），只要努力一下都可以從記憶庫裡撿回來，例如：謝秋萍某次氣急敗壞地爬克難坡上來告訴我們山下新開了一間咖啡店、幾個人騎摩托車走登輝大道去「下圭柔山」王宏仁宿舍開讀書會但其實都在吸別人二手煙、以及每個星期四晚上到後山竹林旁空地飲酒通宵以至如今都不太怕鬼了……。但這一切遠比不上陳明恩的故事——某日下午四點多李正治老師約他看夕陽，結果兩人直待到第二天早上八點多才各自回家，問他和老師都聊些什麼啊，不想兩人從頭至尾講不到十句話，就是兀自看海、聽浪、讀心而已！

畢業之後，考進清華中文系讀博士，這下，我變成有兩個母校了。可同時，淡江中文系開始給我兼課教書的機會，我對淡江的認同又多了一個理由。博士畢業之後，記得清華朱曉海老師曾經語重心長地提醒，說他知道我對淡江的感情（包括作為學生在這裡讀書、以及作為老師接受這裡的栽培），但是外界習慣將博士視為一名學者主要的學術養成階段，所以叫我不要那麼排斥提起自己的清華血緣。其實，我並非不喜歡清華，只是自己讀博士的時候太貪玩，從老師那裡學到的本事太少，所以受其影響有限。反之，我在淡江當了七年半不知天高地厚的學生，被養成一種自由、不覊、非體制的性格，且當我以這樣的反叛在淡江展開教學生涯，也從來沒有遇到任何阻礙和批評，這讓我很難不更心向淡江。

後來，在兼具學術與交誼性質、以呂正惠或朱曉海老師為核心結集起來的年輕學人圈裡，竟然逐漸浮現出一個名為「淡江」的小品牌，除了我自己，另外包括陳明柔、曾守正、徐秀慧、呂文翠、王學玲、李桂芳、謝靜國以及更年輕的洪士惠、陳雀倩、呂明純……，這是呂正惠老師在十多年前就點名的「淡江幫」。去年，我們為施淑老師舉辦「前衛的理想主義——施淑教授七秩晉五壽慶暨學術研討會」，請來呂正惠老師致辭，只見他不無感慨地說：「很多人說我學生很多，我到今天才發現，這些學生大部分是施老師的學生，都是淡江幫！」我看看現場，確實所言不虛，即便當年並非出身淡江的年輕學者如黃琪椿、彭明偉、蘇敏逸、黃文倩等，也因為私淑施老師或和淡江的各種淵源，儼然也被視為有淡江色彩。

很長一段時間，我其實並不喜歡聽到「淡江幫」這個稱號，因為總覺得這麼說的人有股排他性。我目前服務的台灣師大國文系，在將近五十人的師資結構中，主要以師大國文系出身的為主，但是竟然有陳廖安、江淑君、許華峰、李幸玲和我來自淡江；如果加上曾在淡江任教的林保淳和徐國能，這個名單也實在長了一些，聽同事談到「淡江幫」我都覺得不好意思。此外不喜聽人提起「淡江幫」還有個理由，總覺得這般標榜和強調蟑螂的抗輻射性差不了多少，好像我們本來該死卻莫名所以存活下來似的。言者及聽者，有心或無意，反正自己知道。

不過現在呢，可能翅膀硬了，聽到別人強調我是「淡江幫」，反而覺得挺好。作為一名大學教授，覺得自己和同輩中人有什麼不同？我想大概就是對於自由浪漫、造反叛逆有更多的欣賞及尊重吧！無論是做人或做學問，這都是淡江所給與我的特質。

1987年大學聯考放榜後的盛夏，父親和我各揹一個大行李，坐北淡線小火車、走過英專路、爬上克難坡、穿梭在水源街二段的房東與房東之間、最後總算找到一間聊可賃居的小屋安頓下來之後，整個暑假對我考試成績極其失望、對我放棄重考選擇淡江極其無奈的父親，什麼話也說不出口，只囑我好自為之。如今的我已經升等教授七年，八十四歲的他近年前後中風兩次，當時我們都沒想到，因為各式各樣的機緣，以及淡江獨有的文化底蘊，本來該死的我竟然莫名存活下來了。

嘿嘿，淡江幫。

遠與近

殷善培

16

「淡江好遠」，常聽到學生這麼講，追問為什麼覺得淡江好遠？常見的答案不外是：到台北車站就要四十分鐘、輔仁有捷運到校門口、要轉兩三趟捷運、從新店過來要一個半小時……，高鐵南來北往形成一日生活圈，遠的地方拉近了；有了捷運，近的地方反而遠了。

讀大學迄今三十餘年，除了大學四年住淡水，從讀碩士班開始就基隆、淡水兩地通勤，基隆很小，除北端臨海，往東過了八斗子就是新北的瑞芳，東南的暖暖與新北平溪毗鄰，往南過了五堵就到了新北汐止，往西過了澳底就到了新北的萬里，稍一移動就會「越境」了，每天往返基隆台北的通勤族達四成人口，應該也是全台比例最高的。三十餘年往返基隆、淡水，交通工具與路線變了，不變的是時間，每天通勤時間總要四到四個半小時。

讀大一時還沒有學生專車，更沒有捷運，往返基隆最常搭乘公路局行駛台二線的「基隆—淡水」直達車，單趟車程要最快也要一百分鐘，當年的台二線路況不好，路窄、顛簸、彎道又多，傍晚六點就是末班車了。那年代還有隨車的車掌小姐，若沒有事先買好票或無處買票，上車後告訴車掌要到哪一站，就見車掌拿起打洞剪，嫻熟地在車票簿上的起迄站、票種、票價上打洞，然後撕張存根遞給乘客。這條路線乘客不多，多是短程的魚販、菜販，且主要集中在基隆到金山或三芝到淡水這兩段，車上常瀰漫著魚腥味，基隆人對這味道再熟悉不過了。直達車沿著台二線行駛，從基隆站高砂橋下出發後，轉進基金一路，一路蜿蜒盤行，彷彿在山林中尋找出口，開始下坡就到了澳底，海岸忽地在右方冒出，心情也隨之開朗，頗有「眾山不許一溪奔」到「堂堂溪水出前村」的趣味。接著沿著海岸線行駛，經野柳、萬里到金山，金山是個大站，直達車繞進金山市區，方便乘客上下車，且在金山站稍稍停留，然後再沿著海岸線經石門、老梅到三芝，這一段風景最動人，卻也是乘客最少的一段路。沒有空調的直達車、寂寂的旅程，一回回望著窗方的起落的海浪發呆直到三芝。那時淡水外環道還沒有開通，從三芝到淡水還要三十、四十分鐘車程，要到了新埔、下圭柔山，才覺淡水終於在望了。這班車在火車站旁的公路局站讓乘客下車，接著會開進英專路巷內的公路局保養廠，有時會有好心的司機會順道載送一程，今日大概很難想像英專路上當年有公路局的保養廠吧！

若不搭直達車到淡水，就得先搭火車或公路局到台北，然後選擇搭北淡線火車或客運。客運有兩條路線，一是到公保大樓前搭公路局，這路線要繞進關渡，得多花二十分鐘以上時間，印象中只搭過二、三次；另一是到塔城街搭「北門－淡水」的指南客運，車班較多，但距離台北車站有段距離，往返基隆不是很方便，偶爾和同學到附近的鄭州路吃平價牛肉麵才會搭乘。隨著商學院及夜間部遷回淡水上課，大四時淡江校本部學生遽增，也好像也是這時指南客運開闢了學生專生從館前路、城區部、市議會直達學校，剛開始時還曾引起計程車抗議，有天中午計乘車成群開進校園不讓專車發車哩！不過我沒搭乘專車的需求，對這些都只有模糊的印象。

相較於客運，對北淡線的火車有著更多的印象，大學教我們中國文學史的王文進老師常說：淡水與台北之間存在美感距離，從台北駛來關渡是個分界點，由城市的喧嘩漸入鄉鎮靜謐，人也跟著沉澱下來；從淡水到台北就是從寧靜的小鎮開往城市，心情就跟著熱鬧起來。高我三屆的胡正之也提過，他的香港同學初次搭火車到淡水，一見關渡忙用廣東話驚呼：一望無際！碩士班第一屆入學考試，「中國語文能力表達」這科出了題對句，上聯是「觀音山臥傍淡水河，有動有靜」，請對下聯，後來得知是王仁鈞老師出題的，山、水、平原的交織疊影在列車上最容易感受到，連空氣都不一樣呢！

北淡線列車班次不少，平均起來大約一小時有兩班列車，那時系學會編印的系通訊錄後頭都貼心地附上北淡線火車時刻表方便同學估算時間搭乘。搭北淡線列車是愉快的經驗，記憶中總是和同學結伴搭乘，大一某天和黃國偉、邱文美一起搭往台北，寂靜的車廂內只有我們的笑語聲，國偉那時參加「新研社」，學了一首歌曲「背影」，就在車上教我們一起唱：「記得我倆初相見的時候，也就是在那落葉的黃昏裡，那一天妳穿紅色衣裳，徘徊在那裡，不知等誰……，到如今難忘的背影，希望能有相見的一天；到如今難忘的背影，希望能有相見的一天……」，這應該是四、五年級生都知道的自強活動歌曲，不知怎地，後來居然列名淡江三大情歌之一！

王文進老師提過在某屆的畢業紀念冊有這樣一幅圖：一列駛離的火車，旁邊寫著「再一次流浪時，夢中的故鄉將是淡水」，沒去考證是不是真存在這樣的圖文，但老淡江人對火車與淡水的情感是再真切不過的。畢業典禮隔天，我們在阿寬那棟號稱「人民公社」的宿舍惜別，做竟夕談，隔天上午一起搭火車告別淡水，好像該說的話都說完了，彼此貪看著窗外的觀音山、淡水河，努力想留下些什麼。畢業兩年後北淡線列車停駛，十一年後捷運淡水線通車，三十年後當年的同學卻只連絡上半數，仍有半數散落在天涯等著串起！

野狼一二五

馬銘浩

17

民國五〇年代在萬華出生的窮小孩，印象中的淡水就像是要遠赴重洋一樣的遙遠。因為父親每天總是在凌晨三點左右，就得起床外出工作，小男孩也總是睡眼矇矓的看著父親不管刮風下雨，或是烈陽高照，都得全副武裝到那不知名的國度工作。等早上九點後，再歡欣鼓舞的迎接父親的榮歸。並雀躍的接過他手中的幾隻雞，幫忙拔除雞毛、清理宰殺後好到華西街販賣。長大後，才知道原來父親去的地方就叫做淡水，心想著那一定是富庶而美好的樂園。就像唐三藏西天取經一樣，要經歷各種考驗，才能到達的美好天地。「淡水」一直是小男孩未來的美麗新世界。

民國77年，正準備要從軍中退伍，投入就業市場的我，意外的聽說淡江大學中文系，將成立第一屆的中文研究所，本來想放棄學術投身商場的我，義無反顧地報考，也順利的成為淡江大學中文研究所第一屆碩士班的學生。懷著興奮和淘寶的心情，我進入了淡江的生活圈。也將成為淡水人。

第一屆的研究生，肩上扛著莫名的榮譽感和責任感。創所的龔鵬程老師對我們也有著無限的期許，兩年修課期間，傅錫壬、周鳳五老師、周志文老師、王文進老師等人，都開發並鞭策著我們每人的學術種子，就在這兩年間，我終於懂了什麼是中文學術，也讓我立下投入中文學術生涯的職志。有幸在畢業考上博士班後，在傅錫壬老師的引薦下，成為第一位回淡江任教的碩士班校友。從此，淡水就成了我再也離不開的故鄉。

記得尚未入學，第一次騎著野狼一二五進淡水，想提早探訪淡江校園時，故意不願走英專路，停車後再爬好漢坡，而沿著學府路進來，眼中所見兩邊盡是矮房和農地，道路也還崎嶇不平，就市還未開發的村落景象。心想著：難道這就是自己小時候嚮往的美麗世界，然而，沿著坡道右轉，一時錯過了進淡江的路，卻騎到水源之處，烈陽哄照之下，口渴卻也顧不了其它，率性的對這鼓湧而來的泉水，大肆的痛飲狂歌，讓甜美的自然飲料，開發我無限的快感。湊巧遇到一老人來提水，一問之下才知這是臺灣最棒的水源地之一。而老人並非家中無水，是要提取回去烹煮好茶。喜歡附庸風雅的我，當然忍不住雀躍之情，給自己塗脂抹粉的和老人聊了一堆自以為是的茶學問。老人也隨興的帶我回他家泡茶聊天，從天文地理到世局變化，都成了我們漫聊的題材，倏忽之間連陽光都慵懶的想和我們道別。老人看孺子似乎可教便留我晚餐。這等美事我當不放過，在他的吆喝下，來了一清秀美女，霎時間便準備好烤肉工具，讓我一時嘴巴、眼睛都忙的七葷八素的，都不知掛在天上的已從熾熱的太陽，輪班成嬌羞的月亮。心想：雖達不到王維詩中所說的「行到水窮處，坐看雲起時」的境界，可也有幾分「偶然值林叟，談笑無還期」的醺然。也就故意很順便的在忘年之交的新友家中叨擾一晚了。至於那清秀佳人的身份和去處。自然是藏在我心深處，不對外人說起的秘密啦。可當天除了酒足飯飽之外，最大的收穫就是找到了我在淡水落腳租屋之處。也渡過了兩年半假躬耕的生活。

讀研究所時故意每天都排一門課，讓自己每天都會進校園，悠遊在花園般的淡江校園。不管是幾點的課，最愛在早上七點前，就從後山水源地的租屋處，漫步地逛進校園，不必有牧童遙指杏花村，更不必有美女佳餚隨側，一路走進校園，都會有無限驚奇的自然美景。當然，那時是沒有所謂的登輝大道的，卻也不會覺得交通不便，反而讓人多了幾分和自然對話的契機。也愛在黃昏時，追逐夕陽的餘輝，看著白蘆頂著火紅的美麗。沒課時一群同學們或是窩在文館頂樓的文學院圖書館；或是和師友席坐草坪上談天論地。在輕狂的求學時期，探索文史中的未知，似乎就成了我們生活的重心，未來的工作、貧富、職位等從來都不是我們所擔憂的選項，怕的只是下一刻無法回應同學的提問，老師們的包容也養成了勇於挑戰現狀的一群不羈不絆的讀書人，在溫良恭儉讓的傳統教誨下，淡江培養我們這一屆的同學，更敢於挑戰傳統、探索未知的勇氣。也因此這一班可愛的同學，當時闖蕩在臺灣各文史研討會上，常提問很多我們想知道，論文卻不著核心的議題；我們不喜歡行禮如儀，相互恭維的研討會；也怕都在論資排輩，而不敢造次的會議。或許如此，我們這一群輕狂的年輕人，很快的就在這江湖間得來各種不同的毀譽。可說淡江自由、活潑的沃土，孕育了我們成為敢於夢想的學術人。

開疆闢土是辛苦卻甜美的，剛成立研究所的時候，我們所擁有的財產只有現在L411圖像漫畫研究室那一方頂天立地的空間，和我們這些人力及無懼的精神。就這樣一個個釘出我們的書架、一本本募到我們的圖書、一場場永無休止的學術討論，我們可以在這裡為了學術議題討論到面紅耳赤、瞋目而視；也可以把酒言歡、枕臂而眠。只因我們都是淡江中文人點點滴滴累積所成的風格。雖然現在路變寬了，樓地板面積變大了，圖書變多了，但淡江中文人卻也是不斷的在成長、茁壯。不必因緬懷過去而停滯腳步，也不必因恐懼未來而不敢蛻變。可長可久、持續成長才是淡江人的特性。

二十八年前因淡江而踏入淡水，二十四年前因執教淡江而入籍淡水。別人眼中的淡水或許只是假日塞車堵人的短暫旅遊地點，但對我來說，淡水早已取代萬華，成為我心中的家鄉。何其有幸，我不必再像父親一樣，凌晨趕到淡水工作，再兼程趕回販賣。我可以悠遊自在的欣賞淡江的好，淡水的美，昔日小男孩心目中那遙不可及的國度，已不只是想像中的美麗世界，是我身處其境的永恆桃花源。

黃金九年

高婉瑜

18

人生的因緣不可思議。

第一次與淡大結緣，是大學時曾到淡水一遊，當時人生地不熟，竟然傻傻在圖側附近問路人：「淡江大學在哪邊？」經路人「指點」，抬頭才知著名的淡江大學遠在天邊近在眼前，那時還興奮地在圖側旁的「淡江大學」招牌旁照了一張相片，到此一遊的喜孜孜心情迄今回味無窮。

第二次與淡大結緣，是博士班時參加「第二屆淡江大學全球姊妹校漢語文化學學術會議」，開會地點在覺生國際會議廳，從大片的落地窗向外望去，淡水河的美景盡收眼底，令人驚豔。記得會議的主辦人是盧國屏老師與薛榕婷同學，他們熱情的接待讓我覺得淡江中文真有人情味，還記得周彥文主任送了我一張名片，上面印了他的卡通畫像，收到的當下覺得這個主任真妙，真是一位沒有架子的主任！會議結束後，老師們還帶與會學者搭紅26公車到漁人碼頭參觀，當天晚上還下著雨，但大家依然興致不減。

當年的小小博士生怎麼會知道淡江中文系就是未來的落腳處？佛家說的因緣真是不可思議啊！

96年2月，幸運北上到淡水工作，一轉眼已過了九年多。對人而言，九年何嘗不是一段漫長的歲月？儘管在求學階段遭遇不少風風雨雨，現在回想起來，佛陀從來沒有忘了我。我真是幸運，淡大中文系有眾多知名教師，能與王邦雄、曾昭旭、顏崑陽、高柏園、周彥文、盧國屏等教授一同共事，真是難得的緣分。

初到淡大，每一門課都如此新鮮，皆要好好準備。令人印象深刻的是，小學三科給我的沉重壓力。眾所周知，文字學、聲韻學、訓詁學是中文人聞之色變的科目，一隻小菜鳥怎麼可能駕馭三科呢？同時上這三門課簡直是不可能的任務，豈料可怕的事情竟然發生了！回想當年備課壓力之大，每週有看不完的教材，深怕哪份資料遺漏了，沒能給學生最完備的知識。真得很感謝這份不可能任務，經過多年訓練，讓我對小學三科能有更深刻的認識，能得心應手優游於語言文字的璀璨天地。

96年8月，崔成宗老師擔任主任，感謝他對婉瑜的栽培。崔主任是默默做事的人，把系上的事情一肩扛起，當年助理教授甚少，崔主任給了許多磨練的機會，從各委員會、小卓越計畫、《淡江中文學報》、文學與美學研討會、中國語文能力表達研討會、系所評鑑等等，漸漸地熟悉系上的一些業務，亦體會到主任的辛勞與難為。

不久後，喬書瑾助理調到中文系，喬姊初來時不熟悉業務，常留在辦公室加班，因此有更多機會與他接觸。她對研究生十分照顧，對老師們甚為客氣，總是與人方便，從他身上學到很多待人處事的道理。後來，系辦陸續加入許惠瑜、李尹兩位生力軍，不但年輕有活力，且敦厚有禮，在行政上給予我眾多協助，遇不瞭解之處，他們總會伸出援手，給人溫暖，令人窩心。

在淡大的九年，經歷了一些有趣或可怕的事情。例如擔任《淡江中文學報》執行編輯，有位國外作者沒有註明職稱，因為出版在即，一時聯絡不上，我與工讀生趕緊在網路上查找作者的系上資料，情急之下把官網上的職稱填了上去，豈料該系官網久未更新，出刊後該作者大發雷霆，指責我們把他降級。這件事讓我們很擔心，幸好主編顏崑陽老師了解事情來龍去脈，以一封信化解尷尬，讓我學到如何危機處理。

記得系所評鑑時，全系嚴陣以待，評鑑委員留下許多疑問，晚上系辦燈火通明，崔主任、倪台瑛等多位老師、助理留下來尋找資料，回應問題。當時真是難熬，我還是小菜鳥，對系上大小事沒有那麼熟稔，面對這些問題不知該如何解決，幸好主任與老師們一同努力，找出補充資料，順利完成工作，記得當時回家已經深夜三點多，淡江校園是如此寧謐！105

年系所評鑑時，有了先前的經驗，加上殷主任採分組解決問題的模式，面對問題比較不那麼慌張，小組分工合作，節省了許多時間，順利協助系上通過考驗。

我是個嚴格的老師，同學之間總口耳相傳說上課會點名、得點書、會當人等等，記得每次檢查同學的點書作業，研究室外頭老是大排長龍，有的同學還用《說文解字注》、《廣韻》、《爾雅》代為排隊，引起其他同事駐足，以為發生了什麼事情。原想同學一定很不喜歡上我的課，但從同學口中聽到「老師！你看這段話很好笑，圈點時我還笑出來了」、「點書雖然辛苦，但有很高的分數可拿，比較有保障，點完書後也覺得自己很厲害」，再搭配一臉既緊張又有點驕傲的神情，著實感受到同學可愛的一面。

到系上服務時我還是個稚嫩丫頭，小姑獨處，常待在研究室。陳仕華老師經常跟我開玩笑說：「大頭妹快去交男朋友，老是守在研究室幹嘛？」多次「洗腦」後，老師一定不知道我把他的話聽進去了，認真、順利地把自己銷出去。妙的是人家常說「文史不分家」，我的婚姻還真應證了這句話呢！

在淡大服務的歲月，身分經過多次轉換，從初出茅廬的單身丫頭，轉變成人婦，再「晉級」為母親。文學院、覺生紀念圖書館、淡江郵局、元甫素食、驚聲書城、宮燈步道、運動場，留下了無數足跡，印刻了青春年華，點點滴滴，足以細細品味。

人生有多少個九年？淡大中文系是溫馨的大家庭，儘管大家工作忙碌，上課時間不同，同事之間沒有太多時間閒話家常，但委員會議、系務會議或期末聚餐提供了凝聚共識，聯絡感情的好機會，讓我們更了解彼此的想法。因為前輩師長與同事的齊心協力，系上才能逐漸茁壯、蛻變，邁向轉型。正值中文系六十週年前夕，身為系上一份子，將這份醇厚的感情與謝意化成短篇文字，祝福淡大中文系有更美好的未來，邁向另一個高峰。

宗雅樓詩話

19

崔成宗

一、訪韓詩話

〈辛巳臘月，與中文系同仁訪韓國嶺南大學校，從池荷亭、陳慶煌教授賞酒論文，南還後，旋奉池老不染齋詩翰暨《山脈集》，爰賦此詩〉:「高譚述作把盃聽，嶺嶠名賢道眼青。對景悠思賡筆會，飛觴醉語宴芳亭。詩風瀟雅摩韋柳，書藝優閑近禹卿。萬里飛鴻添逸興，德星相祐享椿齡。」

2002年年初，本系師生前往韓國大邱嶺南大學校參與第二屆儒家文化與東亞文明學術會議。此一會議由慕山學術基金會、東亞人文學會主辦。主其事者嶺南大學洪教授瑀欽也。洪教授與吳教授哲夫相識相知數十載，經由兩位教授之聯繫安排，本系師生爰組團遠赴韓國，從事學術交流。與此會者，高柏園、吳哲夫、陳慶煌、黃復山、周彥文、馬銘浩、盧國屏、曾守正、黃麗卿、羅雅純等同仁。所撰論文，刊載於《東亞人文學第2輯》。

會後筆者與陳教授慶煌、韓國池教授浚模同與夜宴，筆談詩文，復相約限韻，賦詩唱和。池教授，韓國慶北川人，號荷亭，以「不染」名其書齋，著有詩集《山脈集》。詩風飄逸，襟懷澄澹。旬日後，池教授以圓勁之小字行書，書其詩作於宣紙惠寄，筆者展卷細翫，無任欽遲。因以灑金宣紙書所作和詩寄請池教授郢正。有清書家王文治，字禹卿，號夢樓。其書法自趙孟頫、董其昌以窺晉、唐，行書步趨《蘭亭集敘》、《懷仁集字聖教序》，論者謂其「筆法圓勁古雅，意致優閑逸裕」。池教授之行書，亦臻此境。

會議之首日，群賢發表論文，各

抒高見。次日上午，嶺南大學與本系各推派三位同仁，現場揮毫，以翰墨會友，弘揚書學。洪教授書法造詣甚高，提供上好紙筆，以助揮豪之興。本系高教授柏園(時任系主任)指派陳慶煌、馬銘浩，及筆者參與其事。筆者因書「壯游雄覽三韓勝，嘉會歡聯兩國情」一聯以記一時之盛。

二、遊蜀詩話

〈壬午孟秋，與中文系諸君子赴四川大學，於「蜀文化與俗文學會議」發表論文隅錄〉:「聯袂群英劍外翔，江頭濯錦列瓊章。曹公文采方明眼，蔣府清音已繞梁。林下論文承李杜，園中獵智繼蘇黃。香醪歡飲農家樂，蜀學商磋沁晚涼。」

2002年八月，高教授柏園榮升本校文學院院長，筆者奉命承乏系務，因與本系黃復山、陳文華、陳仕華、周彥文、倪台瑛、黃麗卿、羅雅純等同仁偕博士生如干人，往訪四川大學文學與新聞學院，出席「蜀文化與俗文學會議」，發表論文，從事學術交流。

四川大學文學與新聞學院曹院長順慶，文采清雋，學術淵雅，當時已與筆者相識數年，交成久敬。「曹公文采方明眼」典出杜甫〈丹青引·贈曹將軍霸〉:「將軍魏武之子孫……文采風流今尚存。」「蜀文化與俗文學會議」首場議程，《成都藝術》蔣副主編守文，發表論文，題曰《四川清音溯源》。其夫人從而演唱四川清音小調，情高韻遠，聆之有在齊聞韶之感。「蔣府清音已繞梁」，蓋謂此也。

杜甫〈春日懷李白〉:「何時一尊酒，重與細論文。」黃庭堅〈奉和文潛贈无咎〉:「安得八紘罝，以道獵眾智。」此蓋「林下論文承李杜，園中獵智繼蘇黃」兩句之所本也。李、杜、蘇、黃皆與蜀地、蜀學淵源甚深，其論文、獵智，亦可牖迪後人。

是日於成都近郊「農家樂」園林午宴，川酒醇酎、麻辣佳餚，酒酣耳熱之餘，兩校學者乃圍坐幽篁，賡行議程。至於暮色蒼茫，晚荷沁涼，遂盡聞與會同仁之讜論。

三、「酪酊巴黎」詩話

〈國家劇院觀尹玲教授演出《酩酊巴黎》有作〉:「聞詩藝苑值秋辰，酩酊巴黎物色真。此夕升堂說塞納，經年尋夢憶萊茵。妙歌香頌宮商轉，細品醇醪韻趣新。廣樂鈞天迴耳畔，文心曲律仰斯人。」

2004年10月3日午後，詩人尹玲（本系何教授金蘭）於國家劇院演出《黑盒子講座音樂會——酩酊巴黎》。現場置鋼琴、豎笛、長笛、大提琴。弦管諧奏，樂音悠揚。尹玲、王維周等，細說巴黎之歌詩、音樂、建築、風物等。清言娓娓，令人為之解頤心醉。尹令善歌巴黎香頌三百餘首，是夕惟歌數闋，已沁人心脾矣。

淡水河與舊金山的同步對話

許維萍

20

日子在文館上上下下的樓梯間穿梭，不知不覺間，已然過了十年。不像許多同事的「淡江經驗」基本上是學生時代的延續，我的淡江體驗既沒有宮燈福園與蛋捲，也少見夕陽暮色與花海。「經」、「史」、「子」、「集」錯落，「文」「語」訓練並陳的忙碌課程中，難忘的是透過電腦高科技的輔助，跨越了時空的藩籬，與遠在太平洋彼端的舊金山大學進行的一場中西對話：它讓「天涯咫尺」不再只是文學唯美的想像，它讓「『秦』時明月『漢』時關」，不再只是「中國」與「故舊」的懷想與憑弔。

一切要從2015年秋天的「思考訓練與溝通藝術」課說起。

這是一門為榮譽學程學生開設的語文表達課。為了提供學生不一樣的視野，並鼓勵學生嘗試和中文以外的世界溝通，在得知有額外的經費可以商請學者前來演講後，便開始構思適合的人選。中文系開立的課程理論上都跟語文表達有關，只是上課的方式與目標，畢竟以教師講授為主。有沒有可能透過課程的安排與設計，加強學生的語言表達能力，並且讓學生與不同學習背景的講者「面對面」的溝通，但地點卻不侷限在台灣？

非常感謝舊金山大學利瑪竇歷史研究所（Ricci Institute for Chinese-Western Cultural History）的Mr. Mark Mir，在得知我的構想後接受邀請，並在十五小時的時差下，以視訊會議的方式，出現在淡江校園I501教室的三大螢幕上。也謝謝遠距教學組季振忠及王大成兩位先生的技術支援，如果不是他們事前的準備及反覆測試，並親臨現場從旁協助，這場跨越時空的知識交流不會進行得如此順利。

演講的主題是「東遊記：明清之際耶穌會士在中國」。這是電腦工程師出身，卻熟悉天主教在華文獻檔案，並長期接觸中西文化交流的Mr. Mark Mir提供給學生的訊息。從電腦工程師跨足中國文史領域，Mark Mir本身的經歷就是「跨越疆界」最好的說明；而演講的語言雖然是以英語為主，但熟悉中文的背景讓他在講述這些與中國有關的歷史時，能有更貼近東方的觀察。

演講之後的問答，是整個活動設計的另一個高潮。如何提？怎麼問？如何接續講者的觀點，或附議，或質疑，甚或只是意見的修訂或補充？這不僅只是單純語言能力的表達，還涉及邏輯的思辨及組織，以及母語與外語間「轉碼」的問題。所幸這些資質優異的學生，在簡單的提點後均能認真的融入，於是，一場別開生面的中西交流得以在台北時間2015年11月12日中午十二點圓滿落幕。

說起十餘年的淡江歲月，想說的不是歲歲年年常相似的花開與花落，也不是春去秋來循環往復的送往與迎來；「詩詞歌賦」，「忠孝節義」，「談儒論道」，「妙筆雄辯」之外……，這是我的淡江新體驗。

淡江的師友

連清吉

21

1975年入學中文系，龔鵬程叫我選修張之淦老師的課。大二，上了一學年的「六朝文」和「東坡詩」，聽懂長沙口音後，知道要怎麼讀書，張老師的板書，也成了我習字臨摹的法帖。大四的每個週末，我和內人到老師書房聽講，是求學問道悅樂源泉的所在。張老師信手拈來文獻典冊，講述史實的通變源流，於儒林文苑的風流瞭如指掌，野史逸聞的掌故如數家珍，感受張老師書香門第的家學淵源，體認博聞彊記而見識卓越是學問涵養的究極。凡事問心無愧，義無反顧，頂天立地作第一等人的人格，也於言談之間窺察而知。課後師母的正統湘菜和高梁洋酒豪飲，大開眼界。張老師嘗戲稱其學如擺地攤，駁雜而無系統，亦曾笑談不日將成空手道。因為老師視弟子如子嗣，有所求借即全數授與。於弟子升學就業亦憂心忡忡。

大學畢業，南下遊學東海大學中文研究所。時東海研究所無講述義理的教授，張老師修書引介黃錦鋐老師指導論文的撰述。黃老師於諸子佛學有會心，與淡江淵源深遠，又是龔鵬程的指導老師。1982年完成碩士論文，服役兩年，任教明志工專，不能安之若命，1987年在黃老師的引介下，負笈東瀛，入學九州大學町田三郎先生的門下，攻讀中國哲學博士。町田三郎先生是黃老師的異國知己，愛屋及烏，垂愛有加，不但憤啟悱發，循循善誘，且將藏書盡數相授。1998年任職長崎大學至今。若無張老師的啟蒙解惑與黃老師的提攜引導，我將苟安於專科學校的教職。

王邦雄老師講授的「中國思想史」，是大四的必修課，週六上課。王老師說解先秦諸子究天人之際，儒道會通與老莊到荀韓的思想脈絡，如庖丁解牛，批郤導窾，游刃有餘，同學如浴乎淡江，風乎虎岡，咸其自取，詠嘆而歸。碩士論文「莊子寓言研究」就是王老師莊子講述的衍義。

開啟臺灣與九州中國學界交流端緒的是黃錦鋐老師。1979年，黃老師在大阪大學木村英一先生的引介下，到九州大學荒木見悟先生主事的中國哲學史研究所訪問研究。當時中國哲學史研究所的副教授是町田三郎先生，中國文學史研究所有外國人講師的劉三富老師。劉老師是黃老師任教於淡江文理學院時的受業學生，在劉老師的通譯協助下，黃老師與荒木先生、町田先生亦師亦友，相得甚歡。黃老師回臺灣後，邀請九州學人到臺灣做學術講演。町田先生也在黃、劉老師的介紹下，積極地邀請臺灣的學者到九州訪問和講演，又招收臺灣的留學生，研究中國哲學與日本漢學。我也在町田先生的指示與臺灣師友的支持下，接續臺灣與九州中國學界的交流活動。龔鵬程於1989年，率周志文、王文進、周彥文參加九州中國學會，發表論文。1990年，町田先生邀請王邦雄老師，在九州大學舉行的日本道教學會作專題講演。昌彼得老師、黃錦鋐老師也先後於福岡大學和九州大學作專題講演。周彥文則由於町田先生申請福岡太平洋基金會的獎助，在1992年，來九州大學訪問研究半年，調查九州大學文學部所藏的明版。

高柏園主管中文系，不但先後成立「東亞漢學學會」與「環中國海學會」，持續淡江與九州的學術交流，也促成淡江大學與長崎大學學術交流的締結。分別在淡江與長崎大學舉行有關人文社會環境的研討會。又邀請長崎大學環境學院井上義彥、井手義則兩位院長到淡江演講，並開設筵席，慶賀二人榮退。張家宜校長到長崎大學訪問，笑談高柏園來訪長崎二十次，一定有問題。其實淡江與長崎大學的學術交流，具有特殊的意義。中文系的師友，如周彥文、曾守正、胡衍南來九州、長崎論學，分別都將近十次之多。長崎大學前任校長齋藤寛先生到淡江簽署兩校交流協定，現任校長片峰茂先生參加淡江創校六十週年的慶典。環境學院的若木太一教授到日文系講學，富永義則教授在化學系客座半年，將有關日本近代化學研究史的藏書贈送給淡江圖書館。長崎大學的學人來淡江都有賓至如歸的感受，淡江的師友來長崎，長崎大學環境學院的教授們亦能竭誠相待。友朋遠來的悅樂，是跨越國境的相知相得，異文化交流的擇善融合，是有容乃大的相得益彰，點畫了人間的美善。

2003年，高柏園聘我回淡江客座，陳仕華戲稱我是大淡江主義者。畢竟淡江是我學問人生的起點，由於淡江師友的提攜襄助，九州的遊學生活才能悠遊自在。龔鵬程、王文進、周志文和袁保新老師叫我帶町田先生回臺灣演講，也要我作報告。高柏園、周彥文、曾守正、胡衍南經常說：「連桑，學會就在臺灣召開吧」，「連桑，回來臺灣作報告吧」，「連桑，介紹你的朋友來臺灣發表論文」。王邦雄老師在日本道教學會講演後，町田先生開車帶王老師遊覽宮崎和鹿兒島，住宿霧島溫泉。晚餐時，王老師對町田先生說：「連清吉是我的學生，請您多關愛」。在淡江召開東亞漢學會議時，王老師擔任主席，特別說：「因為連清吉回淡江發表論文，我才答應來主持的」。長年以來，由於友朋的召喚，老師的偏愛，才能欣悅的往返於臺灣與九州之間。

張之淦老師在龔鵬程策劃，文建會製作「智慧的薪傳」的影片中說：「淡江是我教書，郊外活動，最愉快的地方，在這個地方留得有很多的回憶」。回想求學時，坐淡水線的火車，經過關渡隧道，豁然開朗的淡水河迎來的刹那，總有近鄉情怯的感覺。淒風苦雨中，攀爬一百二十多階的克難坡，未必輕鬆，但是能在宮燈教室涵泳中國文學的義蘊，淡水的風聲雨聲所圓足的是問學適道的人文夢。客座淡江，住宿會文館，晨昏散策於校園的優遊，週日午後，靜坐於覺軒花園迴廊的悠哉，是歸人的快意自適。

年過六十歲，即將退休，同事或友人問我，退休後何去何從。長崎有住處，福岡是第二故鄉。回淡江客座時，高柏園和袁保新老師說：「將來在淡海新市鎮買一塊地，蓋幾棟房子，呼朋引伴，閒居清談」的夢想，也是理想的歸趨。

好夢留人醉

22

陳仕華

東吳大學畢業，服完兵役後，我一邊回母校擔任助教，並一邊完成碩士、博士學位。正可謂「根正苗紅」呢！卻因緣際會輾轉來到了淡江中文系。

記得到淡江第一天，進了辦公室，就看到助教咧嘴笑著招呼我，後來有人告訴我那是「笑長」。他真的很行，那時淡江經費充裕，會要求學系提計畫。聽說系主任只要在公文上劃個「＄」，這位助教就能擬出一個完整漂亮又可行的計畫來。當時系助教都是中文系畢業，耳濡目染之下，當然瞭然學系需要什麼計畫。助教們對老師熱絡得就像是好朋友，辦公室一團和氣，沒有尊卑之分，這對我來說很新鮮。

另外，印象最深的就是老師間沒什麼派別，無論你搞什麼，都有人支持。所以中文系在當時最多「研究室」；愛搞武俠，就有武俠研究室。愛搞地方文史，就有田野調查研究室。你搞了就是研究室召集人；不熱絡了，沒錢了，這研究室就呈休眠狀態。最盛時研究室達到近十個，這樣有精力有理想的人，就有發揮的地方。也因此跟校外的網絡連結起來，自然眼界開展，在井底鬥來鬥去的情形就沒了。再者，系裡老師什麼學校畢業的都有，出身混血。所以他校講究的師承、學長問題，在這裡都沒感覺，沒有那個權威束縛著，哪會有派系。當時系裡還有個策略，就是挖角。有特長的老師在五十歲退休以後，來淡江仍有發揮力。但從未聞他們把持系務，只如同標竿一樣，引領年輕老師向前走。

這種風氣直接影響到在學的學生，所以淡江的師生關係很特別，很不講究形式而能真實相對。記得我下課十分鐘喜歡在文館榕樹下休息，有一位學生一定跑來聊天。有時雨天我們就在雨簷下聊，就像老朋友一樣。淡江這種學生很多，修你的課一聽再聽，甚至畢業了，還從外地趕來聽，好像有癮一樣。相處久了，那種師友之間的感情特別誠摯。

每次聽同學或畢業校友談起淡水，印象最深刻的便是大家對淡水的眷戀，常聽到他們表示要一直住在淡水，例如：好想能跟房東長期租下房間，即使工作地遙遠，也希望假日時能回到原來的小窩；真的捨不得離開，有一天一定會再回來。起初聽了，我總是笑笑，以為就是一種眷戀的情緒，但年復一年，當一批批的淡江人——不論性別與年紀都毫無理由地這麼說時，好像也就自然而然地接受了。

淡江中文系成長過程中，除了設置了碩士班、博士班之外，還曾有一個分出的獨立所——「漢語文化暨文獻資源研究所」。當時教育部很鼓勵新設特色系所，所以就有個構想——學士班先打下基礎，碩士班呈現多樣專一特色，到博士班又回歸為一，如同一個絲瓜型。所以先推出語獻所。當時語言學、文獻學專長的老師先就定位，建立以文化闡釋為宗旨的教育目標，積極規劃語言、文獻、文化三方面的課程。忙得不亦樂乎！可謂猗歟盛哉。但語獻所只存在六年，即因教育部看研究所遍地開花，人人都可念，教學資源也相對減少，便改弦易轍重做規劃。其實我們觀察這場實驗，發現確實會有不同特色，而政策的干涉教育，讓人感到十分無奈。當然「別子為宗」的想法就如「春夢了無痕」了。

這個世代的人沒經過戰亂，我又

居住在淡水這個山水美麗的城鎮，工作環境也和諧快樂，與學生關係亦師亦友，束脩足以溫飽。對一個無大志的人來說或可比擬張潮所說的「全福」吧。

逝者如斯夫！還記得婚後不久，我從天母開車，越過蜿蜒的大屯山，來到陌生的淡海，車門一開，那隻德國狼犬搖擺著衝下車，立刻在草叢裡嘔吐，我們一邊憐惜的安撫牠，一邊卻也忍不住笑牠。剛搬來淡水，一日散步經過那兒，那種定居於此恍然如夢的感覺特別強烈。而前不久，當有人問我未來是否會考慮離開淡水時，雖然我也一樣說不出原因，但卻立刻毫不遲疑地說了不會。喔！從來好夢留人醉。

沙崙鈍刀

23

陳大道

母親的廚房裡有一把鈍刀。仔細說來，是一把未開鋒的不鏽鋼刀。我拿磨刀石要將它磨利，母親制止我。

「為什麼不把它磨利呢？」

「它是切麵的刀，不要磨利。」

對啊！麵板要光滑，不能留下刀痕，以方便揉麵、橄麵，製作麵食。麵粉變化出的蔥油餅、餃子、麵片、鍋貼、麵條、包子、花捲、韭菜盒、炸麻花……各式各樣麵製品，母親巧手為家人在物質貧乏年代的餐桌上，增添許多趣味。父親辭世以後，母親很久不再做麵食了。

2008年母親到天上與父親相見。隔年，我的婚姻出現一些問題，單身從台北市區搬到天涯海角的沙崙賃屋居住。這裡的季節變化非常強烈：冬天夾帶雨絲的強烈東北季風，輕易折損人們奮力撐起的雨傘，夏天則是乾燥不雨，縱使烏雲爬上大屯山頭，遙遠傳來台北盆地隆隆雷聲，沙崙的行人依然悠哉地散佈在寬闊的人行步道上，尤其是那些剛從淡水市區逼仄馬路左閃右躲返回的住戶，此時放緩腳步，享受悠閒。

俗話用「油麻菜籽」形容舊社會的女性命運，男性又如何？為什麼實際生活裡的街友、遊民，總是男性居多？曹操用「繞樹三匝，何枝可依」的烏鵲形容失所男性，杜甫自我描繪成「飄飄何所似？天地一沙鷗」，沙崙最引我注意的禽鳥，卻是橘喙黑褐色的白尾八哥。它們眨著圓圓大眼，搖晃著腦袋，時而若有所思，時而昂首闊步，看似不怕人，每當我稍微接近，就展翅飛去。它們是否除了鳥語也懂人言？還是會兩、三種語言呢？

此時，書桌上擺放的，是一篇篇影印的留學移民小說。我要以它們為對象，在沒有電視干擾的住處，完成一部升等論文。這些留學移民小說——尤其是於梨華、白先勇與張系國的作品，在我唸大一的時候，就已有所接觸。可是，當年沒什麼特別感覺，主修中文的我，曾經毫無出國打算。唸完研究所、當完兵、開始工作，才起心動念越洋唸書。回國以後，家人親友個個關注自己生活，無暇聽我細訴在國外的遭遇與心事，直到我重新翻閱那批流行於1960-70年代的留學移民小說時，莫名燃起「心有戚戚焉」的共鳴，靈感湧現，終於完成我的心願。

留學移民小說的作者不乏具有國內頂尖大學畢業生的背景。故事情節迴異於新聞媒體追逐具有卓越成就的海外台灣人，相反地，這些留學移民小說卻是從各種角度訴說天涯遊子的苦、骨肉離散的悲，以及費盡辛苦卻辜負故鄉家人期待的無奈。使我想起當年在雪梨與一名日本人的對話：「日本是否也有移民海外的風潮呢？」「有啊，二次戰後，整船整船的開往南美洲，後來發現，在國外會遇到更多難以解決的問題。於是，最後一艘移民船開出之後，大家努力建設，同心協力幫助國家在戰後廢墟當中，重新站立起來。」

我的父親五十餘歲投資失敗之後，我們四個姊妹兄弟的生活與教育支出，成為他最大負擔。他期望我在考場無往不利，能像一把鋒芒畢露的開山刀，披荊斬棘，開拓一條人生大道，可是，我更像一把鈍刀，無法實現他的期望，尤其是始終難得及格的英文。大學時期負笈台中，住校成為我不敢面對父親最好藉口，然而，畏懼父親，何嘗不是不敢面對自己？換個角度思考，升學途上一路銳利無法擋的學子，留學出國進入另一個文化環境以後，又豈能事事稱心如意？留學移民小說主角們千奇百怪的遭遇，透露人世間許多事情，不是單靠「考試成績」就能解決。

驀然回首，自己也到了當年父親失意的年紀。為人師表的我，掌握學生成績高低的大權，我謹慎提醒自己，不要成為令人膽顫的大刀，必須配合學生需求，調整教學內容與方式，讓他們感受到我在幫助他們學習。你的求學過程是否和我一樣，因為不夠鋒利失去某些良機？時常要磨刀霍霍的利刃，固然是刣魚、割雞、解牛的必要工具，然而，記憶裡母親魔法般變出許多美食的廚房鈍刀，以及街頭巷尾烘焙坊師傅們不可或缺的橡膠刮刀，雖然遠遠達不到尖銳的標準，卻適得其所完成利刃無法辦到的工作。「天生我才必有用」何嘗不是一種值得參考的鈍刀哲學。

時值淡江中文系六十歲生日。僅以個人學習成長經驗與大家分享，尤其替還在尋找方向的年輕人打氣，祝福大家，也祝中文系一甲子生日快樂。

幸福圓舞曲

陳秀美

24

民國72年，我重考，成為淡江夜中文系的一份子，這樣開始了我在淡江中文的「幸福圓舞曲」：那些年我這呆呆的大學生，在充滿創意的學習環境中，享受著自由活潑的校風洗禮，參加各種社團活動，編輯「淡江青年」，雖然我唸夜間部，但卻享受到學校給予的各種資源。那時我真的以身為「淡江人」為榮，畢業時從當時是副校長的張家宜校長手上領到學業的畫面，至今依然深印在我的心田。

大學時，穆中南老師曾說我「是隻花蝴蝶，適合帶活動，不適合走研究。」但或許就是這麼一句話，讓我堅持念研究所！碩士班時在王仁鈞老師的指導下，於民國82年以《郭璞的詩賦研究》取得碩士學位。回想當初抱著兩箱郭璞相關資料，緊張地站在商舘十樓老師研究室，向老師報告已完成的研究進度，只為了請求老師答應指導的畫面，心中充滿感恩與幸福！老師像父親一般，不但是學術上的引導，更是我心靈的導師。老師生病前，我們喜歡一起喝咖啡；生病後，不能喝咖啡的老師對我說；「你喝！我聞！」王老師就是這麼善解人意，體貼為人的長者。從我碩士畢業二十多年來，從未停止我們定期的幸福餐會，如今老師雖然辭世，卻依然在我心中，這些都是我「幸福圓舞曲」裡的重要樂章。

碩士畢業十多年，才有機會重回中文系的懷抱。從93年開始，我每天只睡四小時，還要冒著與瞌睡蟲對抗的危險，往返於三重、土城與淡水的博士班生活。在顏崑陽老師的指導下，歷經八年於民國100年以「《文心雕龍》文體通變觀研究」取後博士學位。這段博士班的研究生涯裡，我是一位老師，也是一位學生。重回學校讀書的「老學生」，心裡是既幸福又恐慌，心中最害怕的是顏老師不收我這個笨學生。於是為了讓顏老師收我為徒，我在專任教職的工作之餘，除了必修課之外，就是不斷地旁聽老師的課程，希望努力提升自己的論述能力，也希望能補強自己的種種不足。就這樣我在「男子漢」顏老師的指導下，開啟了我「勇敢」論學的學習之旅，享受這種緊張卻又興奮的美好時光，寫下我在淡江最重要的幸福樂章！

我在淡江的那些年，幸運地遇見許多的貴人：有像父親一般，指導我完成碩士論文的王仁鈞老師；有像「太陽」一般，讓我體會到知識就是力量的顏崑陽老師；有開啟我「人生智慧」，讓我能宏觀、融通的王邦雄老師；有在課外時間還用心教我寫小說的穆中南老師；有讓我明白《楚辭》中美人遲暮之憾的傅錫壬老師；有讓我又敬仰又害怕的龔鵬程老師；有引領我遨遊古典詩歌之美的陳文華老師；有開啟我《文心雕龍》視域的廉永英老師；有教會我讀懂《史記》通古今之變的王甦老師；有讓我體認到知識份子使命的周志文老師；有提醒我「勇敢」寫論文的周彥文老師；有喜歡叫我「胖貴妃」的呂正惠老師；有總能給我「信心」的高柏園老師；有充滿「愛心」的古苔光老師；有讓人如沐春風的倪台瑛老師；有處處為學生設想的崔成宗老師；有從學長變成主任、所長的殷老大；還有親愛的麗卿姐，總是在我忙不過來時，伸出溫暖的雙手，幫我化解危機；在我壓力過大時，耐心的陪伴與照顧。

在淡江中文的學習中，讓我學會了對應「時間長度」與「空間寬度」，也讓我發現學術研究這條無聊的道路上，也可以「因夢而真實」。感謝您們！遇見您們才會有今天幸福的我！因為您們是我人生中，最美好的「幸福圓舞曲」！

夢土上——動物園與紫荊書院的交光疊影

25

陳昱志

淡江幅圓邊陲的「動物園」，猶如獨立自主的人文聚落，無論是作為民國六〇年代校園民歌的發源地，或是盛傳「避秦」耕讀的淡江桃花源，抑或是田園農莊式的茶坊、現代書院運動的基地，然則這裡的風日，總是最宜傾向憧憬，這裡的葫蘆裡盛著好酒，這裡的心態需要激發……。

動物園的竹與杯

我曾在這片園子裡待上好些年的時光，那種歲月消長於葉縫、門坎，窗櫺間的生活，觸處都有無窮的寓意；然而這幢名為「動物園」的庭院，在這數十年來，卻積澱著無數年光在此交會、激盪，乃至化育的夢土——

我喜歡在園子裡，手持香山窯的素雅竹杯，坐在綠意豐饒的窗前，逐一審顧這兒最有墨趣的翠竹。像這樣的香山窯杯子，坊間易得，人人皆可擁有，既無欽定的尊榮，亦非商賈哄抬的珍貴，但是一路迤邐行來，卻是無上真實的心領神會。動物園的每一處廂房，都有眾多大小不一的窗口，竹影每每是現成的借景，在茶香的氤氳間，鄭板橋式的筆意燦然眼前，令人思之再三，不忍離去；朝暉夕陰卻又時相遙契的歷史，動物園的杯與竹，竟在時空淺絳的設色中，默熟了人間增減的情味，娓娓訴說那些年不成章法的掌故。

「動物園」這塊夢土上，也曾簇集著前仆後繼的人文心靈圖象，在此相遇、對話、共同成長。我不禁悠然地惦記起那些年動物園的人們，在茶煙及燈影下，詩文酬唱共話平生的記憶，晨昏裡最美的映像，也是這些茶具在園子裡洗滌、晾乾的畫面。如斯平實的節奏，它交映的是思考的由博返約，在品茗的歷程中，洗滌的是入世的襟懷與修養上的蕩相遺執。

這裡的土壤　釀著性情的新醅

民國六○年代台灣的「校園民歌」運動，不謀而合地正濫殤於「動物園」這片夢土；李雙澤，儼然成為淡江精神的人文典範，甚且成就了那個批判與築夢年代的名字，他是這塊土地上最動人的歌手，他以有限而短促的青春歲月寫作、畫畫、作曲、演唱，不僅是推動校園「唱我們自己的歌」的人文覺醒，更是喚起了無數心靈，為自己的土地、人民、文化，去關注那些潛在的渴求與熱望。他畫畫，淡水的江山、巷陌成了濃稠深重的圖景，他寫作，為弱勢而鄉愁似的文化，發出不平之鳴。他更以性情的質樸與渾厚的生命力道，化為傳唱的歌曲，「少年中國」、「美麗島」、「老鼓手」、「愚公移山」等等早期的校園民歌，就是和他本人的心靈始終一貫的樂章。

李雙澤與民歌，誠是一段動物園勢必追溯的歷史，一生傳奇的他，死於二十八歲那一年，在淡水興化店為救一位洋人而溺水不治，正值他所倡導的校園民歌運動，風雲鼎盛的階段。然而動物園的廊下，也曾是他與一群摯友共事、生活的現場。李元貞、楊祖珺、梁景峰、王文進、李利國、蔣勳等等，這些文化人與這塊土地，也是因他結緣的。嗣後在朱天文的《淡江記》裡，亦為動物園著墨賦彩，於焉動物園也有了文學傳神的一筆。

民國79年淡江中文系系友謝信芳學長，回歸這片舊園，重新整治更張，闢為「動物園」田園茶坊，遂開啟了動物園傳奇的新局，淡江中文系乃與動物園的歷史有了不解之緣，龔鵬程、李正治、王文進等師長，在這片天空地寬的土地上講學的形影與學風，再加上一兩百個校內外社團活動，在此交會的成長紀錄，幾年下來，早已蔚為淡江人文心靈的豐碑，傳唱不絕。

人與土地的關係，在時空的更迭損益中，總會有其自身的寓意，每一個親臨動物園的人，多多少少都會在林蔭下、廊廡裡、雨簷中、暮色際聆聽這些歷史的信息……。

茶煙裡勸君更進一杯酒，山水間與爾同銷萬古愁

有幸能在動物園住上一陣的人，都會了然「動中居靜觀神易，物外遊心訪太初」這組代表性的門聯，李正治老師隱喻其中「動與物」的玄思與諦觀，無疑地是這片園林，上人心口的最佳贊語。就從「動物園」的命名肇始，即已鮮活地點出一份化外的、物我交融且天人相親的生活基調。人的心靈置身期間，自有一番活脫而迤邐的人間風度，可以縱歌行吟，也可以一任此心常駐棲息。

「動物園」早期的命名，即是成於民歌運動前後的學生，他們在此深切體認了民胞物與的胸懷，更直接地揭櫫了人與物之間，並非懸隔天壤，橫豎之間也沒有必然的對立。因此不論是李雙澤之於民歌的啟引，或者是朱天文《淡江記》中記述的事實（當時住在園裡的學生，每人都有一個動物的綽號）。這份質樸與恬淡的基調，正是作為日後此間住處，常保著耕讀且與世無爭的「避秦」氛圍。有幸成為「動物園的人」無疑地也帶著幾許名士的色澤與狷介的風骨。這道脈絡的繼承與推廓，可以在李正治老師與謝信芳學長的影響中，找的到最佳的詮釋，他們不僅是動物園前後期的師生，也是這片園林真正的護持者。「茶

煙裡勸君更進一杯酒，山水間與爾同銷萬古愁」是李老師為動物園的造型賦彩。「寄情大宇，體物微芒」是這片天地間最遼闊的心域，「願此生常對青山綠野，願此心永保天性純情」寫出了南山佳氣的悠境。謝信芳學長遂在此一人文與自然的交光疊影裡，將動物園闢為田園式茶坊，作為淡江與淡水一個更具理想的人文社群空間。

自民國79年以來，動物園呈現了迥異於世俗茶館與活動空間的風貌，進一步締結了淡江思潮與社團成長的歷史脈絡，諸如校園民主自治、學運、女性主義、台灣本土文化，乃至校外社會民主運動的林林總總風潮，「動物園」業已作為一個立足中性而兼容並蓄的大本營。委婉而曲折地承載著這些同質或異質思考的新生力量。尤其可貴的是，依舊保持著他在眾聲喧嘩之外，從容而樸實的本色。茶坊裡現今仍保有的香山窯竹杯，就是謝學長擔任園長以來，採行的茶具定式。這素樸而毫不矜張的基調，他所傳達的，依舊是幾十年來，動物園那種怡然自得的人間情味。任憑大學生態乃至大環境的風雲更迭，動物園仍舊是動物園。嗣後「紫荊書院」在動物園左廂建立了早期的據點，也結合了淡江中文系一貫的理想學風，陳旻志、蔡金仁、呂文翠、張旭華、洪喬平、吳麗雯、曾金城、楊慶豐等系友的推動下，以及系上師長們的鼓勵與推廣，這裡成為淡江人文學風的重鎮。師生論學以及生活品題，加上園裡豐沛於光影、四時節序、草木蟲魚的自然空間，人與生活的親切感，在此不落言詮，卻益能舒展自在。

民國81年，謝學長因家務不得已而南歸左營，遂將動物園經營轉由陳楚君先生主持，大體而言仍能保持整體園風。在這段期間除了校內外社團持續在此活動外，「紫荊」和「德簡」兩所書院與動物園的不解之緣，也開始落實生根。紫荊書院由國學宗師陸雲逵教授主講的「中國國學班」，即為紫荊在私人講學與文化傳承上的重大里程，當代陰陽家與「樂教」的宗風，幸能在此體現滿園的人文契機。「紫荊書院」在動物園樹立嶄新的學風，先後開辦過文化、教育、學術、文學、社會、生活等門類的課程，由師長及各門專精的書生主持開課及教學，院內書生每學期都有自己的選修計劃，並形成各類學習團體，每半年並有生活營及研討會之驗收及發表。當時院內的師友，跨越各類科系與院校，普遍都接觸了書院思想、文藝創作、美學理論、建築空間、古琴音樂、心靈禪修、女性主義、易經與雅樂、社造參與等相關的素養。大體上雖有基本的組織架構，卻更突顯成長團體的特質，每個人的主體意見都十分鮮明，衝擊面也高潮迭起。「動物園」恰好是一個兼容並蓄的空間，得以讓這些少長咸集的心靈，在此交會、增長。在當時的台灣，教育改革的思潮也才剛剛起步，第一批由傳統轉型為現代的書院，紫荊與德簡、清香、益生四所現代書院的崛起，都是當代書院運動重要的里程碑。

風物從君欣所遇，江山待我啟人文

民國84年度起，動物園轉由「紫荊」和「德簡」兩所書院共同主持，策劃「動物園人文茶坊」正式對外營運，並於淡江校內，申請成立「書院之友社」。歷年編印的教材、講義，創作及論述亦大有可觀，迄今約有四、五十種，對外開辦的班次，也走向民間講學的準備，李正治、陸雲逵與王鎮華三位老師，皆為固定在此講學的人師，並延請各領域之師資，駐園講座，儼然淡江後山群賢畢集的奇景，傳為美談。紫荊前後成員百餘人，遍及大學院校，乃與台大、政大儒學社建立友社，並與德簡、清香、益生書院彼此見習合作，厚增人文經世實力。

在這三十三重天外，露冷霜濃的地方，動物園將標誌著「人文茶坊」的轉型意義，「書院講學」不再是自限於傳統的儒家視野，而是更切近地以「文化生活的啟蒙運動」，作為現代書院的命題，只要是關切於人的主體自覺，生活的實踐，乃至於人文生態、以及文化的傳習，沒有人能夠自外於這份熱望，有志之士，盍興乎來！

讀竹聽畫任平生

動物園的傳奇，其實猶如一首悲欣交集的民歌；在滿園不增不減的綠意中，這首歌將將穿山而去，終不忘，今生譜下的殊韻——

動物園與紫荊書院是一場殊勝的交會，其後書院師友部分留在淡水，持續推展動物園營運：部份師友則進一步參與「佛光大學南華管理學院」(南華大學前身)之創校階段，開始見習辦學建校歷程的試煉。在大學體制與書院傳習的模式中，探勘人文志業的縱深。嗣後並將書院院址，定居於南投埔里的愛蘭台地，在北港溪畔樹立文化人格的傳習會館，並於島內建立近五十處的駐地傳習陣地，逐步朝向獨立學校之進程。

「風物從君欣所遇，江山待我啟人文」的書院門聯，當年乃由李正治老師所題，並由王仁鈞老師在動物園現場的的快意揮寫，迄今依舊高懸在埔里院址傲岸風標。我們在淡江人文的夢土上，深耕經世的輿圖；縱然江湖多舛，也不枉一番仗劍與任俠的少年行。

對走在岐繞枝蔓的道路的告別

26

陳雀倩

我在民國85年到95年期間於淡大中文系研究所碩士班和博士班就讀，博士畢業之後，又繼續在母校兼任中國現代文學、台灣文學、現代文學及習作等課程，一直到103年，因為個人工作關係離職，前往宜蘭大學服務。所以唸書加上兼課的歷程長達十六年（中間因為撰寫博士論文和遠赴北京短居的關係，曾經離開母校一至兩年），整整佔了目前生命記錄裡的二點八分之一，實不可不謂多，我想可能是因為這樣，母系因而要我寫篇短文，以紀念個人在如此長的淡江中文歲月裡，對她的點點滴滴回憶或者感受。但如果要談及她和我之間的關係或者人情上的連結，我想，應該遠遠少於許多的學長姐弟妹，因為，我只在研究所期間與她相遇。而關於對淡江中文系是否能夠進行較為完整的理性陳述或者感性理解，可能也遠遠遜於許多真正的「老淡江」（也就是從大學開始即就讀淡江中文系，和系上因緣一直延續至碩博班，甚至更久——留校任教的前輩或同儕們），因為我總覺得大學生活是學生時代最燦爛銘記的時期。但，待在這裡讀書和教書甚久，也遠遠比起許多人而言，更能認同自己不是過客，也是其中一員。是故，這種與母系相處的「時差」（不同時期所形成對母系面向了解的時間差）反而暴露了一種很難測繪與說明的情感，如果要談談個人對於淡江中文系的心得與感觸，我寧願談談我的「淡江十年」，也許更富激情一些。

這篇文章名為「對走在歧繞枝蔓的道路告別」源始於我博士論文謝誌這篇小文的題目，因為文章是自己的，迄今也沒有版權方面的問題，為了聊表我在這裡學習的一段深刻體驗，我想再次用它的片段來表述我對淡江中文系的感知。在我寫完博士論文之後，內心是很複雜的，因為它代表我跟這個地方即將有臍帶分離的關係。於是乎，我在文章裡寫道：

「總覺得自己這一漫長的論文生涯是一段尋根苦旅，然而將要告別它的時候心情卻又莫名的複雜起來，一來覺得階段性的研究工作完成了是值得高興的；二來覺得這個大題目似乎被我寫得有些經緯走位，似乎不如預期想像的那般理想，然而關於原初的預期與想像又是如何的，隨著資料與文本的翻閱與消化，隨著時間的流逝，隨著個人想法的改變，慢慢的，誰也說不清那是怎樣的圖景了？為了感謝所有在我身旁的親人、師友在這一段岐繞枝蔓的歲月裡給過我任何幫助與任何支持的，使我想『不厭精細』的回顧所有寫作之前與寫作之後的總過程，藉以聊表這個階段歷程對我而言所代表的重要意義。」

在類似是孩子和母親之間的分離焦慮中，我想到每次往返於淡江與淡水施老師家的兩條路上，個人於車內空間的感受：

「在來來回回為了繳交論文所開往淡水楓丹白露的道路上，車上仍舊放著我那制式的、不曾更換過的巴哈（J.S.Bach）的那些不同版本的曲式結構，對一個生性懶散與不夠積極生活的、步調談得上保持習慣卻又勾不上康德式的分秒不差的規律的人而言，這些音樂彷彿被數學瓜分的音程一樣，對我而言卻是繁複機械對位下流洩的感性基因和一種可以據以建立自己的感性價值和心理秩序的精神支柱。這些音程與對位或許對他人而言，可能會覺得這個車主怎麼那麼古板——雖然，乘客常常的只有我一個人，然而我也曾經載過那些認真著力在聽古典樂的發燒友，如呂正惠老師、如任教於北京清華大學的劉勇（格非）老師，對他們而言，我那無趣得且有些偏食的、不樂觀進取的、二十年來都沒改變過聽覺品味的，而且泰半只專門聽巴哈的——那些觸技（Toccata）與賦格（Fugue），平均律（The Well-tempered Clavier）和創意曲（Invention）等等曲式和樂音，卻是一下子可以被耳尖的樂迷聽出一樣，宛如幾十年來都改變不了的標誌在身上的『死德性』——是對岐繞枝蔓的一種僵固的沉溺，包括對那要命的感傷主義（sentalmentalism）的縱容或者姑息，都是我的習慣，我的思緒，我的形式。而似乎自己的性格好像也越來越往這條無趣的歧繞枝蔓道路上走。命運的神奇就是當我還未進淡江認識施淑老師的時候，便有機遇賃居在淡水楓丹白露，充當她的鄰居，這可能是我走進淡江前的第一條道路，也是駛離淡江的最後一條道路。這條道路似乎無預警無意識的寓寫了一條『有意味的形式』貫穿了這十年研究生涯的心理地形學（psychical topography），沒想到『淡江十年』竟這麼荒忽的且不帶任何徵兆的過去了，我突然想起為何在滯悶的炎夏中遲遲不願意寫完緒論與結論的原因，可能出自於一種自覺的迴避和怯於面對未來的現實。」

2016年，距離寫這篇舊文的時期，倏忽也已過了十年。為何要再次回顧它，其實是在懷念我第一個最寶貴難忘的「淡江十年」。而第二個十年，因為畢業後求職路走得崎嶇艱辛，不甚順遂，有負母系栽培，零星的潦倒感受實不足為外人道，然和我交往較深的施淑老師和何金蘭老師也都深知其苦。但索性，有她們的鼓勵，目前暫能尸位素餐，這條岐繞枝蔓的道路似乎也有了柳暗花明的開始。猶記碩士班和博士班修課期間，交往最深的老師也是她們兩位，畢業迄今十年，仍時有聯繫，偶而出來吃飯聊天的，也是她們兩位資深女神。是故我的淡江中文經驗其實很貧乏、很貧乏，這篇短文只能說是忝記了。而對於在碩、博士班曾經受業過的師長們，有的已經退休、有的已經離開系上、有的還在系上守護這盞明燈，因緣有這樣的機會，是故想藉此短文向您們致上我的敬意和感謝：曾經教導過我的王仁鈞老師、施淑老師、李元貞老師、周志文老師、陳文華老師、何金蘭老師、高柏園老師、蕭振邦老師、林保淳老師、范銘如老師，感謝您們的春風化雨。及就讀與兼職期間曾經歷過提攜與幫忙的系主任們：周彥文老師、呂正惠老師、崔成宗老師、盧國屏老師、張雙英老師、殷善培老師，感謝您們的照顧和幫助；還有謀職過程中，也曾給過我鼓勵與打氣的陳仕華老師、黃麗卿老師，謝謝您們給我信心和印象深刻的祝福。在淡江中文六十年這格外具有紀念意義的時刻，向您們致上深深的敬意，並祝福母系六十歲生日快樂。

時代的堅持者——描摹淡江中文系施淑女老師

27

陶玉璞

我從沒修過施老師的課，不能算是「施門弟子」。在眾多自認為是施老師的「私淑弟子」中，我不算優秀，也不夠特別，但因為還存有一點補闕的價值，所以也就不揣淺陋，略述我所認識的施老師。

八〇年代，在那個以翹課為「屌」的時代，我當然不能免俗的翹幾堂課，也同時不厭其煩的旁聽一些有意思的課程，譬如施老師於1984年開的「現代小說」！課名是不是如此，三十年前的記憶，我實在沒把握。但是，在那個年代，沒聽過哪個學校曾開過類似課程；如果不是先覺者，施老師又怎會開設這種課程？大概是因為當時學生都沒見過這種課程，所以不僅修課的人數多，份子也雜：有大一新生，也有大四老鳥；有中文系本科生，還可以看到幾位外系選修生；有我這種旁聽生，偶爾還可以看到找朋友、串門子的遊走生。當然，還有不少文藝青年！

記得課中好像談過陳映真《華盛頓大樓》、王拓《金水嬸》、宋澤萊《打牛湳村》……等，但讓我印象最深刻的則是郭箏《好個翹課天》。由於我當時自認是「書」（書法）藝青年，對於現代文學並不怎麼用功，但這門課對我後來則是影響深遠。畢竟，我的書架在其後便冒出了不少現代小說集，寒假回台東過年，行李中也放了不少小說；這個現象，讓我爺爺有些納悶，並質疑我為什麼不讀一點正經書？回頭反思，到現在，我還會懷疑：是不是「家學」讓我離開了現代文學？至於《好個翹課天》，光看題目就容易引人會心一笑，何況是我們這批找不到藉口翹課的「頑劣份子」。不過，這篇小說刊於當年六月的《中國時報》副刊，在那個沒有手機、沒有網路，也少有電腦的時代，時間過去就真的是過去了，實在不知道怎麼去搜尋這篇小說；而當年對圖書館還不夠熟稔，所以也不懂如何到圖書館尋求支援。不過，我後來便因此養成了閱讀副刊、即時剪報的習慣，至今，教書的部份教材之所以還會取之於報紙副刊，這些都拜當年旁聽這門課所賜。

後來，認識了明柔。當兵時，休假回來，只看到她整天捧著米蘭・昆德拉（Milan Kundera）《笑忘書》（The Book of Laughter and Forgetting），並琢磨著怎麼寫一份像樣的報告，並且說施老師已先借給了她學期分數，她必須把報告寫出來還給老師。借分數這一招，通常都是有去無回，而且學生事後也多避不見面。但施老師似乎會看人，至今沒聽過哪個學生事後不還的！考上研究所後，無時無刻不為稻粱謀，幾乎沒有多少機會遇見老師。即使明柔呈閱碩士論文初稿，好像也是透過社區管理員轉交；在我眼中，老師真是低調，很難有互動的機會。

讀了六年碩士班，終於被迫畢業了，卻在畢業前無意中在淡江中文系辦公室遇見了施老師。主要原因，是因文化大學藝術研究所的研究生想要研究臺靜農先生的書法，身為臺先生的受業弟子，施老師自然不藏私，大方提供所藏。當時，只見這些珍貴的墨寶不斷掛起又收好，眼花撩亂之際，倒讓我看見了施老師不常顯露的另一面。

究其實，施老師還有好多面，只是因為平日低調，加上我生也晚，所以也就沒有什麼機會認識。其最讓人難以理解者，即是施老師既然考上臺大中文所博士班，卻又無端休學隨葉嘉瑩先生赴美？於此，身為施老師的指導教授，臺先生似乎又能夠完全理解，不以為意——此從施老師收藏臺先生墨寶，既精且富，可以看出。後來，我因為教授「詩選」、「書法史」等課程，方纔意會過來。當蘇軾困於「烏臺詩案」之際，與蘇軾素昧平生的黃庭堅，卻能在此時主動寄書送暖，這份知識份子的正義感，數古今人物，千百年來又有幾人？能夠碰到這樣的學生，臺先生又有何求，豈有怪罪之理？不同的是，歷史上的黃庭堅常與蘇軾鬥嘴爭勝，但施老師對老師卻謹守弟子禮，低調又低調。

對於老師，施老師自然不畏時勢風雨而主動送暖；對於學生，施老師亦常默默關心，從不吝惜送暖。碩士班總算畢業了，但畢業就是失業，這本是宿命；花了不少郵資將履歷表撒了出去，但就像拋出去的小石頭，最後都難逃沉入海底的命運。就在此時，施老師卻私底下向明柔打聽我找工作的情形。幸好，在開學前，終於等到了台北醫學院（後改名為台北醫學大學）的回覆：教授「現代小說」。過去對現代文學的不夠用功，於此時，立即得到應有的報應。話雖如此，但施老師這份關心卻給當時忙碌備課的心頭增添了幾許溫暖。

究其實，施老師應該不是一位只會低調的人。只是，當世人皆醉時，自不能容許她高調的拉幫結黨、踹門吶喊。好巧！這不就是施老師碩士論文研究對象的歷史形象嗎？只是，多數學位論文只能算是一份必須交差的階段功課，但施老師的學位論文卻是其一生行宜的重要參考。世人是否皆醉，我不敢評論，我也不知道施老師是怎麼想的；不過，我看到的施老師，似乎不太管周遭的風向或浪頭，其所言所行，只問「應不應該」。只要應該，赴湯蹈火，赴美飛加，皆義不容辭，亦在所不辭。只要應該，也從來不會對學生吝嗇那一絲溫暖。只要應該，當然會先覺的開設那個時代不能忽略的「現代小說」課程。只要應該，其自然也不會忽略大陸文學、滿洲國文學的研究。一切的一切，端看其應不應該！反之，施老師當然也不會無端的和學生廝混一處，甚至至今不飛（Facebook）不來（Line），應該都是秉持著同樣的理念——不願浪費珍貴的精力與時光。這本來就不是低調，然而，外人又哪裡知道這些深沉又曲折的道理？

「應該」，本即是奠基於人的「本心」，但又能看到幾個人會順著這個本心前行？這不僅需要勇氣、傻氣，更需要理想。也就是說，《理想主義者的剪影》，不只是一本書的名字而已，書中應該也潛藏者作者的身影。除此之外，更讓人敬佩的則是那一份堅持。就是由於那份堅持，其所編選的《日據時代臺灣小說選》，無論是前衛版，或者麥田版，或者是最新的新世紀經典閱讀版，無論其ISBN怎麼變，但其書名仍不改初衷，在滿架「日治時期」的書籍中，淡定地告訴讀者：我還是有我的堅持。

徙

普義南

28

「我到家了！」

十八歲北上時，僅帶著一袋衣服、一床棉被，從此處到他處，像候鳥般流徙。爾後，家，變成一種很游離的名詞。偶而發訊給小鴨報平安，「家」可以是台中，也可以是台北，只有讀訊的人明白。

大一到博四，我在淡水住了十二年，搬了十次家。

第一個家，是陳旻志學長代租的。因為資優甄試，高三下四月就知道分發到淡江中文，但收到學校正式通知卻是九月，比參加大學聯考的一般生還晚。我拎著簡易的行囊，與旻志學長從豐原搭火車到台北。那時是我第二次來到台北，大城市一切陌生，卻不懂得害怕。

家在水源街二段92巷底的老舊公寓，巷子狹小，兩旁插滿了機車，僅容一人通過。我住的那層總共四間雅房，兩間較大的分別住著鄧立人學長，以及現在中央中文任教的呂文翠學姊，碩一時換成李桂芳、陳康芬兩位學姊。很難想像如此簡陋的公寓，出了許多學術界人才。學長姐暱稱這層叫「四物樓」，我始終沒問來由，猜想跟中藥四物湯應沒關係，若是指住了四個言之有物的青年，大概也要把我剔除。

四間中我的最小，一學期租金僅六千，約一坪多，鎮日無光，唯一的窗戶對著後陽台，每到學長姐滌晾衣物時，我就會關窗免得照面尷尬。屋內僅有房東配置的桌椅，床只是一塊木板，四角各墊著兩塊磚頭。後來跟學長借了一個書櫃，添購簡易衣櫥和一台十吋黑白電視。關在裡頭，接超任玩三國志三、編班刊，紅樓夢翻了三次，還有整套的川端康成、沈從文，寫了一些不成熟的詩文，過了兩年廢青的生活。

那時我把小鴨的照片壓在桌底，把情意埋在夢裡。在昏黃桌燈下、矮隘床板上，日裡夜裡，翻來覆去。「你最近怎麼對我有點冷淡？」某次小鴨拿海報來四物樓時問我。「朋友間相處太近有時會產生錯覺，我想拉開點距離。」我瞞著自己瞞著她，然後看著她穿著短裙膝上襪，輕盈下樓的背影，過後一切又黯淡起來。一學期後，就帶著自以為是的錯覺，搬離了四物樓。

小鴨：記得胡適的那一句詩：『不敢入詩的，來入夢。』那不敢入夢的，又該何去何從呢？鎮日，躲在家裡，遊魂似地走著、發楞著。倚著窗子打盹，又夢見妳仰面看天的模樣，夢裡我驚訝地說：『小鴨，妳怎麼會在這裡？』沒錯，我像是困獸般在妳的影子間奔走，台北或是淡水、白沙灣或者大屯山頂，思念如逐漸膨脹的氣球。我硬撐著自己的道德感、理智、自尊或灑脫，卻無法封鎖妳空氣般地竄入，終於還是崩潰。我拿著筆，像是降書，一逕地訴說心防的瓦解……。

第二個家位於大田寮學府路。從7-11便利商店往下走有兩個巷子，我本與俊鴻、聖志兩位班上同學在前巷合租。好友同住，倒也自由，系學會開會或者范銘如老師西方文學理論課分組討論，常選在我們宿舍進行，大考前更成為中文三B筆記物流中心，無比熱鬧。我卻選在這時寫了七頁的情書，跟小鴨告白，後來因此離開。

我們的情事，引來班上不少議論。大三上結束，為避口舌，低調地遷徙後巷巷尾。第一次租到有對外窗的房間，位處大田寮邊緣，窗外無屋，樹蔭濃綠，偶而和小鴨走到後陽台並肩眺望。中午則在附近刀削麵店工讀，洗碗、擦桌、端麵，揮汗如雨。常常到家衣服一換，就趕著去上下午的課。雖是愛情、工作兼顧，仍是在謝仁真老師的中國思想史取得最高分，遂有繼續念研究所的想法。

大三結束，畢業在即。暑假開始，小鴨選擇到南陽街補習國小師資班，而我則準備中文所考試。為了往來方便，遷徙到水源街黃帝神宮附近。當時自強館女宿尚在，我們住的地方與自強館相隔一條水溝，戲稱「自強二館」。回字型建築，隔間頗多。小鴨的套房正對我的雅房，房門打開，養的三色母貓Cathy就會自由穿越。小鴨一周要去南陽街兩晚，是時淡水捷運未通，我就騎著50CC小翔鷹機車，載她穿越大半個台北。有時拎著勞思光、牟宗三的思想史，有時則是葉慶炳、劉大杰的文學史，在南陽街找個速食店，一待就是三小時，等著接她下課。回程常是十點過後，途中在士林夜市買些大上海生煎包，或者回來走出松濤側門，到對街買微笑老爹炸雞排，都是難忘的味覺回憶。

成績放榜，我仍留在淡江，小鴨的國小師資考試卻不順利。因學姊介紹，到山下學府路口的科見美語當隨班老師，準備重考。我倆又搬離，我租在水源街四物樓隔壁，她則遷到鄧公路33巷與學姊同住。研究所課業變得繁重，第一個學期光是陳廖安老師的佛學研究、黃復山老師的讖緯研究，就寫了快七萬字的報告。當時只有小鴨有電腦，我常常拿廣告紙背面來寫作，積了一大疊，騎機車到山下她住處打字列印。她的工作也忙碌，除了要坐櫃台、隨車接送小朋友，下班後還要打電話抽問學生課業。「我不要聽妳解釋，妳算什麼東西？叫老師來聽電話！」某次，她被怪獸家長痛責，回來哭了許久，叫人好不心疼。我倆就在跌跌撞撞中，摸索著未來方向。

小普：不可能有100%的愛情，太美的東西，總是會帶著幾分虛偽。心很亂，每次心情不好時，就會想起你來救我的那一晚，黑色大衣下的寬厚肩膀。想要你永遠的保護我，一輩子。把這些話偷寫在你的日記裡，只是希望很多年以後，當你再翻到這一頁時。你的心仍只為我一人跳動。

碩一結束前，決定到鄧公路與小鴨同住，搬了第六次家。為了減輕學費負擔，便到鄧公路與學府路口的全家便利商店應徵大夜班。白天上課，晚上上班，就這樣工作近兩年。原想倆人又能互相扶持、依偎，但小鴨重考國小師資班失利，卻無心插柳地考取彰師大學士後中等教育學程班。突然之間就要遠赴彰化就讀，開心之餘也不知所措，對於即將開始的遠距離戀愛。於是某晚我值大夜，她便在我日記本偷偷寫上這段文字。

那時是1999到2000年，分離兩地間，歷經731大停電、921大地震、千禧年恐慌、總統大選政黨輪替。我把倆人房間併成一間，枕著她留下的枕頭、蓋著她留下的被子、養著她留下的貓咪。偶而我南下彰化，偶而她北上淡水，用我們自己的方式面對思念。

教育學程修畢，小鴨分發到淡水商工實習一年。某日她接我下班，在店門口拾得一隻白色波斯貓，取名踏步。於是倆人、倆貓，從三樓搬到同棟一樓。前有庭院，一半是花圃，我倆曾試圖種些花草，都沒長成，任憑雜草貼生。樓層濕氣頗重，後院緊鄰它巷住戶，時常有蟑螂、老鼠出沒，加上Cathy、踏步相處不來，打架、灑尿占據地盤。任何人來住，都不會認為是好地方。但我倆久別重聚，卻不以為意。沒多久實習結束，僧多粥少，在台北沒有機會，小鴨只好選擇回故鄉宜蘭慧燈中學任教，再次分離，便是兩載。

兩間再併回一間，又回到一個人生活。時值碩四，在沒有退路的情況下，幸得指導教授陳師文華先生、審查老師崔成宗教授提點，勉力將碩論完成。當時系主任是高柏園老師，將系上唯一的名額給我，推薦參加國科會的碩士論文獎，最後竟然得獎，在全國四名中佔了一名。也順利地考上淡江博班，遂從鄧公路往上搬到學府路136巷。

小鴨在宜蘭教書兩年，攢了點錢。恰巧周彥文老師、陳仕華老師籌辦語獻所，小鴨便辭掉工作，回淡水進修碩士，成了語獻所第一屆的學生。加上我國科會論文獎的獎金發下，每月有二萬多進帳，也在淡大、北台各地開始兼課，經濟好轉。我倆決定脫離與他人分租的日子，在大學城自租了間家庭式公寓，位於五樓，十樓則是彥文老師的淡水寓所。

新家空間不大，但家具齊備、環境整潔。小鴨重溫學生生活，我則是第一年站上講台，戰戰兢兢。一時博班修課，一時上台講課，忙碌於兩種身分。在一片朝氣之中，迎來了第三隻貓兒美短妞妞，卻也淚送老貓Cathy辭世。

住了一年，積書漸多，空間不敷使用，決定搬離淡大附近。第十個家，選在淡水國小後門，大智街46巷處。四十坪老公寓，月租九千，隔成三房。除了臥室，我跟小鴨更擁一間自己的書房，不用搶餐桌、廳桌當書桌用。客廳極大，來十多人也不嫌侷促，連續兩年，友人們都選擇在我家舉行跨年聚會。第一年結束，我倆又從花蓮接回第四隻貓兒美短培果，與踏步、妞妞作伴。偌大空間內，倆人、三貓常常各據一方，不相干擾。

這兩年我除了淡大外，也被陳美朱學姐央求去淡江中學教了兩個學期的高三班。小鴨則遠赴新店康橋中學兼課晚輔，後來更因為轉為專任，我倆搬離淡水，來到新店安坑，買房、結婚、生子，一住十年。過程中，一切都是若即若離的，無論與學術圈、教育圈；一切都是隨波逐流的，對於未來從沒有太多的算計。憶起當年工作之餘，偶而順著淡水國小後圍走到底，巷底有長長的石階，可以通到山下原德路，或過中山路去淡水河邊看夕陽，或到熱鬧的英專路覓食，手牽著手。

就這樣牽著手，跟十年前一樣。

就這樣牽著手，跟十年後一樣。

我們在淡水相遇、相戀、相處，然後又離開淡水。

此身雖長徙如水，但心始終不變。

「我到家了！」

「嗯。」(小普)

護我成長的溫暖雷暴——我記憶中的丁洪哲老師

29

曾志誠

我在東方設計學院表演藝術學位學程教書，今年（2016年）六月，剛剛送走第一屆的畢業生。在送舊晚會上，不可免俗地，得上臺對畢業生們說幾句祝福勉勵的話。看著台下的孩子們，頓覺他們就像一群準備振翅離巢的幼雛，而我則是照護陪伴他們的老鳥，在他們起飛之前，最後一次幫他們整理羽毛。

同時，我也思念起當年照護陪伴我的那隻老鳥……。

如果你見過丁洪哲老師的話，你一定會同意，這位瘦瘦小小的老先生（事實上，他年紀並不很老，1989年，才五十出頭）怎麼看也不像是個精力旺盛的人。淡江中文畢業，曾經獲得國家戲劇特考第一名的他，本有機會進入中影擔任編導，但他選擇留在母系教書，每天的生活都離不開戲劇、劇場。老師平日不苟言笑，甚至會讓人有種錯覺：他連話都懶得講，即使偶然說上幾句，不但言簡意賅，中氣還頗不順暢。但只要進了劇場，那可就不同了！不知道有多少次，我們心驚膽跳地承受著狂風暴雨般的怒吼與責罵，大氣也不敢吭一聲。後來我們才知道，丁老師的嚴格與剽悍在當年是出了名的，政戰學校影劇系的學生們甚至私底下給他起了個「雷公」的綽號，每當老師到政戰去排練、教課的時候，那些鐵錚錚的漢子、未來的革命軍人，也是心驚膽跳，大氣也不敢吭一聲，和我們的糗樣子完全一模一樣。

第一次被雷公給雷到，是在進入劇團後的第一次上課——我們劇團和其他社團不一樣，並不是交了社費就可以自由加入的。那年一共有八十幾位同學報名，經過考試之後，淘汰了大部分，只留下二十五個左右的新團員。對一個剛剛結束高中生涯，滿心期待自由與解放的大學新鮮人而言，大學的社團應該是歡樂無比的經歷才對，更何況我們這些新團員，才剛剛通過了不算簡單的入團測驗，或多或少都帶著點驕氣，雖說稱不上是眼高於頂恃才傲物，至少下巴揚起的角度也略顯大了些。到今天我都還記得，二十幾年前的那個晚上，在L209昏暗的燈光底下，我們一群新團員席地而坐，彼此雖不熟悉，但浮躁的神情是掩不住的。

過不多久，丁老師到了，他逕自走向觀眾席正中央一張藤椅上坐下，劈頭就說：「如果你是抱著來玩玩的心態，現在就給我出去。」

頓時整個劇場鴉雀無聲，因為沒有人知道該怎麼反應。經過了頗具戲劇性的短暫停頓，他繼續說：

「我對劇場有四個堅持：第一、劇場是莊嚴的場所，西方人是用蓋教堂的態度在蓋劇場的，所以任何使用者都應該遵守森嚴的紀律，記住，散漫是紀律的死敵。第二、還不會走路的人絕不可讓他學跑。凡是劇團甄選入團的新人，沒有經過發聲、肢體、即興、默劇等基本訓練，絕對不可以上臺演戲。第三、戲劇不是玄學，必須雅俗共賞。連莎士比亞都得迎合買站票的觀眾，那麼，沒有莎翁之才，卻傲氣十足的後生小子，憑什麼在舞臺上演些連自己都不懂的戲來愚弄觀眾？第四、劇場裡只有小演員沒有小角色，哪一個敢耍大牌，或者不願意演配角的，就沒有資格當演員。」

說完這幾句，老師就不說話了，接下來的時間，學長開始一一介紹劇團的訓練方式和嚴格的紀律規則，緊接著就開始上課，我們連續在劇場裡學習如何走路，一共走了將近兩個鐘頭——這才第一次上課啊！老師就狠狠地給我們來了個下馬威，搞得我們心裡頭七上八下的，弄不清楚我們參加的到底是學生社團，還是戰鬥部隊。

不過這些「恐嚇」可不是空口說白話，在往後的日子裡，稍有不慎，踩到了地雷，我們便得承受雷擊。舉個例子來說：劇場內禁止飲食、嬉鬧，搬移物品必須分毫不差的還原，如果當場未被發覺，萬一事發，團長、各組導演以及劇場工讀生就必須負起連帶責任，我在劇場工讀生任內即曾因為地板上的一根不知誰丟的吸管被處罰——七個人「抬」著一根吸管丟到劇場外的垃圾桶再撿回來，來回十趟！又，劇場規定化妝室內必須保持絕對整潔，化妝時面紙不得丟在桌上，否則就得吃下去，為了這條規則，丁老師在處罰一位團員時自己也吃了那張面紙的一半，因為他覺得沒把學生教好。

期末公演更是雷雨交加的時刻。每學期開學前，團內就分三到四組進行排練，為期末的演出做準備。除了一般劇場演出的制式流程之外，我們在彩排前還多了一道程序：驗收。驗收的目的，是讓老師對我們的成果進行最後的檢視，那一天，是我們最害怕的日子。曾經聽學長說過一個例子：一位學姐扮演一位貴婦，劇情裡有一段是她要從皮包裡掏出一張鈔票，遞給旁邊扮演服務生的學長。在驗收那天，演到那一段的時候，學姐打開皮包，瞬間臉色大變，僵在台上——她上場前，竟忘記把道具鈔票放進皮包裡！就在所有人不知所措的時候，老師緩緩地、一個字一個字地說：「五十遍」，只見導演連忙把鈔票送上去，貴婦學姊把鈔票收到皮包，打開皮包說「拿去」，把鈔票遞給服務生學長，服務生學長把鈔票還給貴婦學姐，貴婦學姊把鈔票收到皮包，打開皮包說「拿去」，把鈔票遞給服務生學長，服務生學長把鈔票還給貴婦學姐……，足足五十次，一次不少，到最後，「拿去」這兩個字，聽起來已經帶著明顯的哭腔了。

這個處罰，還不算是最大的雷暴。聽說在我們入學前一年，另外一位學長在排練大專盃戲劇競賽的時候，一個摸著肚子坐下的動作始終卡關，反覆磨了十幾次，還是怪模怪樣，終於在最後一次坐下的瞬間，一個保溫杯從學長的耳朵旁邊擦過，框啷一聲摔在布景牆上，接著就聽到老師一拍桌子吼罵：「整齣戲就毀在你一個人手上！」那位學長人高馬大，一百八十幾公分的壯漢，竟哇的一聲哭了出來！

聽學長們說這些故事，一開始我們還以為是恐嚇我們，讓我們懂得小心謹慎，但要不了多久，我們自己也被雷暴劈得狗血淋頭，原因不外乎上課時偶爾的散漫、驗收彩排時忘詞或者走錯地位、劇場整理不確實、排練進度delay，雷暴的形式也不一而足，從氣勢雄壯的怒吼到漫天飛舞的煙灰缸和保溫杯，什麼我們都經歷過了；而每當老師怒氣勃發時斥責我們的慣用語「散漫！」、「無能！」、「你死人啊！」、「我就看不起你們這些大學生！」等等經典台詞，連同掛在劇場裡那兩幅白字條：「散漫是紀律的死敵」、「劇場裡只能有一種聲音」，成為當年一直纏繞著我們的噩夢，也是多年之後始終無法遺忘的鮮活記憶。

但其實丁老師並不真的是個雷公。跟他相處愈久，愈清楚地知道他是個面惡心善的老好人，雖然罵起人來不留情面，但也處處保護我們，只是因為不擅言詞，總是拙於表達他的關心罷了。那時候我擔任劇場的工讀生，每個禮拜有兩天要在他的辦公室值班。不知道從那兒聽說我想考戲劇研究所，有一天，他突然特別從家裡帶來一套政戰出版的世界劇場史放在我的工作桌上，還留了張紙條，囑咐我一定要去修他開設的戲劇概論課程。受寵若驚之餘，我去向他道謝，他頭也不抬的「嗯」了一聲，我則回到工作桌去繼續工作。過了幾分鐘，他出門去上課，出門前，在門口站了兩秒鐘，然後扔下一句話，他說：

「劇場這條路不好走啊！你要想清楚。」

這平凡無奇的一句話和那兩秒鐘的停頓，讓我感動了好久。

老師的身體狀況一直都不太好，在我進淡江之前，他就動過肝癌的手術，這是我們早就知道的事情，但他在劇場裡那中氣十足的樣子和火爆的性格，都讓我們沒有太大的警覺。

在我大四下結束，同學都畢業了而我卻因為在交管系本科的成績實在太差而被退學，又幸運地轉到中文系大二就讀的那段時間，我逐漸察覺一些變化：老師似乎不那麼兇了。學弟妹們依舊會在第一次上課的時候接受砲火洗禮，老師依舊要求嚴格，不過劇場裡已經少見漫天飛舞的菸缸和保溫杯，雷聲轟鳴的機率也低了不少，即便是最恐怖的驗收、彩排，也少見老師勃然大怒，甚至在課堂上可以說有點和顏悅色了。那時我還暗自慶幸：少生氣就意味著少一點情緒波動，對身體不好的丁老師來說，這是件好事！

在中文系待了兩年之後，終於一償宿願，考上了國立藝術學院戲劇研究所理論組。雖然關渡離淡水不遠，但畢竟課業忙碌，要追的進度又多，回淡江看老師的機會就少了。不過只要老師一通電話，我還是會放下手邊的工作，回到劇團幫忙，我也很高興能為恩師分憂解勞。

然後，很突然的，1996年，我碩二上學期的十一月某日，突然接到師母的電話，她告訴我老師住院了！我和幾位好友連忙趕到醫院，那時老師在病榻上，一派氣定神閒，要我們別擔心，還跟我們說他不能請太久的假，得回學校上課。我們勸他安心休養，學校的課不用那麼煩惱，他卻說：「講台才是老師謝幕的地方，至少這學期得上完再說。」

過了幾天他真的撐著病體，回到淡江，繼續講授未完成的戲劇概論課。

這次從醫院回學校，太耗體力，師母又一次打電話給我，說是老師要我幫他代課，叫我再去一趟醫院。我到病房的時候，老師坐在輪椅上看著手上的筆記，明顯比上次虛弱，他一看到我，就要我推他去外頭抽菸，我看看師母，師母點頭允准，我便陪著老師到吸菸區去。老師邊抽菸，邊把手上的筆記交給我，告訴我那天的課程進度。那時我心裡非常惶恐，才在念碩士班二年級，根本沒有當老師的資格，但老師特別點名，我也只能硬著頭皮接下來。

幾天後，就在要去代課的前一晚，師母再一次打電話給我，這次竟是丁老師已經進入彌留狀態！我趕到醫院，幾位學長姊已經到了，後來陸陸續續又趕來了一些同學，我們都焦慮地祈禱著老師能度過難關。醫生告訴我們老師需要輸血，但醫院的血庫恰好沒有老師的血型，於是我和另一位有車的學弟自告奮勇去台北市區調血。但等我們再回到病房的時候，老師已經走了……。

我想起老師對我最後的囑咐，便向師母道別，從醫院直接趕到學校，走向宮燈教室。我看到教室裡坐滿了學弟妹，眼神裡盡是關切。我強忍著哭出來的衝動開始講課，教室裡異常地安靜。我很清楚地知道我在講些什麼：三一律、法蘭西學院……，一直講一直講，但是我好像並不在我的身體裡，而是坐在旁邊，看著我自己眼神呆滯地唸著老師寫在講義上的文字。直到下午三點，下課鐘聲響起，把我的靈魂打回我的身體裡面，台下的學弟妹仍然安靜地坐著。這時候，我才告訴他們老師過世的消息。我不知道學弟妹的反應是什麼，因為講完這句話，我就匆匆地離開了教室，頭也不回地走出校門……。

二十年過去了，我自己終於當上了老師，成為一隻身負照護陪伴幼雛任務的老鳥。眼見幼雛們羽翼豐滿，突然體會到當年丁老師那句「講台才是老師謝幕的地方」該是多麼沉重而甜蜜的負擔。那次幫老師代課，是我的劇場教學的序幕，這齣戲演到今天，總算進入第二幕了，演得好不好，我還不敢說，只希望等我謝幕的時候，丁老師會覺得，我沒讓他感到丟臉。

後記：丁老師過世於1996年11月27日，享年五十八歲。他教出的學生，目前有許多人仍然活躍在劇場界與電影界。知名電影導演楊雅喆是我下一屆的劇團團長，他在2010年為淡江六十周年校慶拍攝的影片《Rehearsal》就是以他記憶中的丁老師和當年劇團發生的故事作為藍本。

衝刺

曾貴麟

30

剛入學，一場盃賽的決賽，戰況一路膠著，全隊上下的情緒隨之緊繃，延長賽又被對手被追平，我們都不會忘記那天，學長簡維毅當時的身影，一人帶球衝往三分線，無視精神疲憊與對手防線，投出致勝三分球，弧線高彷彿讓時間滯緩。賽後，直到每年新生入學，雖然他總是笑而不答，輕描淡寫，我們總把這段講成精彩段子，一搭一唱的當相聲講。

講著講著，我們想像自己是那帥氣的身影。

初入球隊，打球憑著血性冒然衝刺，為了自己打球，想要獲勝、分數，好像跑得快一些，就離輸球遠一點，跑太急時，脫韁於整著隊伍時，簡維毅會用球技拉住我，他就是那種－艱難的情況下令人深深信賴的人，他畢業那年，真心想為學長們贏一座金盃。可惜，那年大中盃預賽，我因衝搶進攻籃板，不慎將手掌骨弄斷，用止痛藥勉強讓自己上場，沒辦法投籃取分，一籌莫展的看比分逐漸落後。

因傷坐在場邊，與學弟和球經併坐，看到場上球員的傷口與汗水，共同在場外死守，關乎青春的輸贏，過去總在場上，與對手僵持，似乎漏看了這群隊友。學弟們總說要幫我們在畢業前拿座獎盃，突然覺得好奇妙，那種被整支隊伍祝福、託付的感覺。

總在想我應該是球隊最不得人緣的人吧，誰會想和一把鋒利的刀相處呢。但我真心的希望淡江中文能一起拿下獎盃，一些唯有勝利過後才能看到的光景，文院盃的規模不大，但是每年最後一個盃賽，披這件淡江中文球衣的最後一場正式比賽。是一個名字的畢業儀式，是學弟們即將有另一個開始，把自己再放小一點吧，在這支球隊中龐大歷史中，每個人都顯得很平均，每個世代都有各自的故事，當時簡維毅的跳投，他想著也是為我們留下什麼吧，一路衝刺，直到沒有遺憾，直到回到休息區，能夠安心回望整個隊伍。

不論隊友對手，因為輸球或贏球而落淚時，都沒有關係的，你們的折返，已經抵達那段無悔的行旅了。

相隔一年，學弟終於捧了獎盃，讀秒的階段，回憶起數次落敗的時刻，那種擦肩而過就是隔年的蒼涼，誰都想在最終決賽裡流淚，比賽的照片有新的主角，為即將畢業的學弟們祝福，三、四年來，一路沒有停下腳步，直到那刻，才恍恍覺得時間漫長。即使離開了潮濕寒冷的淡水球場，但我總是很懷念各位的痞樣，倔性帶點不屑，輸球後一起抽菸，聊漫天的瑣事，在露天茶舖裡耗盡光年，恭喜他們，領到一張大中盃的畢業證書。

那天，剛好是全國矚目的ＨＢＬ高中聯賽名次出爐，記得那年南山高中奪得冠軍，台灣的另一個地方，也有一群人，享有他們小小的喜悅、小小的重要、小小的誓約。有人會跳出來的，在球隊需要你衝刺的時候，會有人再為淡江中文男籃這支隊伍奮不顧身的。

感恩懷德——一個視障生的回顧史

31

黃春桂

如果沒有淡江大學創辦人張建邦前校長發揮了教育家愛的精神，為視障生首開大學之門，我今天哪有這樣有尊嚴而安逸的生活，也不會有數百位視障學士，乃至有碩士、博士產生，大大提升了視障人的文化水平，寫下視障教育的歷史新頁。

本來，視障生唸大學，只是一種夢想，教育部應視障生及家長殷切的渴望，社會民意的壓力，召集各大專院校相關人員，協商招收視障生事宜，據與會人士會後透露，幾乎所有現場的大專院校人員，都提出各種理由，拒視障生於大學門外，認為視障生不適合讀大學，只有創辦人張建邦先生，獨排眾議，認為他在美國唸書，親眼看見大學或研究所、博士班，都有視障生拿到學位，美國的學校能，為什麼我們不能？外國視障生行，為什麼我們的就不行？淡江願意給視障生一個機會。

於是，58年，通過了教育部舉辦了第一屆盲聾生升學大專甄試，我踏上了人生的轉捩點，雖然那時候，政府當局，完全沒有輔具、學費的任何補助，更沒有任何大學點字用書提供，我緊緊把握這千載難逢的機會，毅然決然的踏上了五虎崗，成為視障新鮮人，在那個沒有點字打字機，更沒有電腦，而錄音機、錄音帶又極為昂貴，各種資源極為貧乏的年代，但一則為自己的前途著想，二則我是開路先鋒，唯恐斷了後進的大學路，儘管全無前人的經驗可資借鏡，但我堅定信心和決心，盡我所能，摸索向前，不敢有所懈怠；克服了所有的困難，很艱辛的完成四年學業。

在這四年中，學校給了我必要的協助，開學不久，張校長就召見我，還記得很清楚，校長親切的和我握手，那溫暖厚實的手掌，給了我溫暖和安心的感覺，校長了解我的困難和需要，只是馬主任教官負責經常性的協調和必要的協助；最值得一提的是：每逢月考或期考，學校提供經費，由中文系發文台北啟明學校，商請視障和明眼老師各一位，在系辦公室待命，將我的點字答案，當場翻譯成國字答案卷，再交給任課老師批卷，所得成績，以昭公信。

第二學期開學，系辦傳來意外的好消息，校長因為我的勤奮，決定給我全額學費的獎助學金，直到畢業，沒有間斷，減輕了我極大的經濟付擔，使我永遠感恩難忘；也因為我與戴國雄兩個以事實證明了視障生，是同樣可以唸大學的。

因此第二年，淡江中文系之外，又增開了歷史系招收視障生，此後，都沒有間斷，也不斷的增加科系，直到現在，每年至少有十幾位視障生在淡江就讀；更對其他大專院校，起了示範作用，纔有陸續十幾所大學招收視障生！

還有一件大事，不可不提，班上林介川同學，知道了我最大的困難，是完全沒有點字課本，他立即在班會上提議，發起組織報讀志工團隊，有十幾位同學報名參加，推選陳志洋同學擔任啟明社社長，向學校登記為社團；從此，女同學輪流白天課外時間，男同學負責夜晚時間，一字一句的報讀給我抄點成點字書本，四年如一日，風雨無阻，解決了我最棘手的困難。

其他的扶助，諸如上課臨座的同學幫我低聲唸板書，讓我筆記；每天陪著我上上下下克難坡；從擠爆的自助餐店，幫我買餐飯等等，更不勝枚舉；也因此凝聚了彼此深厚的友誼，學校舉辦系際合唱比賽，受了我喜愛音樂的感染，班上發起，以本班為班底，組織中文系合唱團，林義鴻同學擔任總指揮，我從旁助理練唱，報名參加比賽，榮獲一年亞軍，三年冠軍，平添了許多情趣和快樂，也是大學生涯中的一大快事！現在我還保存著比賽實況錄音，時常播放欣賞，真是回味無窮！

由於我是第一屆完成大學教育的視障生，為了鼓勵後進，教育部推薦我到台中啟明學校任教，我喜出望外，從上班的第一天起，我就全心投入，不敢絲毫怠惰，因為住在校內單身宿舍，學生都是住宿，所以不論是教學或生活，都與學生打成一片，一起學習、打棒球、玩樂器、打保齡球、唱卡拉OK等等；過著融洽快樂的大家庭生活；學生學習態度也都極為積極，因此，不論參加全校性各級作文、演講、詩詞吟唱等比賽，不是第一名，也在三名內，給了我很大的回饋和欣慰！

之所以有如此的成效，是因為我的學習經驗，深切體悟到視障生最必要的是全方位的學習，國文科教學，除了增進其語文能力外，更重要的是能培養獨立的生活能力，而點字只是注音符號，視障教學並無字型的困擾，首重音譯的闡述和義理的延伸，及妥切的和日常生活面相結合，從生活中去驗證體悟，所以視障老師教學，同樣可以克盡全功。

我的生活與工作能力和態度，獲得工作同仁和學生的肯定，也去除了校長對我是否能勝任教書工作的存疑，更因此得到校長的信任，此後陸續聘用達十幾位大學畢業的視障生，到台中啟明學校任教。

在教學生涯中，有機會進修，也不放過，63年暑假，到彰師大修習普通教育學分，拿到了合格教師證書；67、8年暑假，又到彰師大修習特教學分，拿到了合格特教專業教師證書；73年，接受內政部職訓局培訓，成為丙級按摩技術士檢定評審委員；也榮獲過學校同仁論文比賽第一名；教具比賽，也屢屢獲獎；意外接受不記得多少次的傑出優良身障教師等表揚；使我的工作生涯，增色不少。

在我二十八年又四個月的教師工作中，前後擔任過點字、國中國文、歷史；高職國文、高職高等按摩；及課外活動的盲用電腦班、管樂隊等課程，都能與其他同仁並駕齊驅，都有可對學校和學生交代的成效！因為從我在盲啞學校就讀時，就有淡江英專校友的英語老師，表現傑出的聲譽，而且時常聽到大眾傳播媒體報導，各行各業，各企業主，最喜愛聘僱的人員，私校是淡江大學的校友，所以我絕不能做老鼠屎，而玷汙了淡江一向為社會口碑的名聲清譽！所以不論接任何工作，必定認真負責，全力以赴。

68年，更獲得校長的器重，聘我兼任點字圖書研究發展室主任，從此，我的工作更富意義，因為我從小一到大學，幾乎所有課本，都需靠著自己抄點，才有課本好讀，如今，台中啟明學校為了自求多福，在六十年成立點字圖書製作中心，根本解決本校及外校視障生的點字課本需求，對教育資源應有的提供，與其學習的助益至巨。

76年，得知美國已研發成功盲用電腦，立即編預算，報教育廳核准，77年購置兩套，有同事質疑，外國電腦適合中文點字系統使用嗎？據我的理解，中英文點字，都是由六個點排列組合而成，只要編輯方法作適當的修正即可。

果然不出我所料，到貨之後，對電腦毫無概念的我，經過代理廠商售後服務，六天的密集講習，我一知半解的摸索了三個多月，終於能利用盲用電腦來製書，果然大大的減輕人力辛苦的負荷，減少了大量耗材，也提高了數倍的製書效率與品質，大幅縮短製書的時程，在開學時，視障生都能領到全部的點字課本，真是一大福祉；於是，各視障機構看到這種成效，也都紛紛進口盲用電腦，製書和教學。

不久之後，母校視障資源中心專案申請教育部專款補助，在洪錫銘教官的領導下，一群師長和校友，不分晝夜，鍥而不捨，付出了莫大的心血，發揮了團隊的研發效益，開發了點字觸摸顯示器——金點一號，和相對應的中文點字軟體，但售價只有外國電腦的五分之一，更適合中文點字的資料處理，真是劃時代的一大貢獻，更是視障人的一大福音！同時更連年不斷的開辦盲用電腦研習班，我也大多不缺席，獲益良多！

直到今天，我退休後的休閒生活，母校視障資源中心研發的超點和視窗導盲鼠軟體，更是許多視障朋友和我一樣是上網連結，獲得資訊與娛樂的最佳工具，淡江在四十年來，一直是為視障人點燈的造福者！過去是如此，現在也是如此，相信未來更是如此，叫我們永生感恩懷德！

墊腳石的聲音

32

黃興隆

當年的大專聯考，中文系是我在淡江的第一志願，儘管有人不以為然，但我熱愛其中，我愛淡江，更愛淡江中文系。

剛進淡江，同學來自四面八方，當時文學部大三、大四的學長姐在台北金華街的台北校區上課，與淡水校區大二、大一的學弟妹，幾乎沒有什麼互動，我們大一的新生只能與大二的學長姐「相依為命」，沒有大三、大四的學長姐當靠山。

我喜歡運動，因此不會錯過學校的各種比賽。記得大一時的「院長盃」系際籃球賽，中午有兩場球在現在的網球場舉行，是工學部某系與商學部的某系比賽，我在場邊觀戰，工學部的隊一路落後，旁邊的一名學生傳來一句對我來說是非常刺耳的話：「是誰抽的籤？為什麼不抽到對『菜菜』的中文系？」

嘿！我才大一耶！難道我要忍受四年？這口氣讓人無法下嚥！我要讓這些人對中文系刮目相看！

當時系上「男丁」有限，幾乎所有的運動競賽都一勝難求，唯有我們班曾經是高中桌球校隊的鄭永發，在桌球的賽場會傳回捷報，只是獨木難撐大廈。

但是，女生就不一樣了，兩個年級加起來也有五十多位，與其他的系抗衡，未必呈現弱勢，籃球、排球都有前三名的佳績。

文的方面，就不見得居人下風，壁報比賽，我們有寫得一手好字的張凰謙學長，加上後來當美術社社長的夏進興學長，因此有很好的表現；合唱比賽，在顧川學長的領導下，林義鴻的指揮，以及兩位音樂造詣不錯的視障同學黃春桂、戴國雄從旁協助下，初試啼聲即奪得全校第二名，輸給人多勢眾的電算系。

當時我們一、二年級，限於人手，不能有耀眼的表現，我們只好寄望新生，尤其是民國59年暑假，中文系增班，招收兩班，我在新生訓練當新生的輔導員，即著手調查新生的專長及身高、體重，並建立「人才資料庫」。

那年的大一新生，來了一位身高一八〇的「長人」周永和，讓我們原有的籃球系隊喜出望外，另外江道德、謝明通也都是好手，且身高都在一七五左右，加上我與同班的詹凱臣，大三學長廖日誌、楊國柱、李文良等，在高度上可與其他的系相抗衡。女生方面，更是增加多位選手，實力倍增。

大二時我擔任班代表、系代表，大三時擔任中文學會的會長，積極的參與學校的各項比賽。就從我大二起，男生組的賽事，雖然勝少敗多，但總是有贏的機會，女生組更不得了，得冠軍是正常，得亞軍是意外。至於受到全校重視的合唱比賽，冠軍是中文系的囊中物，一直到我62年畢業，尤其是我大二到大四的三年，淡江合唱團的骨幹，都是中文系的，指揮是我們班上的林義鴻，淡江曾拿過全國大專組的第四名。

校內的比賽，男生組實在無法奪冠，但系籃有一定的實力，於是我們籌劃「北部大學院校中文系籃球賽」，邀集了台大、師大、政大、輔仁、東吳及文化等校，七個系單循環比賽，大家都是中文系，比較公平。

經過一番鏖戰，淡江中文系籃球隊囊括男、女組雙料冠軍，這是中文系男籃隊第一個冠軍，首次嚐到冠軍滋味。

那幾年，中文系的表現亮眼，在

宮燈教室的系辦公室內，陳列滿滿各式各樣的獎杯，那些獎盃說明了：中文系不是弱者。

由於在大一下時曾參加過「新聞研習社」，受過新聞採訪的訓練，先後擔任過副社長、社長，大三時也參加過救國團的「新聞研習會」，在寒暑假擔任幼獅通訊社的記者，採訪寒暑期的育樂活動新聞，對新聞採訪工作有著濃厚的興趣。

畢業、服役後，碰到中國時報招考地方記者，我憑著在學校「新聞研習社」、「淡江週刊」的訓練，以第一名的成績考入，展開了我的記者生涯。

也因為我在報社服務，曾獲邀回學校演講，擔任「淡江時報」的委員，如此便與學校、系上有了比較頻繁的接觸。

87年初高柏園擔任系主任的時候，一次偶然的閒聊，他希望廣泛募款，成立中文系的基金，以利息作為獎學金。當時我承諾以每學期提供一名的方式捐助獎學金，後來增加為兩名，87年10月起頒發，一直到現在，已快二十年。促使我承諾的原因，主要是在學期間，我領了三年的獎學金，實際上比我更需要獎學金的還大有人在，抱著回饋的心，加上我二姐出國前曾告訴我：有能力幫助別人的時候要幫助人。最重要的是我還有這麼一點能力，希望拋磚引玉。

十年前，中文系成立五十週年，當時我擔任中文系系友會會長，基於打開中文系的知名度，讓校內其他院系，知道中文系傑出的系友很多，同時給在校的學弟妹信心，在學校內外，大可以抬頭挺胸。

經與當時的系主任崔成宗商議，決定舉辦「中文系師生暨系友藝文展」，系友的作品參展人必須是全國或全省前三名、或是舉辦過「個展」的、或是參加多次「聯展」的作品。當時我們展出的場所選定「文錙藝術中心」，該中心從來不受理「系展」，經崔主任的大力爭取，再加上展出作品的水準，終於得到學校的首肯，展出書法、國畫、水彩、油畫、攝影、木雕等作品，展期從98年2月11日起，至3月20日止。開幕當天，張家宜校長親自到場祝賀並致詞鼓勵。

這項展出，在淡江是空前，去年，我當選「社團法人淡江大學中文系友會」理事長，恰逢中文系成立六十週年，我倡議出版「特刊」紀念，並再次舉辦「中文系師生暨系友藝文展」，目前下積極籌備中，預定明年五月，在淡水校區「黑天鵝展示廳」展出。其實我還有一個更大的願望，這個藝文展能夠在台灣各地巡迴展出，讓全國民眾有機會看到「淡江中文」，擴大淡江大學中文系的能見度與知名度！

94年年底，我在中國時報提前退休，次年二、三月間，系主任呂正惠邀我回系上授課，於是在中文系開了「編輯與採訪」課程，後來增加了「新聞寫作」，每學期我都安排業界負責人，包括中國時報總管理處總經理黃肇松、中視董事長林聖芬、中華日報董事長胡鴻仁、中央社董事長陳國祥、幼獅文化公司總編輯劉淑華、銘傳大學新聞系系主任孔令信等與同學演講，近年來暑假都會利用個人關係安排成績好、對新聞有興趣的同學到媒體實習，都有很好的成效，已有數位獲得推薦進入該媒體集團上班。

我在上課時會告訴同學：趁我還有關係的時候，我願意當你們的墊腳石，能幫多少算多少。原因無他，因為：我愛淡江中文系。

聊述師生之誼

黃錦樹

33

突然收到電郵一封，向我邀稿。原來是一群龔鵬程教授的學生「想辦活動為他暖壽」，四月底截稿，六月在北京召開研討會。附言，「師生重聚一堂，論學磋藝，以慰吾師懷抱。除請您賜稿論文一篇外，亦懇請惠寄散文一篇，記述師生之誼。」論文不想寫，研討會不會去，散文倒可以寫一寫——「聊述師生之誼」——但我想他們不一定會要。

幸虧當年碩士班唸的是淡江。那一度是中文系最有活力的少壯派——以龔鵬程教授為核心——盤踞的山頭，保守的中文學界反叛者聚義的梁山泊。但我到淡江時大部份青年才俊都招安走了，只剩下日趨頹廢、好杯中物的李正治，仍在兼課但牢騷頗多的顏崑陽教授，陷入中年危機上課常沒準備的周志文教授、聲量很大的李瑞騰教授。幸運的是，其時施淑女教授大概剛升等，在研究所開課。我陸續修了幾門課，頗花了些時間在西方馬克思主義，尤著迷於現在已很流行的德國猶太人本雅明及阿多諾謎樣的洞察力與思辨力；較全面的閱讀台灣及大陸當代的中文小說，認真的寫期末報告，多篇據老師的批評意見略做修改後陸續都發表了。皮笑肉不笑，酷酷從不應酬的施老師，講話有許多逗號，但有一種冷峻的深刻與精準，伴以冷嘲。因長期被淡江學店剝削消磨，論文寫得不多，但其台灣文學研究，理論貧乏的台灣同行無人能及。她給了我許多鼓勵，但似也不宜引述，畢竟那是屬於那個階段的。

施老師後來不知從哪聽說我有寫小說，向我要去看了，抿嘴說了些話，我只記得一句：「是新型態的馬華文學。」、「有一些特殊的感受」等等。但沒有給什麼建議。後來也聽說西研所有人「小說寫得很好」，但沒有那個好奇心去打聽。大概是第二年，在水晶（楊沂）的課上（紅樓夢，中文現代小說？）見到了去年自縊身亡的小說家袁哲生，很殷勤的侍候老師。其時也不知道那個傳聞中寫小說的人是他。後來在文壇上重逢時感覺上像是另一人，淡江時期的他似乎形體比較大。有一回課堂報告他套用德勒茲的理論談吳組湘，被我們私下嗤笑。

而共同領略新批評文本細讀的，還有一位長我們一兩屆的陳建志，多年以後發現他的小說連續得大獎。那些年，我們最受文壇關愛的同齡人駱以軍，早已過了文學獎參賽的階段；1993年出版了前兩本短篇小說集，且密集的發表後來收在《妻夢狗》上的小說。同年底，我始以〈落雨的小鎮〉得聯合文學小說新人獎短篇推薦獎；95年，袁哲生方以深為其時如日中天的張大春激賞的〈送行〉獲中國時報短篇首獎。

另一位讓人懷念的老師是治目錄版本學的周彥文老師，和氣愛笑的小帥哥，努力為我們建構一個從目錄學看學術史的寬宏視野。但最令人印象深刻的是，當我們不用心時，他轉述他的老師當年對他們的詛咒：「以後如果你們當老師，就知道會有什麼報應。」

淡江和台大，私立和國立，學生給人的感覺差別蠻大的。台大的同學，普遍自負而冷漠，也許中學時都是班上拔尖的，甚至唸的是名校如北一女建中師大附中，台灣的準菁英儲備，誰也沒把別人放在眼裡。而淡江，班上的同學，或稍大一兩屆的學長姐，程度和資質普遍不佳（當然不排除有少數例外），或資質不壞但很散漫，知識儲備驚人的貧乏。但熱情，愛玩，也能玩。不同屆之間好以學長學姐學弟學妹互稱。一個大概是事實的傳聞是，有一回正當學生們學長學姐的叫得正親熱，突然我們的龔教授出聲了：「什麼學長學妹，都是一群笨蛋！」

大夥頂多是敢怒不敢言，有的我想甚至連怒都不敢。

龔鵬程教授本身是淡江中文系的一個傳奇，甚至可以說是台灣中文學界的一個傳奇。未滿三十取得博士學位，未滿三十五升正教授、最年輕的文學院長、最多產而廣博之類的。但龔的資質和努力，確實居同儕之冠；所以四十歲以前寫下的著述總量，大概遠超過許多老學者一生之總和。這點，恰和年齒相若的張大春類似。巧的是，這兩位外省第二代都有文化遺老的情懷，都自矜舊學根柢，目無餘子，資質絕佳且多緋聞；也不知怎麼的，著作離真正的大師的深刻總是差了那麼一點。是因為沒有夠強勁的對手或敵手，以致過早的停止思想或心靈的成長，自得自滿，無法更上層樓；或者低估了當代西方大師的水平，沒有選對真正的高峰好登頂，就因為「好山多半被雲遮」？

剛到淡江，曾有學姐帶著驚嚇的語氣向我們宣導，說修龔教授的課有多困難多吃力，涉及的知識領域有多難以應付云云。這和我的感受差很多。大概因為上課之前我就把龔教授的多部著作細讀過了，熟悉他的思考方式及詮釋進路。他開的課並沒有超出他著述的範圍。而且常理上，一個學者的見解短期上不太可能超出他的著述。那時他在陸委會當官，忙碌而疲憊，可能因此而更不耐煩，常問我們哪些書讀過沒。給分數非常苛刻，大多是七十多分頂多八十多一點。印象最深的是他對學生毫不保留的蔑視，與及難以跨越的生疏和冷漠。這些年來，我不知道我的朽木學生們對我的感覺是否也是如此。有時會遇到資質不錯的學生，大概和我一樣屬於漂流木吧。在剛入學後不久的一場「東南亞華文文學國際研討會」上，我毛遂自薦發表了一篇論文《神州：文化鄉愁與內在中國》(初稿)，忘了是發表前還是發表後，曾見到龔教授逕直到人堆裡來問「黃錦樹是哪一位？」然後點點頭歪歪嘴怪笑數聲離去。算是致意吧，我想。

學分修完後，在所內的一場學生研討會上，我發表了一篇論文批判他的文化觀及文化史觀──《隱沒於「寓開新於復古」之中的──一個起點的討論》──龔也在場，會後他的反應是，「全錯了。」大概和多年以後我那篇批判張大春的論文發表後當事人的反應類似。我到現在還堅持自己的看法，我覺得我看到這一流亡遺老世代的認識論盲點。康有為梁啟超提出的中國文化史「以復古為解放」的變遷規律，侷限了他們對西方的理解與想像；甚至心態上不免總是陷於文化民族主義的排外。對西方現當代豐厚的文化產業，輕視甚至蔑視，甚至不免是忽視。如此是否構成了視域封閉的詮釋循環，視域難以真正向西方敞開，以革除封閉自足的漢文化中總是被自我視域修護、合理化的民族文化盲點。

其時施老師看了後說，「你可以看出龔老師的盲點，可見你的程度比其他同學好很多。」

後來他到中正大學歷史系去了，有一回在那兒辦場什麼「台灣經驗」的研討會，要我寫篇論文。我寫了那篇後來頗受同行賞識的〈從大觀園到咖啡館——閱讀／書寫朱天心〉（初稿），負責辦會的「菜籃公主」還故意不幫我安排住宿，因為我還只是碩士生，而且是「龔老師的學生」。多年以後，已成一方角頭的「菜籃公主」卻不免是前倨而後恭了。

那會上最後一次見到林燿德，減肥成功了，指著我說「不要都不聯絡」。沒多久就聽到他猝逝的消息。

碩士論文決定以章太炎為研究對象，也只好找龔老師掛名指導。因他發表過這方面的論文，對晚清學術也熟。但他實在太忙，我猜我的論文他一直到口試那當下才開始翻閱。那場口試是一場災難，口試委員之一的新儒家第三代之前即放話要修理我，因為我「很囂張」。具體細節我都忘了，總之很不愉快，此後對新儒家的道德實踐有了更深切的體會。最後龔老師說了頗長的、不乏感性的一段話，內容我也忘了，但有一位旁聽的學弟（記得是資質不壞的第五代新儒家）私下做了個總結，用的是我覺得會起雞皮疙瘩的三個字：「他懂你。」

據說因為另兩位口試委員的積極勸說，我才沒有被氣到冒煙的新儒家當掉。現在回想，其時鬥雞似的態度確實很不好，如果換做是今日之我會如何？會不會勃然大怒？也許會，但不致如此。因為不會沒眼力到看不出一部論文的核心論題，而改作文似的逐字逐句挑毛病窮挑釁。我到今天還認為該論文觸及了一個難以處理的大論題，只可惜其時在學術上孤立無援，只能憑自己硬幹，以致雙方都沒法被對方說服。也許需要更多年、更遠的迂迴，方能真正的抵達事物的核心。

口試後和龔老師通過頗長的一通電話，細節我又忘了，大概都是些勸導之詞，也算是難得的苦口婆心了。我想他不只深知新儒家道德高超，考據派更是博大精深，殺人不眨眼。只記得一句話：「哪個人的學問是靠老師（學來）的？」及納悶說我為什麼那麼反傳統；以「讓你有充份的自由」解釋他之所以以「放牛吃草」的方式「指導」我的碩論。但至少可以介紹一些很有幫助的書或論文吧？或討論某種論述的盲視與洞見？

幾年後我在清華寫了篇急就章博士論文，畢業口試時發現他赫然在列。一如往昔，論文大概就是現場翻翻，問的問題也了無新意。還好其他口試委員都是客客氣氣的，也就順利通過了。口試後照例要請考試委員吃飯，龔老師很內行的點了牛尾湯，喝得非常愉快。

後來我在為博論寫了篇序，略略批評了頗令人不滿的中文博士班的狀況——譬如過度保護自己的學生，程度不好也能直昇博碩士；不同領域的老師之間勾心鬥角，心結嚴重，其實都是學界的青年才俊；沒人願意為博士班開課，致博士生只能修碩士班千篇一律的課，或者到外所去。領了畢業證書後引起軒然大波，據說開了兩次系務會議要討伐我。我那位掛名的年輕的指導老師，一時成了眾矢之的，被迫寫了長函自白並批判我。印象最深的是，她說我沒經她同意就引述她對我論文的意見（以便反駁），如果是在國外等於違反著作權云云。

事後，有朋友笑說，比起來龔老師有氣量多了。

這事件讓我深深了解學院政治的可怕，青年才俊們小鼻子小眼睛的互相瞧不起，各自盡力保護寵愛的學生。那時由於我是第一個提出要畢業的，故而緊急訂定了種種法規。譬如半年前先交三章預審，過了方能提申請。後來才知道，那嚴苛的法規只對我適用，同屆而後來畢業的，都依據新的較寬鬆的法規。而根據行政法，同屆應依據同樣的法規，新修的法，只適用於新進學生。最離譜的是，與我同屆的一位他們最寵愛的學生，迄今還沒畢業。兩年前滿八年的時限，以憂鬱症為由向教育部申請再延半年。半年後論文還是寫不出來，據說他們決定讓她先畢業了再補交論文。不久前聽說有人向教育部檢舉，終於被迫退學。

如往常，我和師友一向少聯繫。地震後高牆倒下，英明的校長孟母三遷把學校遷到台北，我的〈哀暨南〉甫刊出。在台北見到龔老師，他已發胖，應是在南華校長任內，大概說了句「當家方知柴米貴」之類的。我想是站在孟母的立場吧。數年後，他託朋友傳話，「在暨南如果待得不愉快，可以到佛光來。」不久即聽到他因烤全羊事件被和尚尼姑群毆鬥了下來，出家人還向狗仔刊物揭發他當年在嘉義喝花酒等等陳年往事。對我們來說，這都不是新聞了；更糟的都聽過，但只合用做小說材料。

我也從沒考慮過到佛光。感覺上他蠻「衰尾」的，去哪裡都待不久。每次他的朋友或學生被帶去，他走了他們留下來「鞠躬盡瘁」，不知如何善了。我也不知道到底該相信他的哪一副面孔——士大夫情懷，以重建或開創一套新的中國文化史解釋為己任；還是——學術商業之拓展，開店或建廟似的，但每每虎頭蛇尾，始亂終棄，類乎到處留情

但我已多年不讀他的論著了。在書店看到時也會翻翻，所見多係舊文的重新編次。在我看來，他最好的論著都是四十歲以前寫的，關於古典詩文、文學理論與思想；雖然有人看過他在國科會「專長領域」內填入「全部」，論述範圍也幾乎遍涉整個古典領域。文化遺老的知識型態都是百科全書，不論是晚明－清初三大家，還是晚清－民國諸大家。龔老師注定和自稱是中華民國遺民的章太炎是意識型態上的同時代人，也分享了斯輩的

思想侷限。他素來瞧不起錢鍾書陳寅恪這兩位號稱全中國最博學的，但我以為陳的思辨能力不容小覷；而中國的老派學人的學問，也往往口說勝於筆書，慎於著述之故。譬如王國維對之執禮甚恭的沈曾植，時人共譽為博學通人者，也沒留下什麼了不起的學術著作。

但錢鍾書最令人納悶。留洋，黯熟多種外語，博極中外群籍，採擷了珠玉無數，卻只是裝在透明的瓶裡。並沒有設法貫串為觀念的聖殿，為之造形，賦予偉大的形式。有限的說解，好影響追蹤，最終留下的不過是碎片，材料。這不是典型的哲學的貧困嗎？為什麼他會與胡適、傅斯年共享這種侷限呢？最令人遺憾的是，他也沒有充份發揮小說家的才能——不是指傳說中的《百合心》遺失——為什麼不把《管錐編》創造成詞典體的偽知識偽百科全書呢？行內人都知道，陳寅恪最有名的論斷是關於中國文化史的規律的。在為馮友蘭《中國哲學史》的審查報告裡，他預言到西學在中國的命運，必將依循道教與新儒家的老路。「對輸入之思想」「無不盡量吸收，然仍不忘其本來民族之地位。既融成一家之說之後，則堅持夷夏之論，以排斥外來之教義。」這不是「寓開新於復古」的另一種版本嗎？但陳寅恪龍困淺灘時的晚年著述確實以語詞構造了一座迷宮森林，值得玩味。

但龔老師真能超越錢陳那一代人的思想侷限嗎？其實我很懷疑。但我們這一代又能走多遠呢？即使是漂流木——朽木卻不妨「立地成佛」——當下磨為齏粉。

蒲公英的幸福

黃麗卿

34

我有幸來到淡江中文讀書，繼續擔任助教三十多年，從學生、助教到老師，編織出我的一生。在這裡，我見證了許多年輕學子綻放璀璨的生命，在這裡，許多老師的諄諄教誨，造就出今天的我。我時常想，遠處雲霧繚繞的觀音山與蜿蜒的淡水河，陪伴我迷茫、蛻變與成長。儘管時常認為自己像蒲公英一般不起眼，但我也努力以開朗與堅持地面對繁雜的工作。我終究體會到盡心盡力的幸福……。

民國72年6月，正是鳳凰花燦爛的畢業季節，我的心情並沒有因畢業而喜悅，反而是千種情緒紛沓而來。我不捨也不忍離去，卻又不得不面對生活與找工作的現實。記得當時我本拎著沉重的皮箱，準備回台東教書，卻意外地接到陳廖安助教打電話問我：「要不要回系上當助教？」我既驚又喜的答應了。因為淡江大學校園優美，是許多莘莘學子嚮往的好地方，同時，在系裡當助教，可以繼續我所喜愛的中文研究；再則，陳廖安助教是我崇拜的偶像，在我們那個傳統保守又封閉的年代裡，身為女性能夠大學畢業就很好了，但他竟然不辭辛勞地輔導我們準備研究所考試，期間力邀杜松柏老師、王俊彥與宋建華等學長，來諄諄鼓勵我們學術研究的價值與意義，以及準備各校研究所考試的方向與方法。

唸大學時，一直半工半讀的我，雖然沒有選擇考研究所的路，但是參與討論讓我收穫滿滿；尤其是對拓展文學的視野助益更大。學生時代我對系上充滿感激之情。因此，在夜中文系當助教時，對傅錫壬主任在行政上悉心指導與關懷、跟隨陳廖安學到行政與學術上的用心態度，以及他們教我如何扮演好助教的角色等，至今都讓我感懷於心。其他教過我的書法名家王仁鈞老師、體貼溫婉的申時芳老師等，更是我學習請益的對象。他們都是讓我能很快進入系務工作，輔導學生的良師。

早期夜中文系隸屬夜間學院，除了大一同學在淡水本部上課外，其他年級都在城區部上課，因為地利之便，而能廣邀各校名師來兼課，有名師加持下，也培養出許多一時之選的人才，老師方面有：杜松柏老師、范月嬌老師、申時芳老師、陳廖安老師、周德良老師、羅雅純老師等；系友則有：封德屏、林淑貞、陳秀美、林素玟、吳麗雯、董智森、蔡素芬等人。當時很多同學開始在夜中文讀書的心情，普遍有著蒲公英般的卑微心態，但我與陳廖安都很努力將這種感受轉為開朗積極，並且從同理心來輔導同學要堅持自己的夢想。

在傅主任帶領下，民國72-76年增聘更多重量級教授，嘉惠眾多學子，當時可說人才輩出。加上學校對夜間部學生同樣的重視，此從日、夜系上都安排兩位助教即可看出。剛當助教的我，很快就對負責各項行政、輔導學生等工作進入狀況，在工作上受益良多。學生眼中溫文儒雅、有學者風範的傅錫壬老師，在行政上則表現出幹練的長才。在學術上受惠的是，陳廖安老師侃侃而談他在台灣師範大學讀研究所的所見所聞，特別是談到魯實先教授的獨到學問，還有如何撰寫論文見解等等，著實都讓我大開眼界。

開心當了一年多的助教，我不再是當年那個來自台東鄉間木訥寡言的女孩，而是開朗愛笑的蒲公英。此時的我，為人妻、為人母，因由傅主任的體恤，讓我轉到日間部當教學助教，但必須擔任「國學導讀」實習、「中國語音學」實習等教學工作。雖然身份多重，但在課堂中，總有留下深刻有趣的印象，例如「語音學」實習課中，因為要矯正發音較不標準的同學，我緊張時所發的台灣國語也因為努力練習而進步。記得同學中曾守正、柯朝輝等，常常被我點到，他們只要一發音，竟然讓這門生硬無趣的「語音學」實習課增添許多笑聲。

傅老師有事時，曾找我幫忙代他上「中國文學史」討論課一個多月，傅老師說不用太緊張，也無需太準備，只要聽聽分組同學的報告即可。但是，這項教學對我而言，可說充滿挑戰性，我除了挑燈夜戰地重拾準備研究所的文學史課本，還特別關注到要如何讓學生對文學引發學習興趣、瞭解其意涵，以及體悟經典對時代之意義，進而發揮出人文之精神等等，也因為經歷這樣艱辛不易的教學工作，讓我明白「學然後知不足」的意義，尤其看到同學的報告態度從輕忽到用心的討論後，我對這樣的上課討論，已非夢魇，而是變成我心靈中喜悅的果實。

有了可貴的教學經歷，加上學校設有鼓勵進修的條文，興致勃勃的我想準備研究所考試，但關心我的師長認為：我適合相夫教子，當個賢妻良母！確實，在家庭上因為有家人支持，我有著賢妻良母的身分；但是工作上則隨著傅老師四年的帶領之下，讓我見識到中文系，一方面在穩定中成長，另方面則要面對學校強調「高學位」政策的趨勢下，也多次提出「碩士班」的申請。因為有這樣的努力成果，在民國76年交棒給龔鵬程老師當主任的隔年，「碩士班」終於千呼萬喚始出來。

當年在才華橫溢的龔老師引領之下，系上的學術發展沒有謹守依循傳統的腳步，而是很快走向國際化，印象中龔老師寫〈少年遊〉中寫道：「少年渴望成人，一如未婚者渴求愛情，都要等到已成事實以後，才曉得那熱烈追求所換來的，只是寂寞與空虛……」，文末點出他遊八里後寫成長詩，詩末言出「我輩雖寂寞，握手天地寬」，說出這個時代的文人不能再守在書堆中，而要在風雲變化的時代裡，開拓無限的可能。文中的轉念，大家都在期待著：這位曾經是學子心目中橫槊賦詩的大才子，要如何帶領中文系再寫風騷？令人刮目相看的是，在短短幾個月，就在當年十二月就舉辦「第一屆社會與文化國際學術研討會」，以「晚明思潮與社會變動」為主題，邀請來自各個研究機構，也跨越了各個科系的學者來參與，他從科際整合的趨勢，來顯現文化研究的性質，透過反思晚明文學中「包蘊宏富，問題複雜」的國際會議，也積極推動兩岸交流。

民國77年（1988年）淡江中文碩士班終於成立，這是系上可喜可賀的大事，尤其在那個物力維艱的年代，龔老師成為創所所長，本所不歸屬於文學院指揮的業務，而是專由研究學院管轄，我很幸運能當創所的助教，獨撐統管研究所的各項業務，此處更看出當時學校對學術研究發展的重視。因為有學校賦予的期待，本所在龔老師的運籌擘畫，務求開創新格局之下，不僅聘請多位各校畢業的學術菁英投入本所行列，師生上下都有共識，大家對這個時代充滿著理想使命。

誠如周志文老師在《我們的時代》

一書不斷呼籲：「要抱持對現世的關懷，與對未來猶抱不死滅的希望」。龔老師為了要建構一所新的中文所，在中文學界首開「文藝行政與文學社會學」、「世界漢學」等課程，以及積極投入舉辦各項國際性、兩岸以及有特色等研討會，除了藉此以文會友外，更要一開學術創變的新風氣，讓淡江中文引領學界潮流，這些明顯可見他對學術創造的用心與理想性。此時的我好似劉姥姥進入大觀園，似懂非懂的興發崇拜讚嘆之心，加緊腳步的跟著龔老師的腳步。

有了龔老師的名氣加持，淡江中研所的創新課程，有別於傳統研究所的規劃，因此吸引眾多各校學生慕名來報考，錄取進來的首屆研究生，有胡正之、殷善培、馬銘浩等十幾人，被戲稱各校遺珠。確實他們各個博學多聞、辯才無礙！這些來自四面八方的學子，彷如英雄豪傑崛起，攜手共創美好的天下，不但跟著龔老師打拼，扛起重擔，更不辭辛勞地舉辦大小學術會議。拚搏的精神令人動容。

正因這些菁英的勤奮與努力，讓充滿優雅浪漫的淡江學風驟變，在追隨龔老師的學養與創新中，忘記了勞心勞力，塑立了淡江研究生積極問學與論學的學術風氣。淡江碩士班雖然是草創階段，但在這些研究生的投入下，台北、淡水兩地的研究所辦公室、研究室，很快有了桌椅、書櫃，並且募集到許多的圖書。第二屆研究生雖然以女生居多，但她們不讓鬚眉，扛起承接學術的大旗，繼續舉辦更多會議。至今仍令我感動的是，原本所辦書櫃空空如也，但經濟並非寬裕的陳秀美同學，卻主動出錢購買百冊新書，讓大家可以方便閱讀討論。平時，秀美除了是我的幫手外，更有林淑貞、陳明柔等同學，跟著我舉辦過一場又一場的學術會議。這些創造性的學術活動成果斐然，其價值至今有目共睹，因此淡江中文很快就備受學界肯定。

此時，系上老師的表現也十分亮眼，尤其是施淑女、何金蘭、李元貞、林玫儀、曹淑娟、倪台瑛等女老師，陸續加入學術會議行列。她們的研究成果與教學的身影，精彩動人。可見在研究的道路上，沒有男性、女性的分別，只有用心、不用心而已。

在變動的時代裡，女性一樣有著為學術研究理想而努力的能力與權利。這樣的工作環境，鼓勵了我報考淡江第三屆碩士班，並且在繁忙的所務工作與兼顧家務之餘，我再度成為一名學生。由於學生的身分必須轉調到文學院當助教，原本的所助教工作便由胡正之接任。

此時日間部系務工作倍增，有時忙到無法抽身前往上課，還好所修科目並不多，很多科目我在前兩年當助教期間，在龔老師的同意下我已經上過課了，因此課業上還能跟得上老師的要求。但每次輪到我課堂報告時，我還是要通宵熬夜來準備。幸好有系上助教的包容體諒，還有胡正之的時時打氣鼓勵與協助，讓陷入困頓的我，很快又能有蒲公英的開朗與堅持，勇敢面對系務、家務與學業。

龔老師在帶領我們的四年期間，淡江在學術會議上，鬥志高昂，充滿衝勁，發表出讓學界為之一驚的論題，因此而有「龔大刀」之譽。龔老師對系上同仁十分體貼與用心，常常利用系務會議時間，帶著我們到台北近郊，景色宜人的美食餐廳，一方面開會餐敘，一方面讓我們領略台北近郊山林之氣，以及靈動秀水之美，品嘗美味佳餚，轉換心境，讓我們暫時放下沉重的行政事務，也對系上舉辦的各項活動能更具共識。

行政工作之外，讓我受益無窮的是，龔老師是我的碩論指導教授，他從不同視野來指導我完成《清人評白居易詩研究——以詩話為主》一書，讓我看到白居易詩在清代評論家眼中，呈現出千種風情的風格。但研究路上崎嶇不平，幾度讓我有放棄的念頭，此時因為有老師的支持與鼓勵，以及守正與淑君等人幫忙，讓我好似有著蒲公英般的堅持信念，來獲得碩士學位，終能美夢成真的在系上擔任教職。

中文研究所邁入第三屆時，由最具魏晉名士風度的王文進老師承接主任工作。龔老師則升當最年輕的文學院院長，他們一起攜手帶著我們繼續承辦各項學術活動。但我們這屆同學要面對的學術壓力變得格外沉重，挑戰性很大，還好當時有柯朝輝、陶玉璞、江淑君、林素玟、岑子和等人通力合作下，還能跟進前兩屆同學們的步伐，也因為有輔大來的岑子和主動熱心相助，開車幫我們載書、運送論文集、接送與會學者等，讓學術活動順利進行。

岑子和的熱忱與認真都讓我們很肯定與感動，卻萬萬沒想到他在父母一次遠遊時，在家不慎意外身亡，這麼大的不幸變故，來得如此倉促，讓我們措手不及、甚感不捨，更有難以說出的哀慟。小康家庭的岑子和父母，他們雖然遭逢愛子驟逝，但他們能感受到王主任對處理子和喪事過程的得體與真誠，以及同學們積極投入中亦見對子和的真心情誼。因此，他們寧可省吃儉用，也要慷慨捐款來繼續支助我們的學術活動，這樣的精神讓我們著實震撼與佩服，他們把痛失愛子的心化為力量，捐贈近兩百萬給本所成立「岑子和同學紀念文教基金」。這筆捐款是伯父伯母強忍悲痛而把愛子的車變賣的費用，以及子和出殯當天的奠儀，再加上子和平日的存款，還有兩位老人家為子女籌備購書的款項。

此外，伯父伯母更捐出近三千冊的子和藏書，來嘉惠本所同學。在那個拮据的年代裡，本所因為「岑子和同學文教基金」的成立，確實幫助本所度過重重難關，能更有自主性地舉辦學術活動；至於這些岑子和豐碩的藏書，對本所的發展更具實質意義，在學術研究上的確發揮出很大的功用。這些都可見王主任對系上的用心與貢獻，才能帶出本所同學的團結向心力，也才能感動著子和父母，對本所的無私贊助，而留下令人動容的人情美事，這些表現至今猶讓我們感佩不已。

當時，本所最能具體落實學校推行「國際化」的政策之一，是與捷克查理大學合辦國際會議，因為首開先例而申請到豐厚的經費，前往開會的人選，王主任除了遴選出王仁鈞老師、高柏園老師、周彥文老師等十位學者，也體恤我們助教舉辦會議多年的辛勞，而騰出一個名額補助助教同行「布拉格」。就在公開公平的抽籤下，我幸運地被抽中，這是多麼不可思議的事！

大家都說能到「布拉格」一遊，是很幸福的事！又說我首次出國，竟然就到西方的「鑽石之都」，那之後其他地方不就相形見絀了！我們在秋天前往「布拉格」，所見的景致果真名不虛傳，能到這麼美不勝收的勝景下舉行會議，的確讓大家都興奮地陶醉其中。此行的目地，除了側重漢學研究交流成果外，也讓我對西方漢學家對中國文化的傾慕抱持敬仰之心。他們渴望能親眼見識到我們的書法藝術之美，與聆聽詩歌吟誦。也因此王老師應邀當場揮毫，而陳廖安與我則臨時即興表演吟詩，從他們喜愛與讚賞的態度上，以及該系羅然教授要我幫她錄製吟唱唐詩，有意做為她唐詩上課材料，都可看出此次交流的成功。而我因為有此次唐詩吟誦的表現，讓我面對學術交流也有了自信，更興發我繼續從事學術研究的決心。

從「布拉格會議」交流回國之後，83-87年高柏園老師承接主任，他用荀韓管理智慧來帶領我們迎向風雲變化的時代，除了與捷克查理大學等校合作案更為頻繁，更擴大與瑞典等東歐舉辦多次漢學會議，積極籌設「通俗武俠小說」、「田野調查」、「中國女性文學」「圖漫文學」研究室等特色，積極擴大兩岸交流，這些成果也為學校的國際化開出漂亮的成績單。

民國87年周彥文老師承接主任

棒子，他用研究文獻版本學的細心毅力，讓我們見識到文獻古蹟的可貴價值，引發我們從田野調查的實踐精神，對經營淡水學的實質意義。周老師同樣也不遺餘力地承辦各項學術活動，其中以致力於東亞漢學文化的推動成果更為亮眼，這些對於88年成立博士班，以及91年成立漢語文化暨文獻資源研究所，都是功不可沒的貢獻！

民國89年高柏園老師再次當上主任，更全力開拓博士班的學術交流，這期間的我，在系上主要帶著博士生舉辦活動，工作教學之餘，也因為高老師的鼓勵支持下，讓我有勇氣仍堅持從事學術研究、發表論文，至90年時，我也如願就讀本系博士班。91年高老師升當文學院院長，仍積極從事兩岸交流，積極帶領博士生參與兩岸學術討論，甚至與大陸各校博士生合辦會議，讓本所博士生不僅提升研究視野，也從以文會友中體會到學術研究的真正意義。

我讀博士班期間，深受恩師王邦雄老師、周志文老師、曾昭旭老師、高柏園老師等對思想文化的辯證論題，有極大的啟發及助益。最要感謝的是，民國93年來到本系的顏崑陽老師，是我請益的良師，他義務帶領讀書討論會，嘉惠更多研究生的參與，97年起開始正式命名為「群流會講」，這個討論會在顏老師的講評與陳秀美的聯繫管理下，持續研討至今。這期間讓我體會到研究工作雖然辛苦，但討論的樂趣與意義卻無盡無窮。而顏老師的鼓勵提攜、惠賜卓見，更是支撐我潛心研究的動力。高老師則為方便大家參與會議，安排在寒暑假讓我們可以赴韓國、四川、西安等各大學發表論文，不斷接受新的嘗試及挑戰。經過這樣的歷練，我終於在95年以「《聊齋誌異》形變研究」論文獲得博士學位，這份成果都要感謝老師們的幫助。

從91年至96年，系上主任歷經崔成宗老師、盧國屏老師、呂正惠老師的帶領，讓中文系建立起承辦學術活動的傳統。這是讓淡江中文持續穩定發展的重要時期，期間有「淡江中文學報」申請通過具有THCI的學術刊物資格。96年至98年崔成宗老師再度擔任系所主任，在多位老師的大力幫忙下，97年我成為系上的專任老師，負責「中國女性文學研究室」的學術活動。

民國98年至100年由張雙英老師接任主任，持續發展淡江中文的學術聲望，也讓各研究室發揮其特色。期間老師為了連結系友來推行系上發展，邀請傑出系友曾守正義務向內政部申請「系友會」，正式成為首任理事長，在他與潘玫均秘書長艱辛的努力下，結合中文系與系友會的力量，讓我們淡江的中文人力量更大。100年至今，多位重量級老師紛紛榮退，輪到殷善培主任獨挑大梁，他是本系大學部與碩士班第一屆的傑出系友，來到系上專任之後，一直是多數學生眼中認真的好老師。但是，當他意識到「學中文」正面臨嚴峻的考驗，他的責任心與使命感讓他變成行政長才，帶領我們面對瞬息萬變的時代，也要讓「淡江中文」持續再創佳績，我們都能感受到他的用心與努力。

多年來，我從助教升任副教授，體悟中文世界的無限宏闊，感受身為中文人的美好。一路走來，遇到太多貴人相助，感恩助教們的體諒與包容，感謝歷任中文系主任的提攜與鼓勵，慶幸有淡江幫的俠客們，一路為我們開疆辟土，寫下這一路「六十有夢」的歷史成果，更期待我們今後的努力，能再造與開啟更美好的時代新頁……。

淡水的山居歲月

35

廖志峰

對我來說，過了關渡隧道，淡水就到了，就像《雪國》那經典的開頭：穿過長長的隧道，就是雪國。淡水不是雪國，卻是水國。那個不知歷經多少寒暑的隧道是個神奇的閘口，出了這個閘口，你會看見不曾想像過的景色，有若異境：青山橫臥，綠水川流，點綴著新月般的紅樹林，更遠處是壯麗的出海口，而北淡線的鐵道就延著河岸，一路通行到終點站的淡水。這個夢境般存在的景象，不是電影裡的造景，而是真實的人生路徑，伴我四年。

淡水是一個與台北似相連，其實完全獨立的小鎮，有自成一格的存在條件。若和鹿港小鎮相比，鹿鎮因羅大佑的同名歌曲而深入人心，幾乎無人不曉；相形之下，某個時期的淡水，幸運地成了一種私房記憶。我一直到今天還是把它視為鎮，「鎮」有一種獨立的生命形態，與相鄰卻不相近的其他行政區並置，有自己的時代風華。我沒有試過，如果我寫了淡水鎮的舊稱謂是否還會寄到？小鎮並不因改成行政區而不存在，但奇怪的是，它卻因此少了一種神秘感和詩意，不再那麼的遺世獨立。這種心情對淡水人或曾經負笈來此就讀的學子而言，感觸最深，因為那意味著一種時光的分界。做為鎮存在的小鎮，像個要塞城堡，卻沒有邊界藩籬，不管從哪個方位看，它都是永恆的落日之城，靜靜地守護著大河出海。

我該怎麼回憶三十年前的大學生涯？又該從哪裡開始？如果跳開了河流和鐵道，就該是校園了。不過，我要繞開校園，談談當年的宿處。當年住在校園後側門旁的三合院中，是個有意思的居所。三合院的中庭是曬穀場，也是一個大通道，再過去仍有零星房舍，我住在三合院右側的獨立農舍，屋旁有一棵濃蔭蔽天的老榕樹，樹上常有松鼠和白頭翁。從農舍開向南方的窗子望出去，是一路往下的稻田，春天的時候，有一片美麗的稻浪。站在田埂上可以看見山下波光粼粼的淡水河和對岸的觀音山，從農舍往東方望去，則是靜靜的大屯山和更安靜的聖本篤修道院，據說小說家夏曼·藍波安曾在這裡寄宿過。農事之外，房東也養豬，每天下午四、五點時煮著餿食，然後餵豬。通常這時的我如果剛好在宿舍內，我會走出，以避開異味，在田埂上漫步，看著這不知今世何世的平凡景色，這種平凡，如今想來都不禁要感動得落淚。我也只有這個時候才會想拿起書來背，也許是《蘇辛詞》，也許是《文心雕龍》。

選擇住宿是意外的決定，那時每日通勤上學，實在有些厭煩，不過也因為通勤的時間太長，我才可以專心地點校完一本厚厚的《說文解字注》。服兵役前，除了家人外，我沒有和許多人同住的經驗和習慣，剛好有個住在這間農舍的學長要畢業了，就接續住了。農舍的房租比起當年的大學城周圍，是相對便宜的，但衛生設備簡陋，也不太適合女生居住。我太久沒回去了，也不知農舍是否已翻建成新式洋房？

農舍帶給我許多難忘的回憶，先說它的冬寒夏暖吧。不知屋齡的農舍其實濕氣很重，那幾年的淡水特別冷，有幾次大屯山還下了雪，吸引無數的同學上山賞雪。在寒流來襲的冬夜裡，很難入睡，實在太冷了，我只好一直燒著開水，注入茶杯，握杯取暖，然後看一整晚的書，一直撐到天亮，太陽升起，才昏昏睡去。那時棉被摸起來總感覺是濕的。住宿的同學大多住在附近新建的公寓，偶而路過我住的農舍時，會進來串門子。雖然是獨立的小屋，不會吵到人，但房東還是很好奇，怎麼有這麼多訪客：你這裡是在做戲嗎？怎麼這麼熱鬧？宿舍裡除了書和棉被以外，幾乎沒甚麼特別的物事，我住的兩年中，外出上課或到河邊時，門幾乎都不上鎖，只是把門闔上，知道這個習慣的朋友，有時就自己推門而入，當成小憩或讀書的地方。記得有一次父母不預期來訪，推開門後，發覺裡頭的人都不認識，而我則去了街上的書局。這間農舍的訪客，除了同學以外，還有蟾蜍，蜈蚣，和大蜘蛛。我通常會用臉盆把蟾蜍請出去，其餘的，就自生自滅。比較擾人的是白蟻，有時半夜裡啃木頭的聲音太大聲了，還得拍拍橫梁，請牠們節制一下。也許就是屋中有諸多各路常客，所以，從不擔心有人闖空門。春夜的蛙鳴和秋天的蟋蟀，也是長夜良伴，想來，當年應該再多讀點書的。

我對大學生活的懷念，這間農舍是個起點，那是我第一次住外面，也第一次知道獨處可以這樣自在。宿舍裡沒有電視機，只有收音機，我那時反覆聽的錄音帶是音樂大師李泰祥以詩人鄭愁予的詩所製作的「錯誤」專輯，和吉姆克羅奇的「相簿與回憶」精選輯，後者得自一位後來英年早逝的學長，它陪伴我的住宿時光。

學校側門旁的路叫做水源街，它也真的通到大屯山腳下的水源地，我有時候心血來潮，會提著水壺走到後山取水，然後再回到宿舍泡茶，當然，那時的茶葉毫不講究，有什麼，喝什麼，通常帶有年深日久的霉味，但是水的滋味，還真是不同，有一種柔軟，有一種回甘。這一段路走起來要花半個小時，有時就在星月之下漫步，很少遇見人。真是懷念，懷念那時候的空閒時間這樣多，多到你不知道青春是有保鮮期的。

我應該談點學習心得和往事，但當年實在散漫得很，學長們很認真地研讀論孟老莊，我則形似老莊，以自在為要義，算是佯狂，其實輕浮。記得有一次上課中，我突然舉手，向老師請求趕回宿舍收棉被，因為梅雨連月，棉被都發霉了，趁著難得的晴天，趕快拿棉被出來曬，當雷聲響起時，棉被還在曬穀場中。我真的衝出去教室，又很快地衝回來上課，那堂課大概是「詩選」吧。教室就在很有氣氛的宮燈大道上，我幾乎是一路向著大屯山跑去。我收穫最多的課大概而是龔鵬程老師開的「東坡詩」和施淑女老師的「小說課」以及「文學批評」；我從「東坡詩」中讀到宋詩以詩論事的多種樣貌，顛覆我過去對古典詩的認知；而施淑女老師的小說課則讓我從當代台灣作家的作品中，接回台灣的這條路。我記得有一次聽到剛出獄不久的作家陳映真學長回學校演講，他提到他坐牢的幾年生涯時，只以「那幾年小弟去遠遊」一語，輕輕帶過，不知為何，我卻一直記到現在。

大學時喜讀《醉古堂劍掃》，我那時讀進的人生百味，後來用更長的時間咀嚼，一直到中年。當紙上風景成了人生體悟，山居已遠，而青春難再。

未完的青春期

36

蒲彥光

獲悉母校中文系六十週年系慶，遙想浪蕩往事，多所感懷，是故不揣鄙陋，也來略記淡江於我之因緣。

我是在民國80年至83年轉學就讀淡江中文系，在那之前，我本來就讀外校的生物工程系，從建國中學畢業以後，我原想效法美國科學家華生（James D. Watson）與克里克（Francis H. C. Crick），從事基因與腦神經科學的研究，但是讀了兩年後才發覺台灣的這些課程比較偏近於食品工業，與自己當初浪漫的理想差距很大，所以覺得很困擾。

我在建中三年曾經參加了辛意雲先生所主持的國學社，辛先生是文化哲學系背景出身，也是毓鋆、魯實先、與錢賓四諸位先生的晚期弟子，他在建中對我們講述了許多文史經典、帶領高中生探究生命與學問的堂奧，算是我在人文領域的第一位啟蒙老師。或許是受到毓太老師的公羊學影響，辛老師非常強調經學治世的重要，在建中與北一女中屢屢主張「第一流的人才應該要讀文史」。雖然我絕非「一流的人才」，但也不敢不惕厲自許。

既然在理工領域找不到知識的熱情，於是我問辛老師，我想要轉讀文史領域，眼前可以去哪邊？辛老師指示我，淡江有位龔鵬程頗有才識，你不妨去試試。就這麼因緣際會，我轉學進了淡江，可是很不巧，龔鵬程老師當時正決定請辭文學院院長，轉往行政院大陸委員會擔任文教處處長。於是我跟龔老師的因緣，一直要到我後來就讀佛光文學所博士班，請他擔任我的指導教授，才算是一償夙願。

進了淡江，雖然大學部沒有龔老師的課程，但當年系上還是名師薈萃的，我仍記得當年上王文進老師開的

《中國文學史》，大家在宮燈教室中圍坐一圈，互相爭辯陶淵明何以蓄素琴？記得當年還有王仁鈞老師講《莊子》、傅錫壬老師講《楚辭》、王甦老師講《文字學》、陳廖安老師講《國學導讀》、陳韻老師講《周禮》、黃沛榮老師講《易經》、林玫儀及曹淑娟老師講《詞選》、陳松雄老師講《文選》、陳慶煌老師講《陶詩選》、陳文華及李正治老師講《詩選》、杜保瑞與謝仁真老師講《中國哲學史》、李元貞老師講《女性文學》、施淑老師講《現代小說》、林保淳老師講《武俠小說》、高柏園老師講理學、周志文老師講明代文人史、周玉山老師講大陸文學，還有總是穿著吊帶褲的周彥文老師講授圖書文獻學等等。

這些師資，如今看起來，確實誠如周志文老師後來在聯副文章所說，「年輕一輩，多與台大有些關係」；但若再往前數，我入學淡江之前的王邦雄、曾昭旭等老師，則如龔老師〈兩先生〉所說：「《鵝湖》創立時，主要人力多來自師大，乃由是對師大國文系學風的反省自救，擴而及於整個中國文化的自救。因此早期本也不限於新儒家，甚且不限於哲學，如雷家驥談史學、王文進講詩，都是與熊牟唐諸先生無甚關聯的。」大致也是既有學術門戶之變革派，表現出一種清新的治學風氣；至於龔老師當時在師大所招致之非議，則更不在話下。

除了這些正規課程之外，當年系上總會舉辦許多不同主題的學術研討會，印象中除了各校學者與我們學生之外，還有許多社會人士也常報名參與、踴躍發言，會場上總是哄哄鬧鬧的，有時針鋒相對、硝煙四起。同學們私下也會討論不同老師最近發表的各種觀點（其實對於文學史上種種議題，老師們的觀點往往很不一致），有時我們也會窩在山下的「文理書店」翻翻小說、或是文學院老師們所出版的近作。

我那時仍沒忘記聖賢夢，刻意選修了好幾門經學方面的課程，接觸這些課程與老師，讓我對於傳統學術有了新的理解與方法。例如我在陳韻老師的三禮課程中，學會了以人類學觀點詮釋經義；在杜保瑞老師的哲學史課上，嘗試了對於《莊子》原典的重新註解。至於集部的《詩選》與《詞選》，我在上下學期各選修了不同老師的班級，我記得林玫儀老師教我「詩無達詁」、而曹淑娟老師教我詞人「格調」。當年淡江的老師們又重視習作，例如曹老師的課每週是要背誦與小考的，課後還有填詞作業，雖然嚴格，但只要老師在習作旁多打上幾個圈、多留下幾句意見，就彷彿覺得自己離歐蘇詞作並不遙遠。

除此外，淡江當年整體的校園風氣也很迷人，除了每日有雁鷗在雲空山水之際翺翔，草坪與宮燈道總是不乏笑聲歌聲的。猶記每一屆的兩個班級都會自編班刊，同學們多半硬謅出一些似懂非懂的、為賦新詞強說愁的「作品」，並互相評論；猶記當年曾經加入詩社，社長是一大傳系的學姐，我們每誦讀一首自作的現代詩，幾位學長姐便會隨著詩句舞蹈片刻，這熱情激進的詩社曾經轟動一時，惹得校園裡的教官與警衛緊張兮兮。我還記得認識了河左岸劇團玩耍的外文系同學，跟他們討論劇作，後來才意會到某友原來是同性戀者的尷尬；還記得夜裡曾經到「動物園」裡煮茗清談，緬懷民歌運動的餘韻；記得那時從德文系轉來的呂文翠常會帶著自製古琴，在滿簇葵花的租房中錚錚然彈奏起琴譜；記得日語系轉來李桂芳詩句下閃耀崛峭的字跡。記得當時陪著友人周家榮拍電影，有一晚曾經與張玉珍在隔壁班同學徐秀慧租屋處喝酒，不擅飲卻又逞強的我，最後竟吐出滿地酸腐的狼狽糗事。

當然人會長大，年輕時可歌可泣的煩惱總有結束的一天，有時望向鏡中不再煥發的容顏，我會以為自己蹉跎時光，忘卻了這些大學時期的浪漫。可是老師們還在，當年的同學們也就這樣一起變老。雖然未如預期成為經世濟民的第一流人才，並不覺得自己枉費了青春。若干年後就讀博士班、成了別人眼中的師長，我才發現鵬程老師與杜潔祥師也會在桂花樹下酣唱，也有酒量不壯嘔盡膽汁的時刻，當然也有從他們的老師那邊肩負起來的巨大的聖賢夢，會有相似的迷惘、失落、風霜與倔強；經過時光淘洗後，對於學問仍存有某些真摯的信念。

文末，不妨附上周志文師日前參加我們班畢業二十週年同學會的一幀題字。這事得先從二十多年前的謝師宴說起，當年志文師曾題字贈予某同學：「鳶飛魚躍——這是一個多麼廣大而自由的世界呀！願慧芳展開胸懷馳騁天地。周志文題八十三年孟夏」，真沒想到白駒過隙，二十年後我們於同學會上重聚，又再邀請到志文老師及師母與會，這廖慧芳同學又跟老師求字勉勵，志文師興起題下：「大風起兮——人生偶有大風起，趁此翱翔天際。與慧芳別後二十年，題此四字。」送別當初年輕的畢業生，老師先說這世界的廣大自由、鳶飛魚躍；而今，面對中年已然有點閱歷的學生，則安慰人生「偶有大風」，要我們化鯤為鵬、扶搖而上九萬里，以「翱翔天際」。此雖觥籌間贈言細事，然勗勉以道以情，實可窺見淡江師友交往之真精神。

首次同學會紀實

劉富美

37

和英姬下了計程車，遠遠地看到鄭子和一個滿頭華髮的先生打招呼，走近一看，竟是娃娃臉的雲龍，已不復當年的稚氣未脫，真是歲月催人哪！

進入驚聲紀念大樓，大家一見面都非常high，一別三十年後才很難得在鄭子夫婦的「用盡心力」下找到失聯的同學們，籌劃這次的同學會，歲月匆匆，再見時，變了的容顏，多了些滄桑，曾經有過的同學情緣，讓大家在餐聚中，互道這些年來的風風雨雨，更憶起許多年少的過往。

英姬談到曾經因不倫戀情，草率結婚，好不容易生了兒子卻罹患先天心臟病，對父親充滿恨意的種種一直折磨著她的心靈，後來經由主的引導，讓她走出生命中黑暗的幽谷，讓他知道如何去「愛」和「原諒」，一席自我剖析的話語，令在場所有人為之動容，熱情善感的昭麗還紅了眼眶。

阿英說她最信的仍是「睡覺」，英姬則開始纏著她傳教，素惠問英姬，是不是曾經在哪裡相遇過，英姬也覺得對素惠有「似曾相識」的感覺，只是兩個人都想不起來，「人生到處何所似，恰似飛鴻踏雪泥」！

英姬和我調侃秀慧和昭麗，當年講話超嗲的，穿著迷你裙超短，打扮非常時髦，對照我們這一票的由南部北上的老土，風格截然不同，但是她們倆共同的反應是「哪有？」

外表粗枝大葉，其實心思細膩的阿英，帶著她聰明美麗的女兒赴宴，席間跟英姬談及宗教信仰的輕鬆話語及教學時發生過的一些恐怖情節（似曾相識的經驗），以及她如何面對，化解的妙語，讓大家笑翻了。

阿英很興奮地提及在電視上老爺（玲珠）講述教宗喪禮中的諸多細節的

畫面，玲珠淺淺的笑容，依然散發出互助館404室模範生的和煦容光，老爺還記得當年我們給404室取了「風雨軒」的往事（風雨軒的夥伴們，大家都別來無恙）。

秀才目前是Sogo的電腦中心主管，大家聆聽他訴說他在退伍後，如何轉戰各種行業，流浪了好幾年，最後在退無可退的情形下，苦學電腦，考進Sogo的奮鬥史，輕描淡寫間，讓大家似乎品出生命中的艱辛。

洪校長義濱（肅然起敬喔！）說到當年幫班上好幾位女同學寫作文的往事，其中包括秀慧，秀慧當場表示不記得有這回事，不過倒是承認歷經初中，高中的拼命，努力考上大學，就是為了上大學可以抱著幾本厚厚的線裝書耍帥，好好的玩個夠，也真的「努力」玩了四年。

張秀玉一直感謝鄭子夫婦沒把她這個轉學來的同學給遺忘了，用心的把他給找到了，她真的很高興，她提到如何利用「真人不露相」一招，以投籃馴服學生的妙方（罰球線連進五球喔！好厲害）。

「我每次談戀愛，都是真心的」阿英說這是英姬的至理名言，大家開始回顧起年少時對感情的執著，被糗的明和靦腆的笑容裡是不是有「恍如昨日」的慨歎，年少輕狂的美好時光啊！有人說如果時光能夠倒流，一定能把感情處理得更好些，真的嗎？

順發說起當年思榕有「孤僻」的特質，跟班上的同學比較熱絡不起來，所以老是找他，兩人一起廝混，談到許多一起混的往事。昭麗挽著從另一桌過來的鄭子，直說她下輩子還要跟他結為夫婦，鄭子說他也是，夫妻倆的恩愛情狀，叫人又感動又羨慕的。

接著鄭子代表因事未能參加的台

瑛，發送給在場的同學淡水名產——「鐵蛋」跟「蝦酥」，謝謝台瑛的貼心，讓我們能再嚐另一種「鄉愁的滋味」。

飯後付帳時英姬發現皮夾不見了，她的心情受了很大的影響，為了處理後續的事情，她先行離開，是今天聚會中最大的缺憾。

接下來的校園巡禮，真是感慨良多，「變了！變好多！」(其實「變」才是常態吧！)除了克難坡，除了文學院及活動中心，牧羊橋，瀛苑草坪及松濤館還在外，淡江真叫人認不得了，教室大樓不見了(記得風大時呼呼響的聲音嗎？)，教官宿舍不見了！互助館也不見了！記憶呢？也不見了嗎？

驅車下山轉至捷運車站旁的Starbucks喝咖啡聊八卦，淡水今天的陽光燦爛，廣場上人潮擁擠，啜飲著冰沙咖啡，在座的各位臉上漾著盈盈的笑容，急切地說著，聽著別後的許許多多，到了四點我先行告別，非常不捨，但因車票已先行買妥，只好揮別。

阿美感言：坐在南下的自強號列車哩，望窗外漸暗的光影，回味今天的相聚，歡樂的時光總是短暫，想著年紀徒長的我，可能會將今日的聚會的種種逐漸的給淡忘，所以拙筆記下這場美好的相遇，「每次的相遇都是個美麗的奇蹟」，人生道路，崎嶇難免，因著一些緣聚，讓我們有勇氣和力氣去面對，珍惜難得的緣分，期待下次的「相遇」！我的同學朋友們！

該當蹺課

諸葛俊元

38

今晨微雨如絲，睡意正在濃時。蹺！午餐偶遇學姐，佳人談興正高。蹺！今日風和日麗，不當困居教室。蹺！下午繳交報告，結論尚未完成。蹺！社團大型活動，明日正式起跑。蹺！期末考試將近，複習嚴重不足。蹺！

摯友失戀了，正是需要我的時候，這又怎能不蹺？？

「沒有蹺過課，就不算讀過大學！」這是高中時代師長閒話當年時常說的一句話。言語之間極為偏頗，但，誰在乎呢？一個班裡有幸考上大學的也不過就那麼幾人，對多數水深火熱的考生而言，不過是句閒話而已。

十二年循規蹈矩的學生生涯，一年南陽街的慘淡歲月，終於，在十九歲的那年，走入了淡江大學。

說不上來那是個什麼樣的感覺。脫出囚籠的幼獸，也許；衝入藍天的雛鳥，可能。總之，在吸吐著與家鄉相似潮濕的空氣的同時，總想要做些什麼。於是，為時一天的新生訓練，我只撐過了二個小時，就結束了。這，是我在淡江的第一次「蹺課」。

蹺課做些什麼？高中校園的口耳相傳，勵志散文的輕描淡寫，影視新聞的熱血沸騰：

在陽光糝耀的林蔭間，斜躺在綠油油的草皮上，微風輕拂間，輕輕地翻閱面前的原文書；在校園深處的涼亭旁，橫抱著一把吉他，三、五同學相視而笑，唱著屬於你我的風花雪月；在空置的課室中，高談闊論，與一眾好友暢想未來，迎接即將為吾輩所創造的時代；在淡水河旁，與佳人並肩而坐，伴著夕陽斜照，享受著甜蜜而曖昧的氛圍。

神秘又誘人，卻只能在沉重的課

業壓力與永遠做不完的試卷之間，偷偷的想像一二。唯有那擠進大學窄門的少數人，才有資格美夢成真。

然後，我考上了淡江中文。

新生訓練會場外，放眼望去一整排的社團迎新擺攤。艷陽下，帆棚、地墊、陽傘、橫幅，男、女、高、矮、胖、瘦、美、醜，看得懂的、看不懂的，空氣中瀰漫著一股子屬於青春的氣息。

「這就是大學啊！」內心不禁感嘆著。

走著逛著，隨意地拿取傳單，偶爾為了多看兩眼美麗的學姐而停留片刻。蹺了新生訓練的半日時光，就這麼隨意揮霍著，完成了三個月前的想像，滿足於身為大學生的自由自在。回頭望向新生訓練的大禮堂，目光似乎穿透大門，看著未來四年的同學們，正在冗長而沉悶的演說中昏昏欲睡，我的嘴角不禁浮起一絲淺笑，得意於自己的睿智抉擇。

不蹺課，眼前的一切，就不能為我所獨享；不蹺課，如何證明自己已是成年人；不蹺課，又怎麼能算是大學生呢！於是，蹺課就成了接下來四年大學生涯當中最讓我熟悉的一項「課業活動」。我的蹺課生涯，就從這一刻展開。

「蹺課」，對我來說是家常便飯，班上同學甚至已經習慣於我的蹺課。每當我踏入教室，迎來的多半不是問候，而是驚呼：「你怎麼會來？今天要交報告嗎？」我只能莫測高深地笑笑，隨意挑選一處角落坐下，開始看似專注其實極度吃力的二小時課程。

習慣性地蹺課，究竟做了些什麼？雖然過了許多年，依舊說不出個所以然來。但可以確定的是，高中時代所聽說的一切，未必都是騙人的，可也不盡然那麼地美好與浪漫。

林蔭間的閱讀，夏天揮汗如雨，冬天冷得發抖，還不如泡杯咖啡留在臥室裡，至少還有音樂可聽。抱著吉他唱歌，一要尚稱純熟的技巧，二要可堪入耳的歌喉，否則就是人見人厭的公害。三、五好友臧否時事、指捣古今，看似熱血，不過就是半大孩子的自以為是。至於與佳人同坐淡水河畔遠眺夕陽，美則美矣，只是，佳人何在？

最令人感到無奈與惶恐的，卻是蹺課之後的惴惴不安。也許是對點名的擔憂，抑或是缺漏課程內容的遺憾。無論在不安些什麼，最後總是糾結沉澱出某些近似的心緒，在胸口空蕩蕩的迴旋不定。

當蹺課成了習慣，只要有個能說服自己的理由，就能光明正大地遠離本該進入的課室，過著自以為逍遙的生活。哪怕不安依舊，仍是強力壓下紛擾的心緒，只為了證明我終究是自己的主人，不為旁人而活。畢竟，多年的壓抑與綁縛，不就該在考上大學的那一刻開始，加倍的得到回報嗎？

可人生在世，總在「取捨」二字打轉，自以為的快意人生，不過就是損有餘而補不足。不上課的時間多了，學分就少了。二年時間匆匆而過，回過神來屈指一算，手頭的學分至多只有同學的三分之二。更糟的是，退學的黑暗陰影正在頭頂上盤旋。猛然發覺，當年所希冀的自由自在，從來不曾出現過，現在拿的，終需加倍的還。

再一次的取捨吧！蹺課已不再愉悅，不過就是取得學分的另一種手段。放棄已經絕望的課程，用蹺課爭取來的時間，複習該掌握而沒掌握的一切。補不完的學分，繳不完的報告，熬不完的夜，蹺不完的課——不斷取捨下的惡果。同學們正在規畫畢業後的人生時，我卻徘徊在畢業門檻之前，窺伺著那張象徵大學生涯圓滿結束的硬卡紙。

畢業典禮那天，終於不再蹺課，只是沒資格參加。大學的第五年，才拿到屬於自己的畢業證書，默默地離開了淡江大學。

今晨微雨，該是蹺課的好時節。

翻個身，壓壓枕頭，扭動全身骨骼換上最舒服的姿勢。慢慢地、慢慢地沉入未完的夢境當中。

輕緩的腳步聲響起，可愛的小鬼頭們面帶邪惡的微笑立於床頭，默契地齊聲高喊：「把拔……你再不起床就要遲到了哦！」

坐起身，看著面前的小可愛們，不禁輕嘆一口氣：

「我・好・想・蹺・課・啊……！」

39

歌未央

賴靜玫

猶記得大一詩選教室內的情景。李正治老師一襲白色唐裝翩然而至，開口便朗聲說道：「歡迎各位來到淡江。你們將要在這兒讀書四年，怎能不了解淡水這塊土地？」接著拾起粉筆，瀟灑地在黑板上畫起大片的觀音山、淡水河，對五虎崗的命名由來以及河畔的地景人文、哪裡的咖啡好喝、傍晚就該沿著淡水河畔看夕陽娓娓道來；言談間或自然融入讀詩時的所得與感悟，靈思躍動，令人神往，包括《中國詩的追尋》及《說中華民族之花果飄零》等書，都是老師課堂上提及找來閱讀的。後來，除了上課讀詩作詩之外，課後李老師也時常與年輕學子交遊論學，邀大家至水源街的「動物園」聚會泡茶，有一次也因此一睹國學大師陸雲逵老先生的面貌，聽講失傳的樂經，以及民國初年大時代的歷史逸聞。後來老人家蟄居圓山敦煌路曾過去探望，如今想來，也是奇妙的緣分。

曹淑娟老師是我們班導，講課溫柔細膩，活脫脫是古典詩詞裡走出來的人物，對大家的學業及生活很是關心。印象中最深刻的，是有次一群人衝上陽明山夜遊，天亮才飆回淡水趕著上第一節的杜詩。當時大夥年少輕狂，想當然爾，教室後方放眼望去莫不個個搖頭晃腦、幾乎睡倒一片。當時，曹老師正在上〈三吏三別〉，講解到骨肉親情面對戰亂生離的深切哀痛、情感激昂，一個踉蹌竟頓失重心，往黑板方向「碰」的一聲倒下，幸好伸手及時倚住黑板。剎那間，犯睏的瞌睡蟲通通被嚇跑不說，也為自己的神遊愧疚極了。直到下課鐘響個個莫不振筆疾書，深感曹老師講學之專注與投入。在大一至大三修習中國文學作品欣賞、李杜詩與詞選等課程的陶冶之下，那纖細而巨大的身影深深地烙印在心底，於是下定決心，「假如以後當老師，一定要像曹老師一樣」。陳文華老師的詞選、廉永英老師的文心雕龍，還有當時在宮燈教室上課的國導助教李嘉瑜學姊，都是難忘的身影。

我孤僻喜靜，朋友並不多，齊儒赤子之心，是純摯長情之人；個兒嬌小，然內心世界是極其堅韌、剛毅，很是有長姊風範的。修鄭志明老師的老子課堂上，老師心血來潮為大家測字。我和小喵遂直接上台各寫一字，微微緊張地側耳聽著老師拆字解惑，當時彼此相視莞爾的眼神記憶猶新。大四時，小喵相約一同租房子、一同騎著小五十夜奔城中市場血拼、一同參加丁威仁學長為我們講授如何準備研所考試的讀書會……，無論生活上或是學業上，都深受照拂。畢業後雖各在一方，每年生日收到小喵捎來的祝福總是動容。珮瑜和昱夫待我和氣，為人重情義，夫妻倆在金文及聲韻學領域造詣深。知我不諳人際往來，長久維護之情誼深深感念於心。

讀碩班時，水源街巷內民宅有間飽蠹書齋，課後時常前往淘寶之餘，臺大附近的結構群、名目、藍燈、李漢國以及往台電大樓方向的樂學，都是時常尋書的練功天地。當年英專路口有間舊書攤，小戴學長曾喜獲李正治老師業強版《至情祇可酬知己》絕版書惠贈予我，那份期勉在文學與思想的道路上要勇敢前行的心意不曾忘懷。

高柏園老師是爽朗的哲學家，教我如何提問、如何培養問題意識，並從整體脈絡去進行思考分析。老師時常叮囑我多去曬太陽、提點我凡事放下，應而不藏，方能勝物而不傷；孔子教人如何治理自己的心，韓非子教人如何治理別人的心，莊子則教人養生貴在養心，其實三者都不容易。也因時常聽老師稱許曾守正學長、江淑君學姊、李幸玲學姊及胡衍南學長，所以那些年空堂時，除了在水源街的知書房待上兩三個小時外，就是去旁聽學長姊們上課；他們或溫文儒雅、或柔中帶剛、或狂狷俠氣，那段旁聽的歲月裡，照見的是文哲生命的至性至情。周彥文老師所主持的田野調查研究室，是文獻理論研究實踐的延伸，以文字或影像紀錄片的方式，保存珍貴的淡水小鎮的史料與地方風情。老師極愛烏龜，我想，除了泥塗之龜的自在淡泊之外，如同老師治目錄版本學的精神般，可貴在單純求慢的步步行跡。

博士班面試時，遇到大學時教授楚辭的傅錫壬老師。老師看著備審資料，一邊慈祥地對我說：我記得你。回來讀書很好。不知為何當下心頭一酸，彷若無意間被觸碰的鳴絃般不能自已。唸博班後，張雙英老師無論為學或待人都耐心教導我許多。胡衍南學長曾稱讚老師是「中國式的紳士學者」，中西文學理論之學養極為深厚；《中國文學批評的理論與實踐》、《現當代西洋文學批評綜述》及《文學的「內部」與「外緣」研究：從「文字」到「抒情」與「批評」》等書論述示範了各種文類的特色及其價值。此外，老師一直不忘撥空編寫適合初學者的文學概論入門書，老師那「捨我其誰」的神情讓我明白：文學教育的火把，將一直像這樣傳遞下去。

回想大學時代，總是一個人窩在大學城小橋旁的「別問」閱讀、寫字或發呆。過了很久我才明白，在人文學院裡，研究之路原是孤獨與紀律的個人修行。人的存在，本就是渾沌的狀態，只能藉著在混亂中還能保有某種程度的冷靜，同時懷抱一個不受干擾的心靈空間，才可能披沙揀金，學有所得。「短檠雙目原無恙，快讀詩書莫浪愁！」這些年在彷徨摸索的文學路上我一直很幸運。在淡江，總有師長和朋友在身邊寬解、吟遊、同行。

微雨

40

謝旻琪

今日的淡江，飄著微微細雨。

剛剛才與幾年前的學生H君碰面。我們一起在學校裡的「海音」吃了中飯。H君是個很有生命力的男孩。還記得當時，他跑來我上課的教室，拿出一封自己打好的推薦函，內容不外是「該生表現優異」之類的話語，最後要我簽名。原來他想申請到海外去交換學生，於是找了我當推薦老師。我當時有點傻了，就這樣？我要幫他簽名？我要負責什麼嗎？我能負責嗎？我心裡猶豫著。他說很抱歉啦，就真的很匆忙，若申請到美國，我幫你買海綿寶寶的紀念品囉。我大笑，衝著他對我的信任，我搏感情地簽了名。爾後，他沒去美國，而是申請到波蘭的華沙大學。接下來的一年，他遊遍歐洲，認識各國各文化的人。有一次在歐洲往某國的火車上，他寫了明信片要給我，一位陌生友善的英國男子說要幫他寄，他不疑有他地交給那位英國男子，隨即有些懊悔，想說大概不會寄吧，於是就放棄希望了。沒想到我收到了。我寫信告訴他，他大喜過望，告訴我這段典故。充滿了可能性，什麼都不怕，到處闖蕩的那種衝勁，讓人好生羨慕！

短短的聊了一小時，都還沒聊到詩呢。聊了出國的經歷，聊了文化差異，很有趣。除了替他高興之外，我更多的感觸是，我竟然已經是個老師了啊。在淡江這麼多年，總還覺得自己是個孩子，還是那個矢志當個文藝青年的大學生呢。

行經文學館，好多回憶湧上心頭。記得大一時，文學概論課，王文進老師讓我們讀了他自己寫的〈淡水情懷——七○年代淡江行〉，他告訴我們，我們就身處在大山大水架構的舞台，所有風起雲湧的因緣際會都會在這裡上演。他語氣慷慨地陳述著，把我們十八歲少年的心，激盪得波濤洶湧。然後就是楊牧了。老師讓我們讀了楊牧的〈右外野的浪漫主義者〉。這個比喻我很喜歡，帶點寂寞，隔絕於人群之外，卻又非得有人擔任不可。這樣孤絕的責任，很是吸引人。整個大學美感的開端，大概從這裡開始。

文藝青年總是要有點豪氣，不論現實如何摧折，都堅持純美的追求。這在十八歲的年紀來說當然很美麗，我和同學還高高興興的說要搞個詩社。現在年紀長了，知道那需要有多麼熱情的理想主義、甚至要與世無涉的天真才能達到。

手上拿著一杯熱拿鐵，這是剛剛我與H在店裡面用餐，順便點的。在淡江多年，咖啡也有不同的風景。我想起以前我們總著迷地去大學城一間名叫「阿諾瑪」的咖啡店。這間店與學校就隔著一條大水溝。木頭的牆上，掛著幾幅照片和電影海報，小小的室內，中間擺一架顯得過大的鋼琴，卻不會突兀，從沒見有人彈奏過，店內常常播放蕭邦的鋼琴曲子，或者一些老電影的配樂。窗外一畦小花園，窗上吊掛著幾盆綠色盆栽。每次推開木頭邊框的玻璃門，門上鈴噹就會叮鈴鈴的響。學校內的那排鳳凰樹，總是會將午後斜照的太陽篩下點點光影，構成一幅慵慵懶懶的情調。從外面傳來潺潺的流水聲，我們會覺得那是萊茵河之類的，很浪漫的河水，其實只是一條十幾年來味道從來不變的臭水溝。

我還記得那時，長髮飄逸的美女明惠，就在那打工。看她站在櫃台纖弱有氣質的樣子，殊不知她是個大剌剌、糊里糊塗少根筋的傻大姐。煮咖啡時，她總要在櫃台下偷偷翻開她的筆記本，看看哪種咖啡怎麼煮，機器怎麼用，什麼豆子放在哪裡。同時有三個男孩都愛慕著她，我們有趣地看著她送上咖啡時，三個男孩爭先恐後地獻殷勤：「燙著了嗎？手我看看！」「小心燙啊，我來我來！」「你累不累，等等帶你去吃飯好嗎？」幾個姊妹淘在旁邊抿嘴偷笑。有時候和朋友去坐坐，聊些自以為偉大的事，比上課還重要多了。每次蹺課去店裡，總覺得特別快樂。

在那樣美好的日子裡，誰也沒想到阿諾瑪會倒閉。阿諾瑪的咖啡，由老闆親自嚴選，但一杯咖啡只賣六十到九十元，經營越見困難，老闆把店頂出去了。然後，我們畢業了，阿諾瑪為我們美好時光，作了驚訝的完結。

這幾年的文館前面，隔著整排垂髫的老榕樹，開了兩間咖啡店。一間是「月亮咬一口」，很可愛溫暖的名字；另一間是「海音」，旁邊還額外開了簡餐店的。現在咖啡店最大的特色就是，店員只要在機器上按鈕一按，就會流出口味完全相同的咖啡。這些咖啡味道比較平板，沒有層次，但加上了牛奶，會變成另一種，一樣帶著咖啡香氣，但有牛奶的濃郁口感，最後還可以有點回甘的飲料。工讀生青春茂盛，帶著微笑，充滿了活力。若不要對咖啡太挑剔的話，我會點杯拿鐵，也是很有滋味的。文館門口擺了很多木頭桌椅，許多人點了咖啡，坐在老榕樹下聊天，竟也形成另一種新的和舊的摻雜在一起的，某種類似文藝氣息的樣子。

到系辦辦點事情，系上的工讀生親切地對我點頭說：「老師好！」我也對她們點頭微笑。身份真的不同了啊，那些回憶就像是一場夢一樣的。然後我在細雨中駕車離開，行經商館前的斜坡，彷彿看到十八歲的我，在斜坡上滑倒，雖然有點窘迫，卻還是肆無忌憚地坐在地上，撒嬌著等待在旁笑鬧的同學們攙起。

擺渡行者

羅雅純

41

嫣然若夢，宛然，如昨日……。掬一捧蜿蜒歲月，敬邀那悄然無聲的匆匆過往。

2007年6月16日，我於淡江大學取得中文博士學位，畢業離別，火焰鳳凰木的傷感親吻了迷濛的雙眼，輕繫一抹的芳芬，道別那縈然呢喃的學生年代。

回眸過往，滬尾人文交薈，淡江中文，孕育了十三年的我，鏤痕的點滴，苦澀和淡然……。大學四年，碩士三年，博士六年，淡江中文，啟蒙我知性心靈，開啟知識光采，追尋生命那究竟的真理，這一路，低吟淺唱，唱著，哭著；擊節踏歌，痛著，笑著，終究，山是水的故事，雲是風的故事……，演繹成生命內靜水深流的印記。

生命若水，回溯在歲月記憶的洄流，自以為潮汐潺流，沈澱了曾經的人事足跡，卻恍然發現，洄瀾的浪花帶著追憶的漣漪來到眼前，鮮明逼真，如今，笑看青山綠黛，滄桑的是年輪，淬鍊的卻是人生。

淡江，永遠成為我命定眷戀的不朽，克難坡的臺階，象徵前人的篳路藍縷，五虎崗聳天的蛋捲廣場，點亮眾生思想的心燈，文館窗櫺走道，畫面定格在師生朗朗吟詩笑語，校園阡陌的一草一物，早已刻骨銘心烙印心底，淡江，編織我生命中無怨無悔的美麗流年。

曾經，求知無涯的焦慮不時地啃蝕著我，曾經，以管窺天探索真理，隱藏在難以臆測的黑暗角隅，如今，當頭棒喝，終於明白……，這無以為意識漫行在空蕩與茫然之間，生命，它早已安排鋪陳前行註定的步履，這一路，涉獵見易，精研見難，勤以補拙，黽勉力學，踽踽獨行，步步踏向人生舞台上重要的角色。

從青澀的學生階段到為人師表，傳道、授業、解惑的崇高使命，始終鞭策行者終生的矢願，日寐夜興，案牘青山，潛心擎索，埋首桌前剋期取證的披星戴月，往往，渾然不知屋外白天或黑夜，逝者如斯，過往點滴，醞釀成一罈的清澈醇香。

淡江美景，綠水青山，渾然天成，無所不在，觀音山，靜穆屹立，遠眺含笑，徜徉清風，醉臥白雲，淡水河，靜落英華，仰望蒼穹，環繞滬尾，潮汐萬里，文館榕蔭，綠意盎然，書香伴和，桃李天下，翰墨輩出，覺軒宮燈，碧瓦紅牆，黌宮春色，幕色夕照，詩情畫意，那始終是盛夏的我，恣意在蛙鳴蟬叫、蝶舞蜂飛，杜鵑芳叢裡找尋夏意，那始終是曉寒的我，沉醉在峭拔氤氳、細雨斜風，櫻花飛絮裡找尋冬意。

幸福的微曦，因為淡江，學術的追尋，因為中文，培育我純潔思想的駐泊處，指引我性情奠基的知識導航，教導我道德真誠的性靈飛翔。生命步履踏印的行跡，經過，萌長，絢麗過，生命步履踏印的行跡，笑過，哭過，驕傲過，流光易逝，時序更迭，淡江中文伴我走過無數的珍貴年頭。

歲月如酒，淺斟慢酌，人生因緣足可貴，歲月無期當自珍，前路方遙，綆短汲深，

路漫漫其脩遠兮，吾將上下而求索。

擺渡行者，生命行腳，不以物喜，不以己悲，覓一世回報的悟靜安然，致萬縷感恩淡江中文栽培提攜、剴切教誨的師長們，師恩浩瀚，銘感於心，我何其有幸，我何其有德！

記生命這一扉頁，載無以言述，難以思議的感謝。

河海交會處風雲新會

42

顧蕙倩

1987年7月，師大國文系畢業，來到台北盆地一所國中實習。1988年某月某日，溽暑，偌大的辦公室闃無人聲，錯，一臺電風扇在我頭頂搖頭晃腦，轉呀轉的，我在嗡嗡作響的燥熱空氣底層埋頭改作文，唰呀唰的，抬頭看著風扇永無休止似地重覆前一刻，繼續每一刻，好像不能自已卻又貌似偉大的宿命令人極度恐懼，無法相信自己可以是電風扇，隔天就決心偷偷報考了研究所。暑假，賠了巨額公費，辭了教職，向河海交匯處報到，重拾書本。

從城市中心到有山有水的淡江大學讀書，對我真是如魚得水，而經過一年執教鞭的日子回頭重新當學生，才真正喜愛埋首書本裡的沉潛與翻騰。這是淡江中文研究所碩士班成立的第一年，對學術研究一無所知，只喜歡寫詩的我而言，當時是怎麼面對偉大的口試委員完全沒有印象，只記得當時是耽溺莊子美學的，研究主題就毫不考慮地寫上「莊子美學初探」，還好前面有一些貴人考上沒有報到，我這大學猛蹺課的備取生就順利進入研究所就讀。龔鵬程教授是我們的所長，溫文儒雅與俠氣干雲的氣質兼具，沛然莫之能禦，這是我讀了四年的大學裡不曾接近的人格特質。有時下了課，一個人走在宮燈大道上，天色漸暗，樹梢間不時傳來幾聲鳥秋啾啾呼嘯而過，總是會想起所長，那是一種可以逃脫可以超越甚至不自覺地睥睨古人的靈魂，哲人豈止是日遠，他根本是個無法歸類任何典型的神嘛！

還記得當時是看到淡江大學成立中文系碩士班的招生公告，居然不用考「文字、聲韻、訓詁」，「以確立文學、社會與美學的教學研究發展主軸」，這在傳統又保守的中國文學界簡直有離經叛道之虞！台灣八○年代雖然是現代新興詩社風起雲湧的黃金年代，也是台灣文學遍地開花的豐收時節，然而在1988年全國文藝卻還未勇敢走向「台灣文學」、「文學社會學」、「美學」等新途徑開拓一片嶄新領域時，龔所長勇於開創新格局，從四面八方廣發英雄帖，邀請何金蘭教授、李瑞騰教授、周志文教授、周彥文教授、施淑女教授、王文進教授等一同會聚五虎崗上，在中文學界首開「文藝行政與文學社會學」、「文學的斷代研究」、「世界漢學」等課程，還陸續舉辦「文學與美學」、「社會與文化」兩大國際研討會，當時舉辦研討會並沒有方便的PPT或是網路資訊，能拿到一本論文集真是如獲至寶，而參與討論的學者專家對待學問的態度令人感佩，往往為了一個問題，可以打破砂鍋問到底，甚至互相質問不論人情，不忌包袱，只問學術。在研討會上，身為學生的我們勤做筆記，有時還被老師點名參與討論，如今回想起來，所裡師長們點點滴滴的灌溉，不僅奠定淡江中文系的學術聲望，更是今日中文學術界的前行勇者。

當時李瑞騰教授兼任文訊雜誌社總編輯，我們上課的教室有時會移到文訊的辦公室，圖書館豐富的藏書從此深深吸引了我，我放了莊子，開始想潛心研究近代文學。李老師要我們將課堂討論的內容一一做成記錄文字，然後發表於雜誌，如今翻閱，塵封多年的回憶歷歷在目，當時的我們為了一篇小說一首詩可以連月討論，樂此不疲，李老師的教導不但開啟了我日後「語文教學」及「現代文學研究」的視野，更引導我走入文學雜誌的編輯與採訪，鼓勵我投入中央日報副刊組的專職工作。於是，白天唸書下午進報社，成了我研二研三的時光。跟著已故詩人梅新，以及林黛嫚教授亦步亦趨地學習埋首編報紙，關心時代脈動，為現代文學領域尋找報導主題，彙集文史資料，如今多已成為極其珍貴的史料。這些美好又緊張的時光，全都開始於李老師拿起一把剪刀，重新為我一張張的現代詩作品一一修剪、黏貼，然後親手交給我，成為我第一次應徵工作的成果！

而我班的同學也個個厲害，現在想起來都覺得當時年紀小小的我能和這些同學談論詩歌、古籍，一起眺望河海交匯處坐擁風雲，契闊談讌，至今都是深深影響我的秘密時光！殷善培喜歡叫我「顧妞」，學問好像天生般旁徵博引，但是卻又愛逗人發笑，他都不知道自己笑起來比小學生還可愛吧！胡正之、林明昌、馬銘浩、劉福田、潘正德、范文瑞等同學課堂前後切磋問學的功力，至今都令我崇拜不已。

轉眼間已畢業二十五年，所裡也陸陸續續產生了中文學界與創作界的佼佼者，有時回到校園走走，山水依然清朗，不遠處傳來的青春笑語依然清亮，回想當時天花板上那一只電風扇，如果當時校工多上點機油，不這麼嘎嘎作響，我還會轉進這處河海匯集處親眼見著這些風雲際會的龍虎們嗎？

少年遊

龔鵬程

43

少年人的夢，不知如何，我卻已很久不曾有夢了；縱使偶然遁入一個迷離的世界，也多半要以半天的驚愕或困惑做為償還。記得何其芳「燕泥集」中有兩句這樣的短詩：

> 從此始感到成人的寂寞
> 更喜歡夢中道路的迷離

少年渴望成人，一如未婚者渴求愛情，都要等到已成事實以後，才曉得那熱烈追求所換來的，只是寂寞與空虛。當然人世中也自有許多逢迎酬酢的成人，日日漂浮汩盪於寒暄諂笑之間，快樂得要命。但，那也正代表他們並未長大，所以快樂即來自無知。若使有知，成人的世界就該是寂寞的。只不過，在這片寂天寞地裡，我已久久不敢有何其芳那樣歸夢靜好的瀟洒了。我駭怕夢中更會勾起無端的悲緒或思念，會再現舊日的情懷，而那種情懷，撫摸起來，心口是要疼痛的。

這固然是我的懦弱，但也未嘗不是對這非理性成人世界中社會重壓的一種逃避。逃、逃、逃、逃、逃，夢境本來是最佳的庇護場。可是夢醒後的倉皇和對比，豈不更令人難堪？所以，我便乾脆解散了「自我」，逃入社會森嚴乏味的體制下，與世波流，隨俗俯仰。

這樣的生活，已經很多年了。每次碰到朋友，對方看我懨懨懶懶的，總喜歡習慣（社會習慣）地問一聲：「近來如何？」或「最近好嗎？」我也無可奈何地聳聳肩，說：「好呀！活著等死呀！」朋友不是錯愕，就是大笑，再不就是搖搖頭走開。雖然他們走開以後，也跟我一樣，繼續活著等死。

有一天，我忽然想看看山上清

晨雨潤過的小徑，便決定搭夜車上淡水。李正治恰好也坐這輛車，他要去教書。可是他又不讓我走，硬要扯我陪他一道上一堂什麼「文學與形式」。講堂上，我口沫橫飛，高談文學形式的精要，心底卻湧起一陣陣莫名的恐慌，只是我並不清楚恐慌的是什麼。

夜裡，我們連袂下山，住在竹圍鄭志明家裡。一盞書燈，照著幾張風霜老臉，三個人都很興奮、很激動、也很感傷。談到深夜，兀自不肯入睡。大家想起少年時期的豪情壯語，想起人世間的躑躅蹣跚，想起許多年前，同去鸕鷀潭的景況，想起龍山寺的聚會，也想起了八里的渡船和竹筍。現在，龍山寺已經拆毀了，鸕鷀潭已經沈入水底了，我們熟識的店家蔣教官也已經死去很久了。只有八里，唉，八里的竹筍不知是否還像當年一樣甜美？微風輕輕吹過唏噓，像被油厚厚裹住的心，忽然有了一種吶喊：「我們何不明天就去？」形式的生命，如此枯澀，中年的旅程，如此無趣，何不重拾年少，再做一次放蕩？再有一場揮霍？

第二天，春雨如注，冒著雨去教書，竟有點詭譎的快感。遇到王文進，邀他同去，他有點遲疑，要我打電話徵詢王夫人的意見，果蒙批准，大夥咸感興奮。乃決定下午教完書後，乘車到竹圍，坐舢板過河，再轉赴八里。

下課已經六點了，車抵竹圍，雨勢如狂，黃昏灰黯的天空，罩著一片白茫茫的世界。鄭志明夫婦同來，我們撐起雨傘，拎著公事包，穿過空茫，走向歷史的河岸。岸道漲滿了水，漂浮的野草和泥濘，幾乎淹沒了腳踝。還沒走到渡船口，衣裳就全打濕了。不料，渡船頭似乎廢棄已久。

灰暗的河水，在雨中靜得聽不見一絲聲息，只有幾隻水鳥，輕輕掠過。岸上的憑弔者，看著對岸的山、海口的塔，真是一片灰濛，萬古蒼茫。「且等午夜漲潮時再來」，正治說。

於是大家跨過鐵軌，攔了車過關渡大橋，再轉往八里。這時夜色已經完全浸沒了燈火，奔馳的鄉間客運車裡，除了迴盪一種特有的纏綿而粗俗的閩南語歌曲外，還不時潑進一些雨水。我們都很喜歡這種音樂，尤其是在夜裡鄉間的車上，它有獨特的悽惶和感傷，也有種浪蕩的激情，可惜車還不夠破舊，否則便可坐聽一夜了。

車過八里，大家才驚覺，連忙下車來找竹筍吃。問了幾家店，竟都缺貨，實在令人驚訝。店家解釋說，竹筍依然無恙，只是這裡的觀音筍，必須要前一天晚上去插記號，隔天清晨去刨取，趁它筍尖剛剛出土時，劃下來才好吃，這麼大的雨，又是深夜，那會有筍呢？若勉強將就些，我廚房裡還剩得兩人份，不妨就都給各位解饞吧！我們乃大喜，揎袖據案，大嚼了一陣，記得黃山谷詩說：「孤城三日風吹雨，小市人家只菜蔬」，我們比山谷又幸運多了，我們還吃到了一碟好牛肉。

八里是個好地方，鎮小俗淳，許多朋友都自願到這兒教過書，鄭志明也是。飯後，他提議到海邊去逛逛。這時，雨勢漸止，草樹間浮動著水光，一夥人迤邐行去，幽幽涼涼，迷迷離離。如在六朝仙夢中。文進與正治，燃起一支煙緩緩走著，螢火蟲也一閃一閃地在他們身邊呼應。正治用雨傘兜了一隻，旋又逸去。然後，在夜風裡，我們聽見了澎湃的濤聲。

歸去的最末一班車上，文進選了一個看山的角落；他想看清觀音山凝沉如墨的另一個側面。我則望著一河燈火發楞。一百年前，淡水河港還在八里坌，對岸的淡水，被形容為毒霧瀰漫的荒地，可是後來八里淤淺了，港口就移到對岸；現在淡水一帶，燈火輝煌，接連臺北花花世界，而八里，八里仍是荒山一隅。人世之滄桑如此，而幸與不幸，卻也難說得很。人生何嘗不是這樣呢？回去以後，我做了一首長詩說：「江山誠多故，觸目仍古歡。我客龜山隅，又來海之端。舉頭不見月，衝雨舊時灘。渡者今安往？我自衣裳單；行車過八里，八里亦春寒。鄉蔬與竹筍，遠客易為餐。別茲四五載，今始酬肺肝。山色人間外，螢燒夜雨看；更欲涉滄渤，獨夜想濤瀾。少年顛狂事，縱放一何難？我輩雖寂寞，握手天地寬」。

詩作完以後，忽然記起許多年前——又是許多年前——一個中秋節，師大南廬吟社的朋友，邀了汪中、張夢機、陳文華、張子良等老師們，到淡水河泛舟，在船上煮紅豆湯、猜詩謎的事，便順手寫了一條附記給王文進：

「汪雨盦先生有詩，謂乙卯歲末與陳文華張子良等，泛舟淡海，憶王文進操舟之遊，倏忽三載，詩云：『艤舟待月看潮生，又見觀音釵橫，記得王郎同泛夜，三年枕上怒濤鳴』。今去先生作詩，又已九年，王郎見此，能無感乎？」

我知道，他會有感慨的。我這一問，只不過想為我個人之感慨，作一點小小的印證罷了。

學詩記事

龔鵬程

44

我是1973年考入淡江文理學院的，在詩方面，除了王甦老師的《詩經》、傅錫壬老師的《楚辭》、傅試中老師的《詞曲選》等課之外，還另有些其他的經驗。

一般大陸朋友想到台灣，或許會以為那乃是海外荒陬，文教聲華遜於內地。其實不然，台灣詩社傳統甚盛，李漁叔先生《魚千里齋隨筆》卷下《略談詩鐘》說：「自來台灣，每見人竟日為詩，深以為奇」，即指其事，風氣蓋猶勝於當時大陸諸省。而詩社中多作詩鐘，尤與大陸各地不同，故李先生說：「亦曾至所謂擊缽吟會作壁上觀。大抵當場出題、限時繳卷，與會吟客皆瞑目搖首，咿唔有聲，其所作以詩鐘為最多」。擊缽與詩鐘都創於閩而盛於台灣，李氏所記，正表現了一位大陸來台詩人對此現象之驚異。

李先生來臺後很快就融入了台灣詩歌傳統，參加臺北「寄社」後亦頗作詩鐘。《隨筆》中有專文述論，後更擴大寫了《三臺詩傳》一書。曾見其與王符五先生一函說：「頃奉惠書及鐘聯，深為欣佩。各聯才思功力並勝，唯次第錯誤。特飛函奉達，即乞改正。於十八日午後專人送政院機要室方子丹先生收。此次佳卷如林，得吾兄入社，定當奪錦。」又詳敘作法曰：「每唱曰聯，鐘眼為百、生第二唱，花、曰第六唱。弟有『則百符允男子夢，此生當現宰宦身』『空翠撲簾分日色，亂紅飄砌減花光』二聯，質之吾兄，以為如何？又，百生二唱須注意，不能以三百五百八百等字對一生半生，因上聯兩數字，下聯一個數字，謂之三腳，犯規，乞留神。各卷俱將印好，先送閱，約於十八後可發出」。可見先生曾在朋輩間推廣此道，邀集社課，而南來騷客於此尚不熟悉也！

李先生是教我詩選課的張夢機先生之業師，王符老則是張之淦（眉叔）師命我去拜謁的前輩，承他不棄，給了我許多資料、告訴了我許多掌故，連周棄子先生的詩稿也是他抄給我的。棄公下世之後，利用這個抄本才編出了棄公的詩集，因此我一直視之為師長，甚為感念。他家世與陳蒼虬有舊。曾作〈帥南以所藏蒼虬年丈牽牛花詩稿墨蹟屬題，摭拾舊事，遂成七絕句，百感蒼涼，不自審其支蔓也〉等詩文略述其事。我大四時研究晚清詩家，故常專程去請教他。

李漁叔先生我卻無緣親炙，其行誼及詩文僅由夢機師處知之。夢機師篤守詩教，連字也學漁叔先生的瘦金體。我大二時，詩選一課本由劉太希先生講授。先生時已自星洲香江倦遊歸來，刊其《竹林精舍詩》，殆欲隱居林下，優遊卒歲，故辭去教職，由夢機師代之。師以高步瀛《唐宋詩舉要》為教材，所授詩法，大體可見於其《近體詩發凡》。嗣後則以韓愈詩為主，講授古詩聲調。督詩甚苦，勤於批改，往往能一字見精神，如我有詩詠寒夜：「舊塔簫聲霜氣老，蛛崖霧色月輪高」，師改為舊塔簫沈、巉崖霧盡，這才像詩了。

這時，我在六朝詩方面還另有功課。原因是申慶璧老師替我申請到院長張建邦先生之繼母張居瀛玖女士的獎學金。這個獎金十分特殊，需提交一份研究論文。這在那時，可謂創舉。我擬的題目是謝朓研究。申老師不研究詩，他只是創造機會來幫我，故具體該如何進行寫作，我得徵詢別的老師之意見。當時申師在院長秘書處辦公，與白惇仁老師同掌校務文書，因此我便轉而去問白老師。

師乃香山後人，時正做《詩經音樂文學研究》，有函示我：「臘鼓催歸，傳來仁里之郵。竹箋寄語，知有登瀛之作。以英髦之雋才，為永明之詩論，獨步淡江，可為預卜。餘維詩中排偶，肇於靈運；近體格律，啟自玄暉。倘或敷陳篇幅，則可上溯魏晉之源流，下逮唐宋之變化。或欲執其精要，則當注重其格律與意境，比較其衍聲與用韻。冠以謝氏家學之淵源，繼之以玄暉之身世環境與思想生活，結之以繫年與評騭。承遠函以相問，聊草簡以為酬」。

我依其指示，擬妥綱目後再請教他，並詢獎金如何申領，他函示：「吾棣著作體例雖紹章汪，假以時日，當能超越。獎助經數度催詢會計部門，云已列開傳票，惟迄未見通知。一瞬過年，此一般會計部門之通態，滋可喟也。年後吾棣回校，可到系中一問。若無消息，可來我處，相陪到主管處室洽領並面謝張院長也。」這類函札，不但可見他對我的教誨，他們那一代人對學生愛惜如子弟、敬重如朋友家人的態度，也躍然紙上。「溫柔敦厚，詩之教」，這不就是了嗎？措辭之雅、書跡之美，猶其餘事也！

在此之前，我還選修過萬心權老師的杜詩課。課用《杜詩鏡銓》為教本，但時時需參考仇兆鰲《詳注》。例如考試時他會問：「客至、賓至兩詩之意境有何不同？試就楊倫所論說明之」或「新安吏、石壕吏與潼關吏，構想及寫法不同，試就所見說明之。仇兆鰲曾引敘胡夏客指出三吏三別中所表現之特點為何？試就原意簡述之。」「新婚別中，君字七見，誠就仇滄柱所言說明之。」此類題，既須綜攝古人注杜之見解，又須自具心得，頗能開拓初學者之心目。一些老杜遣詞用字之精妙處，他也不忘提醒我們注意，因此他也會問：點水蜻蜓「款款」飛、縣小「更」無丁、士卒何「草草」、園廬「但」蒿藜，這些字詞各該如何解。此外，他還要我們思考一類較大的題目，例如，「世稱杜甫為詩聖、詩史，各何所依據，試分別說明之。」我那時才大一，對此當然還不能掌握，但此一問卻形成了我的問題意識，後來我寫了許多文章討論杜甫為何是詩史，教授升等論著亦是《詩史、本色與妙悟》。

讀唐宋詩、杜詩、韓愈詩並研究謝朓，使得我的校園生涯與詩愈來愈纏綿難解。而這還不算什麼，令我更為投入的，是李商隱詩。

李商隱，是我的神秘友人。我從小就認得他，但不相熟。大三那年，張眉叔先生來淡江教書，原開歷代文選，那年忽願教李義山詩。聞風而至者，在開講當天，真是擠破了屋子。不料張老師的長沙話鄉音極重，幾乎完全無法會意，講詩又先辨析唐朝的政局官職。同學等既乏此等素養，又苦於鄉音無法領受。天氣酷熱，張老師揮汗如雨，對滿座學生亦大不習慣。結果一堂課下來，學生全走光了，只剩下十餘位稍知滋味者，繼續與先生在空曠的教室裡共同品賞義山詩。

老師舊學深厚，講詩尤為透闢，因為他自己就是位傑出的詩人，詩心相映，又熟於史乘，隨口指點，或取唐宋諸家詩相印詮，殆如空裡花開，曼妙非常。同學歡喜讚歎，而莫能窮究其底蘊。

師用馮浩注本，然隨處諟正，多所補充。我自己用中庸出版社所編，彭醇士先生題耑的《分類李義山詩集》，兩相對照，並旁蒐程注、紀批、張譜等相參證，更覺醰醰有味。一本詩集，被我讀得韋編三絕，眉批夾注皆滿。

李商隱，只是個歷史人物，其詩未必真屬生平自供，故詩中的幻影，未可遽爾視為真形寫真。但這不妨。他對我而言，是真實的，彷彿我有一極熟之友人，即名李商隱。我不但曾見他一生經歷行事，更曾與他把臂轟飲、深宵劇談，於其心曲隱衷，完全能夠瞭解。而且這種瞭解，不是像我們瞭解身邊密友般的瞭解，那是客觀的，是對我們身外一人之瞭解。我對李商隱的瞭解卻是一種內在於己的瞭解。我自己在成長中，不斷加深了我對世界的認識、對生命的感知、對歷史的覺察，我對李商隱的瞭解就不斷改變、不斷深刻。甚至可以說，我是透過李商隱的詩（我所瞭解的李商隱詩）來陳述我對世界與人生的看法。那些詩，似乎也可以說就是我作的。

後來到大四時，汪中先生在師大開講李商隱詩，我每週也由淡水下山趕火車到台北去聽。報考研究所，師大所考專書項目中原本沒有李詩這一門，我拜託李爽秋老師設法，師大也就果真替我增列了。我能考上，就靠李商隱詩這科多拿了許多分數。我與李商隱情分之深，可以概見。

某年，公共電視準備製作個介紹文學的節目，邀師大一些先生們商議，決定每人寫一篇詩人傳記，以供編寫劇本。我當時雖還很少寫有關李商隱的論文，但大家都覺得本篇非我莫屬，我也如此認為，所以就答應了。稿成後讀了一遍，感慨萬千，難以為懷。遂將這篇傳記權充抒情散文，收入我自己的散文集中。

據我的理解，李商隱一生徘徊於仕與隱、政治與愛情之間，既找不到歸宿，想衝破，又辦不到。所以他的詩最感人處，就是顯示了一個人在生命流轉中承受煎熬、糾纏往復的歷程。他對人生非常眷惜，所以說：「竹塢無塵水檻清，相思迢遞隔重城。秋陰不散霜飛晚，留得枯荷聽雨聲」〈宿駱氏亭〉。縱使荷花枯了，還不肯殳除，為的就是想留來聽雨。有這樣心情的人，才能品味人生。但是，他的人生滿是悲傷。這也許是因他的遭遇較為不幸，也可能根本就是其性格使然；因為對人生太過有情，以致觸處感傷，如〈暮秋游曲江〉詩所云：「荷葉生時春恨生，荷葉枯時秋恨成。深知身在情長在，悵望江頭江水聲。」這種人，在撿拾落花之際，會覺得「重吟細把真無奈，已落猶開未放愁。」〈即日〉而這其實也就是他在把看人生時的態度。有情，卻也無奈。

這是中國詩人第一次如此表達對人生的深情與無奈。而且，是幽細地、寂寞地、清冷地、惆悵地品味這種深情與無奈。他那種對人生「重吟細把」往復沉吟品味的態度，也帶出一種懷舊憶往的氣氛。重吟細把，而又發現人生「真無奈」，更會予人感傷，如〈嫦娥〉詩所云：「雲母屏風燭影深，長河漸落曉星沈。嫦娥應悔偷靈藥，碧海青天夜夜心。」在沈靜、寂寞之中，重吟細把，華年往事，觸緒紛來。回首檢點人生是是非非，碧海青天，可能含有許多傷痛、悔黯，以及悵惘。這種苦思華年的心情與氣氛，使得他格外迷人。他的詩，往往令人覺得朦朧，大概也就是因這種人生迷離、曖昧，又飄忽、無奈之感正浮漾於其間吧！

我一邊上張老師的課，苦苦思索李商隱的心境，一邊就把自己作的詩送請老師指正。他並不徑為我改訂，而是批抹刪削了一通後還給我，說：「就所標識未臻妥洽處，更推敲之。古人詩云：新詩改罷自長吟，子歸而求之，有餘師焉。自行改定後，仍盼送閱！」

事實上，當時我的詩太差了，根本不是改動幾個字詞就能起死回生的。所以老師批語每云「太率」「率」

「屢失粘」「不對稱」「此等語最忌」「古體不可如此纖仄」等等。待我細加礱冶之後，他才又替我調整字詞、改換思路、指點方法。

例如他說：「昔李越縵謂湘綺但粗解腔拍而已。文人相輕，雖往往而然，然腔拍實古體極重要者，體段、節奏、音調、辭采，胥於此尋之。熟讀古人名作，為不二法門，捨此更無他途。意古、氣古、辭古，先求不落唐以下韻調。摹古能運掉自如以後，再放，初桄不能不窄也。劃槓處，皆失古意者。選體詩甚重要，無論將來是否取徑於此。凡學詩者，皆不能不於此下一段工夫，老杜云：「精熟文選理」須細考。腔拍，其實就是種語感。五古跟五絕、五律之不同，就在這種語感，否則都是五言句，何以別之？我當時雖做著謝宣城詩研究，但對六朝詩之語感掌握其實仍不準確，故老師云云。

老師又說：「古體今體，句法不同，決不能雜律句。換韻、轉韻，需多熟讀昔賢名作，細心參會，不宜遽爾學步。空靈飄渺，一結邈然，是五古高境，然偶失分寸，便即顛躓，自來作者不敢輕試。改筆接綴數語，恒蹊熟水，自落凡近，但能與起筆及中幅呼應，機局亦可圓緊，亦非悉是蛇足覓腔之類。飛行絕跡，非一蹴可幾，初學不能不熟於常法也。目前須注重之點：一、體段，二、字面（合句法），三、聲調」。

七古，老師說：「七古最難作，每每氣力不到。此作宜刪減。改甚費，且亦不必於君有益，望自行約縮，總以用心直寫實寫為是。曾記某雜誌載曾虛白先生游天目山一文，亦歷述登陟險壁之事，寫來驚心動魄，令人有真實感，譜之為韻文，亦自是一奇。如雜湊橫堆，便成疥稾駝矣。」這是指我一首遊皇帝殿的七古，他認為囉嗦且堆湊，故告誡我「不可擬於不倫」「不可趁韻強押」「不可堆字堆典」「不可多借比」「此等必須直寫實寫，乃能長筆力」「千萬不可堆垛」。又說：「山水詩，已是熟題，欲求出色，大難。古人中，謝靈運、韓、蘇、李、杜、楊萬里，略及陸，此數家路數法門需熟參。」

他講的是七古需有對景白描的手段，才能寫真情、敘實境，不陳陳相因。至於腔調，他倒是覺得我還孺子可教：「音節諧暢，僅數處微啞。此極可貴，有人作詩數十年，七古尚不能入調，所以為才難，勉之！」，其實，這不是我有什麼才，因夢機師教韓愈詩時已詳述了清朝王漁洋、趙執信、翁方綱諸家的古詩聲調譜，故我曉得注意及此罷了。但老師愛護我之情，溢於言表。

律詩，老師說：「律詩貴廉悍。廉謂寡取，悍謂深入，決不貪多，不可雜湊」。「不要雕字，不要愛浮響。多讀，讀整篇，現在不要讀散句。可以高調，不可空調。詩，製題須雅潔，今人多不講求，每每俗冗取厭」「詩不宜太著題，亦不能完全不著題。原作除第二句外，皆自說自話，與寄友人無關。初學扣題需緊，寧失之於拘滯，最要守法度。轉折用虛字，不宜多置句首，位置須多變化，初學能少用轉折字：由氣、由意以求其轉換更易見功。趙吳興謂詩要做實。少用虛字，似做實之一道。七八氣索，青年不宜如此。七律宜有高調。高調自難，勉求其無衰薾蹇窘之態，則宜時時有此用心也。高調非以客氣為浮響之謂，其說可參《石遺室詩話》。此書究心宋詩者宜一讀，尤以上半部為佳。元遺山云詩要字字作，寸步鬆懈不得。此最精要語，需深會」。

這裡講製題、講高調都是很重要，廉悍一語尤為秘鑰。轉折語，則是詩中用「稍從」「只教」「特地」「坐知」等語來轉意的，老師雖是宋詩一路，但對此卻不以為然，故引趙孟頫語以糾之。趙語在明代被謝榛等七子派奉為圭臬，視為唐宋之分，師轉用之，卻足以藥學宋詩者之病。

但實字也須講究，老師說：「偶尋纖仄之境亦自不妨，但不可耽溺受病耳。中四句用實字須錯綜，位置齊同，便成滯相。表顏色字亦不宜太多」。

章法方面，則師云：「第六句跌宕作承啟關鍵，此雖舊法，不可不熟，特用之需靈活，不可落窠臼」。又說：「時、地、事、人均不可歧互。唯純粹抒情或借為象喻者可打破文法或邏輯之規律。此作為敘事，決不容彼此衝突」「凡屬象喻，宜求若顯若隱，使人似有意脈可尋，過隔過晦，則將渺不知其所指矣。此惟深參玉溪涪翁兩家為能深入自得，吾子勉之！」

絕句，老師同樣強調製題要簡潔，說：「坡詩長題與題序，非有嚴別，殆不盡可從。杜詩題序，亦不必效，語甚蹇澀也。有清諸名家，製題俱簡古有法，漁洋尤雅飭」。

又說：「定庵絕句，別具一種趣味，但不可輕學」「字要鍊，但必須力避詭異。出人意表而自在意中，乃為佳耳。鍊字又不如鍊意，意思貴曲折深邃，但字面不可使人費解。今體詩不宜用冷字、僻典。隨園有句云：偷將冷字騙商人，意雖傖俚亦為可戒也」。

如何胎息古人？老師說：「龔定盦詩『瓶花妥帖爐函定，覓我童心廿六年』，甚可味也。蓋亦胎息『青燈有味憶兒時』句也」，建議我某些詩境可由回憶童年入想。某些詩境，例如春夜遙聞溪聲，可由唐人詩：「今夜偏知春氣暖，蟲聲新透綠窗紗涉想」。形容山中柏氣，可參考東坡詩：「旃檀婆娑海外芬，西山老臍柏所薰。香螺曉曆來相伴，能結縹緲風中雲」。煮茶，可用八指頭陀詩意，說：「自買靈芽帶月烹」等等。又說：「自覺不穩，即可不用，作詩不可強求使事」。

一題數詩的作法：「一題數詩須特別注意各詩之聯繫關係，即須數詩為一通體。講求章法，決不可雜亂無序。且諸作意蘊不明，更宜先求醒豁」。

其指點詩法，大體如此。更多的，則是從心態、意量上希望我能有所提升。他最討厭我為賦新詞強說愁，亦不喜歡我作苦語或耍小聰明，經常痛責我：「此等詩，極小樣，又須工力，可偶作，亦訓練之一法」「此種句法皆嫌輕脫，初學最壞手」「昔魯直與侄書云：士生於世，可以百為，惟不可俗，俗便不可醫也。語固傷激，詩詞書畫，究心於此者，實須先辨雅俗。如何為雅，我亦說不出，似總須從精神、意度、風致、識鑒等處求之。既關天賦，亦關學力，近人雅得太俗，令人殊不可耐」「余最厭此等。青年吐屬，如何可以有此？青年少年強充情種，中年以後歎老蹉卑，皆是俗物，君萬不可如此」「總要超出一層想，乃不粘滯、乃不庸下」「此等詩竟可不作。臺地作詩者，每云贈某、賀某、和某，一流薛蟠體七字唱，甚可厭，必宜戒之，不容臭腐一染筆端也」。

又說：「少年作，不可蕭索」「顧視清高氣深穩，字向紙上皆軒昂，上指涵蘊、下指氣象，青少年詩文必有取於此兩語，庶免誕漫纖俗之病」「後幅疲薾，青年人決不可如此。惟多讀博覽，可以藥思鈍氣弱之病」「前半筆致頗近東坡，但初學不宜取徑於此，易滑易野也。余晚來頗喜蘇詩，謂其能自在，此意終未敢以語人。東坡和子由澠池懷舊時，成壞住空，極饒慨喟，能會其意否？」他後來開講東坡詩，亦即在救我之病，教我如何自在。

友人簡錦松赴研究所考試後，對考題很不滿，作詩諷刺之，我也有和作。師見之頗不以為然，訓示曰：「明清之季，舉子下第，往往醜詆主司瞇目，論者頗謂傷品，吾棣必不其然。此作如必欲存，題序宜可從刪也」。又說：「君既獲雋矣，試以此際之心情與作此詩時之心情兩兩相較，蓋將莞爾失笑也，即以此意決詩之存與不存」，意思當然就是教我對人我得失要看得開。後又有一函，以諸葛亮為教，說：「諸作結語均大衰颯，甚非所望於仁仲者也，亟改亟改！從諸葛公淡泊寧靜中想像其光明俊偉氣象，勉之！」這些都是期我以遠大之言，詩文養心之旨，愷切言之。

老師鞭策雖嚴，卻也不吝表示對我的矜惜，他在我的詩稿上批抹題識，丹黃滿紙，寫完後也常自述心境，如：「平安夜被酒，信筆塗竄，但覺滿紙發光怪，不知竟作何等語也，可笑！義山詩云：不因醉本蘭亭在，卻忘當年舊永和。誦之憮然」「華山畿推論之作，極徵博綜之功，引為深慰深幸；風懷、照影兩作極有風致，難能可貴者也。餘作亦非不鍊，特須益求凝重」。

我那時曾寫論六朝樂府故事〈華山畿〉的文章，刊於《鵝湖月刊》，他看了很高興；某些詩，偶然作好了，他也很開心。曾有一函給我說：「奉書縢文，快讀極慰；轉示諸友，亦同為欣幸。群言足為余壯也。李白母氏，取證尚不足以駁劉。論詩之音響，極有識解。旁引詞眼之說，余談宋元詩，偶參取之，私以為未可？以論唐賢也。晤時當更深討。附近詩一葉，聊博一粲」。劉指劉維崇先生，他有一系列詩家評傳，我都不喜歡，曾撰文痛批過他寫的李白、李商隱、蘇軾三本。老師見了，覺得部分考證，如李白母親的姓氏，論據未必充分。論詩之音響，指〈論啞響〉一文。老師亦認為我的說解未盡充分，但他看我如此銳於進學，倒還是深感欣慰的。看信便知他漸漸把我當成個可以談學問的小朋友了，還不時替我在友人面前說項。

某次他就把我推薦給江絜先生。他與江先生本來係舊交，我曾得他抄示〈秋闈次絜老〉詩云：「高閣披襟疑袖衫，茗甌輕約水精寒，文章新樣桃華點，取次先生帶笑看。」絜老原作：「如水初陽浴短袖，槐街向曉犯輕寒，秋闈兀坐成攤卷，容我疏慵瀹茗看」。眉叔師來台後，曾主編民族晚報「南雅」詩欄，絜老則主編大華晚報「瀛海同聲」詩欄，不知是不是那次聚會時提到了我，後來絜老即在報上刊了我的詩並附識語，頗為獎飾。還另給眉叔師一長信，詳評我一首五古，說我能用杜法。

絜老是安徽合肥人，詞得朱古微真傳，尤勝於詩。其《瀛邊片羽詞》久著盛譽，然詞人老去，瀛邊殘照，不免有傳衣付缽之想。曾於「夜巴黎」酒家設茶座，每週四夜間聚青年講說詞法，以破岑寂。其〈霜葉飛〉下片云：「離緒易觸歡場，看人笑語，舊遊如夢空到。晚花真賞在忘言，素影盟幽抱。儼一夕，風光判了，籬笆新靡鮮卑調。念歲寒，誰同醉，鬢角霜腴，漫嫌香少」，似乎懷抱未盡釋然。因夢機師也每週去參加他的詞會，故他託夢機師帶我去他峨嵋街住處，希望我能從他填詞。

我受寵若驚，回去請教眉叔師。眉叔師也覺得我的筆性可以作詞。但他認為詞比詩更深於哀樂，不癡於情就寫不好。可是他不願我癡於情、溺於哀樂，他所期望於我者，是諸葛亮、是管樂。文人餘事，不能不懂，卻不宜生死以之。他自己年輕時作詞曾嘔血，當然更不樂意我步其後塵。我那時體弱多病，他每天正擔心我早夭呢。每作詩有衰颯語，都遭他痛罵，怎能讓我再去學詞？我也因此遂未去拜在絜老門下，只是心中感念而已。

眉叔師也曾介紹我去拜謁成惕軒先生。惕老字康廬，號楚望，有《楚望樓詩》及《藏山閣駢文》等行世，尤以駢文為世所重，與眉叔師取徑宋四六不同，乃由清人上溯六朝者。性極溫良，好士愛才，如饑似渴。我至今保留著他一個信封，上面寫著「龔鵬程同學，貳仟元，成惕軒」。那是我考上博士班後去拜望，他說本應替我謀職以糊口，但老耄恐不得力，封此以為贊助的。老輩對待後生，誠悃周至，竟有如此者！他過世十一年後，我還見到他一首遺詩，是讀到我乙丑秋思組詩而作，謂我「龔生學炫奇」，勉我「定庵宗社紹，工部範疇馳，砥礪文山節，恢張鹿洞規」。示我南針、期我遠大，正與眉叔師同。

1986年我參加甲等特考時，惕老與陳槃庵、高仲華先生任複試委員，點我為魁元。槃庵先生，我曾應一雜誌社之託去採訪他，得其文稿甚多，特別的是還給了我兩張照片。他以經史考證名家，為中研院院士，但師承陳寅恪，於詩頗見功力，亦曾編其故鄉五華之詩鈔，而史語所中可與言詩者寡，或許竟因此對我這個素昧平生的毛頭小夥子另著青眼，還替我批點過詩稿。高先生的詞學，則我不幸未能領會。

現在想來，真覺幸運。我曾讀過吳忠超先生回憶他在科大的文章，裡面說六〇年代的科大是大陸最純粹的學術殿堂，但他並未遇著良師：「回想起來，如果我有幸遇到像我自己這樣的老師該多幸運！」我的情況恰好相反。台灣詩歌傳統本來就盛，又遭逢時會，一大批傑出的詩家蹈海來台，聯鑣競轡，遂成大觀。而且愛士重教，蔚為風氣，所以像我這樣的人才有幸獲得如斯教益。他們對我的愛護與教導，我自己教了三十多年書，卻怎麼樣也學不到那種程度。我詩沒作好，那是我的問題，才分不足、努力不夠，老師們可是用盡一切氣力來幫我了。回顧那時的人文盛況，真是如在夢中。

望向文學館的視線

在晃動的波光以及
船身半透明的倒影中
辯證沒有解答的提問
都是答案

圖：謝旻琪．詩：林佑霖

會文館旁的綠徑

風藏好了每一種心事
放進綠裡

圖：謝旻琪・詩：楊沛容

宮燈的守候

重新收拾行囊
繼續成為夢遊的旅人

圖：謝旻琪．詩：陳品婕

通往森林的彼端

你說是的
是風，吹的好近又好遠
為了確保在回家路上，我帶著你
流浪到任何沒有你的地方

圖：謝旻琪．詩：鄭安淳

松鼠
藏在榕樹林

有那麼幾對眼睛裡
各自藏著鑰匙
等著他們互相打開

圖：謝旻琪．詩：吳貞慧

牧羊草坪邊的
小橋

前來祝福的靈魂
如今都老了甚至
回禮了他們的告別

圖：謝旻琪・詩：李冠緯

雨季的
蛋捲廣場

薄霧隔開了重重疊上的姓名
早晨卻仍停在同樣的色系
等待又一個睡醒的足跡
相遇上次的離別

圖：謝旻琪．詩：褚岳霖

記憶中的
社辦

入睡後
你曾放在我手心的硬幣
成為了
每個夜晚的每顆星

圖：謝旻琪．詩：簡妙如

第二輯

系友的回聲

不一樣的觀景窗
——徐承立學長

訪問人＝李宥綸

1

徐承立，1982年11月8日出生於林口，2001年進入淡江中文系。現任職於網路媒體「旅飯」副總經理，「胖卡（Puncar）計畫」共同創辦人。

店內的光線昏暗，桌上翡翠綠的復古檯燈似乎很為難，爵士樂的喇叭聲在一旁鼓噪著。這是一間位於徐學長同安街辦公室不遠的咖啡店。一坐下來，晚上八點多還未進餐的學長，不斷跟我道歉，一邊處理手邊的庶務，一邊聽我的提問。

感性的動機

「我不是個認真的學生。」徐承立學長略顯尷尬又坦然的這樣說。「我系上的專業課程並不突出，偏愛一些選修課程，像是林保淳的武俠小說選讀一類。當時散文作家徐國能老師是我的班導，我是他來到淡江第一屆班導生呢，雖然他很可能不記得了哈哈。」經由作家型的教授指點，偏愛文學類課程，暢遊武俠小說的逍遙世界是學長覺得最有趣的課程，是否因此展開創作之路呢？「雖然有一次期末作業，我的創作得到林老師很高的評價，但是我真的不是很太喜歡創作。」再深究起選擇淡江中文系的原因，徐承立學長笑笑地說，「因為高中時代喜歡的女孩就讀淡江外語學院。就像電影《那些年，我們一起追的女孩》一樣，

想到了大學再展開。(所以一確定她要念淡江，我就把淡江能填得系所都填了，結果就上了中文。)」為了能和心儀的女孩同班上課，通識課程也大都選擇外系的課。爽朗的徐承立學長談到自己的初衷和學習過程有些靦腆。

「淡海同舟」

雖然這樣，他也沒有因此少參與系上的活動，不僅參與系學會，還加入系上男子籃球隊，直到現在仍會固定回系上與學弟們切磋。但這樣忙著兩頭跑的學長，還有時間參與社團活動嗎?「有阿。我很喜歡看電影，所以加入了電影社，用社費買片子，窩在社辦看片子，社員一起團購買票跑台北電影節，那段時間看了很多好電影。」徐承立學長因而顯得有些懷念。「學長的社團活動，有參與到淡海同舟嗎？」我好奇地補問一句。「有阿。我參加了三次，而且三次都是以學員的身分喔！」學長得意得說。「淡海同舟」是淡江大學每年以社團領導人研習為宗旨所舉辦的營隊，徐承立學長先後以中文系學會長，電影社以及篆刻社三種不同社團名義參加。有別於一般作為參與學員，來年擔任執行幹部的操作，多次學習社團管理經營的課程是相當特別的經驗，喜好不同，各有堅持的隊員執行團隊合作，更因此讓他結識許多志同道合的好夥伴。

旁門左道的文化關懷

大二在系辦公室工讀期間，徐承立學長首次接觸到田野調查研究室，當時適逢田野調查研究室第三屆成果發表，先是幫忙進而加入。「2003年底加入，做個第三屆的收尾後，到第四屆才算自己動手操作。」縱使學長調侃自己都喜歡走旁門左道，對思想或者小學一類課程不甚感興趣，也不擅長創作；但是，他走得極為深入仔細，舉凡說起淡水地區各種風俗文化及祭典活動，徐承立學長就像話匣子開了般滔滔不絕，想停也停不下來。「電影社就是看別人紀錄的，沒有操作的部分，田野調查研究室就不一樣。」走訪淡水地區的大街小巷，跟著老師與前輩的腳步，拿著紙筆跟相機，記錄當下的淡水。「那個時候是去拍大道公，就是保生大帝的輪祀祭典，淡水的保生大帝是有像無廟的，每九年一輪，抽爐主。抽到的爐主就要舉辦殺豬公大拜拜的儀式，那次帶學弟妹們去拍攝，然後老師在側拍時拍到我。那時候還是底片相機，數位才剛開始，後來把這張照片給我，我就拿來當大頭貼用。」那是一張學長留著長髮長鬍子，身穿黑衣帶著活動黑帽子，逆光站在欄杆邊望向遠方的照片，與現在剃著時下流行的短版龐克頭，帶著個性的黑框眼鏡，手上帶著智慧手錶，坐在我對面

暢笑的人有著不同的神韻。「我覺得那張照片有捕捉到當時的我，一些我想記得的事情。所以用了十多年都沒換，在各個社群平台上都用這張大頭貼，即便我現在的工作跟紀錄片沒有直接關係，可是我認為，這就是我終生職志。哪天老了，我會想記得這些事情，抱著比較觀察的眼神或眼光來看這些事情，都是因為有這扇觀景窗的經驗。」

框架外的土地

說起系上教授兼研究室指導老師周彥文對他的影響，「我應該不算老師真正的學生。」徐承立學長自嘲得說：「彥文老師是對我影響最深的一位，並不是學術方面。我很喜歡老師給予我的空間，他並沒有教我太多框架的東西，可是他給我一個空間去成長，或者說自我成長吧。他是我很喜歡的老師，直到現在都是。」學長很認真而小心得描述著對師長的敬愛。當年面對開始工作的抉擇，徐承立學長也曾陷入兩難而詢問周彥文老師，一是紀錄會工會的助理，一是現在的工作，在穩定熟悉與陌生冒險中，老師建議該出去闖盪，這跟多數穩定中求發展的長輩的思考很不一樣，使得他印象深刻。直至今日，徐承立學長仍感激彥文老師的教導，並與老師保持密切聯繫。「即使我買房子，也刻意買在淡水，我爸還覺得莫名其妙。因為對我而言這裡（淡水）就是故鄉，跟我離不離開沒有關係，我在這有個家。」對徐承立學長而言，「畢業」不等於「結束」，「想留下的人自然會想盡辦法留下來，因為這裡的人事物就是故鄉。」

從精神導師的師生情誼，回到中文系人的未來發展，徐承立學長說：「世界很大，多出去看看，多嘗試，不要自我設限。像是那個時候，我跟大學同學，亦是系上博士生李中然相約，如果中華棒球隊打進北京奧運，我們就去北京看球賽。」結果，2008年時，中華隊真的打進了北京奧運，徐承立學長就和朋友前往北京。「後來我的老闆因為我曾有過這樣的經驗，便將我外派去大陸成立新團隊。」雖說是無心插柳，但是冒險的經驗使得他獲得難得的開發機會，也因為不忘初衷和勇於嘗試，使得徐承立學長特別亮眼。對於視為故鄉的淡水和母校淡江的特殊性，他相當感性地說：「淡江是唯一一所以地名為名的私立學校，是個地緣深厚，在地文化特殊性很高的學校。不論你念什麼科系，大傳，中文還是外語等等，跟你未來的出路不一定絕對相關；但是你何不用你的所學、專長去關心周遭的事物，記錄你生活的這塊土地。」這是一種有人性關懷的處世態度和專業教養，不僅擴大你的視野，更深化差異性的思考可能，使今天的徐承立在不一樣的觀景窗下，走出屬於自己的一條道路。

2

飛翔在自由的世界——賴俊銘學長

訪問人＝李宥綸

賴俊銘，1975年出生，1993年至1997年就讀淡江大學中文系，彰師大電機工程系碩士。15年行政及資訊主管經歷，目前任職於外商電子商務公司。

「我飛翔在一個極為自由的世界。」現擔任人力資源部門主管的賴銘俊學長描述王仁鈞老師的莊子課程。大學期間修習以思想為主的他，相當喜歡道家與法家的學說，面對系上學弟妹們對於學說的應用上以及日後影響有所困惑，賴銘俊學長這樣說：「企業的決策面會有許多排序選擇或者邏輯定義上的要求。我們在大學的訓練上會有類似的訓練，體會上我們會快一些。然後做決策上對我們相當的有幫助。」理解邏輯運行，體悟進而影響思考，更在適切的時間點發揮，或許就是支持賴俊銘學長最重要的內在。

王仁鈞老師在一次訪問中談到，年輕時曾因為多重壓力導致生病，才真正的了解到「寧靜致遠，淡泊明志」的修身之道，方度過難關，在學長的經歷中有沒有這樣的人生階段呢？對於無緣問道的前輩，我不禁好奇。「我的年紀還沒到達老師的境界，所以還沒有這方面的體認。只是在雜誌上看到老師過世的消息。而且成為大體老師，讓我還真的久久不能自已。」面對尊敬的老師故去，賴俊銘學長不勝懷念得感慨道。

賴銘俊學長對於母校淡江與淡水也懷著一份故鄉的想念，問及學生時期常去的休閒地點，動物園、沙崙、水源街等熱門景點，他立即回道：「我們唸書時沙崙海水浴場還是開放的，所以有時會試著走一圈，從李正治老師講的一日遊開始走，從英專路、重建街，走慈佑宮、祖師廟，到紅毛城。我也很常走去砲台和高爾夫球場散步。這都是非常美好的回憶。最常去動物園。休閒時就是多看書。至我們班上的五賢坑聚會。」在並未強制規定教師授課必須要在教室進行的年代，專攻詩詞選與文學批評的李正治老師是有名的浪漫飄逸，天氣好的時候索性將全班同學帶出藩籬，以生活情趣為教科文本，走訪淡水小徑與歷史名勝。

在校期間，陪同身為資優生的太太一同參與當時的特別計劃，賴銘俊學長得以前往探索宜蘭原住民文化田野調查，以及前往新竹拜訪作家前輩的特殊課程。「那是一個資優生的課程計劃。我太太正好是那是的資優生。所以我們應該是第一屆（田野調查研究室）。因為之前是高柏園老師是系主任。後來周彥文老師接系主任，所以換他來帶這個計劃。」一系列的活動，開拓了賴俊銘學長的眼界，也加深了他對在地文化的情誼。學識隨著師長的帶領中成長，同時更從中養成追根究柢的學習精神。「身教上，周彥文老師那時指導田野調查，帶我們去宜蘭拜訪，去看了原住民的文化，也去台中拜訪中文系的黃錦樹老師。由於老師本身就是考據的專家，這個部份我們都學習到了很多。很多位老師做學問上的仔細程度都到了不可思議的境界。曾經，交作業時引用資料有誤，老師還會告知你這個錯誤並且

告知那個章節才是正確的。對於二十歲初頭的我們蠻震撼。」

話鋒一轉，問及選擇中文系的初衷與未來考量，日後從事大相逕庭的電機工程作為進修的緣由，在於高中時對於文科抱持極高的興趣，當下計畫未來可以從事教職的工作而選擇了中文系就讀；研究所則是因為工作需要而在職進修。對於自身屬於非逐步安排生涯規劃，賴俊銘學長坦言：「老實說我自己是認為職涯規劃是很難計畫的那種人。我只是邊做邊學要求自己要進步。像目前的部落格經營也是一樣。本來是練習社群行銷的技巧。結果變成很多人找我寫文章。」簡單的三言兩語道出貫徹人生的哲理，不論是否目標明確都盡力完成並追求卓越的態度，創造今日的成果。

擁有超過十五年主管經歷的賴俊銘學長近年多負責人力資源，今年曾應大學同班同學，現在擔任系上助理教授的曾昱夫老師之邀，為系上學弟妹們演講中文系的職場發展。其中論及系上專業學術的職場發展，他如是說「由於我們唸得是古典文學，主要的平台是在紙張等平面的載台，但現代的世界出現了許多新的媒體平台，我們應該持續增加自己內在的廣度，以這個底子進行橫向發展，這時你會發現我們的就業之路極為廣大。」賴俊銘學長認為面對未來的不確定性，與瞬息萬變的世代，在於多元技能的整合應用，抱持著「世界不變的道理，就是不斷地在變，所以持續學習是職場不斷的道理。」這樣的態度不斷學習新知，方是長久的職場守則，也是豐富人生的哲學思維。

讓夢想飄香——林麗安學姐

訪問人＝沈奕如

3

林麗安，1982年10月10日生，2004年6月淡江中國文學學系畢業，2009年1月淡江大學漢語文化暨文獻資源研究所畢業，現與朋友在赤峰街上共同經營Miss V Bakery Café。

從捷運雙連站出站，鑽進赤峰街的巷弄裡，尋訪香味。在低矮的兩層式騎樓建築中尋覓Miss V Bakery Café，少了斗大的招牌，店面門口裝飾的清新素雅，但令我意外的是店內客人比我想像的還要來的多！人來人往、絡繹不絕。想在假日的午後窩在店裡吹著冷氣，品嚐兩個小時專屬甜點的幸福時光，就全得靠機運了！這間店是三年前麗安學姐與國小朋友合開的——「想要一起做些什麼」。

永遠是淡水的孩子

林麗安學姐推著嬰兒車領著我到工廠與辦公室的所在地，被問起對於淡江中文系的印象，學姐些微皺著眉說：「這個一個好難的問題……，這個問題對我來說有點廣泛。」她一邊幫孩子拍背一邊回想道：「我覺得整個大學四年來啊，對我影響最深、印象最深的是我在大三的時候加入了周彥文老師的田野調查研究室。」因為想學攝影，所以進入了田調，但意外地卻獲得比想像中還要多——對於淡水的歸屬感。

對於淡水的依戀，來自於在地觀察與師生間的情誼，參加田野調查首要的任務就是記錄當地的人事物，因此田調的學生常常騎著摩托車，在淡水的巷弄內穿梭，同時也參與當地的民俗節慶及藝文活動，「因為參加這個讓我覺得淡水變成我的第二故鄉⋯⋯，我大概在淡水待了八九年而已就離開了，但是對淡水的依戀還是很深。」她道。

在每年薄酒萊新酒的季節，周彥文老師都會開放自家場所辦一場薄酒萊派對，邀請系上老師及認識的學生參與，在淡江中文系中師生的關係像是家人、朋友，彼此分享、學習與尊重。熱鬧的薄酒萊派對是系上額外的盛宴，也是所有田調人相遇相聚的時刻，和學姐暢談之下才想起，去年冬天看到挺著孕肚帶著蛋糕出席的人正是學姐，原來畢業並不是真的離開。

麗安學姐說：「因為田調結交了很多同學、學長姊，到現在都還會覺得這些同學、學長姊對我有很大的影響。」在大學時，總有些浪漫情懷，她與朋友在月色映照的淡水河畔喝著咖啡、喝點小酒看著河面上被風吹起的漣漪、對岸八里的燈光點點。

田野調查過程中大街小巷鑽出的友誼畢業十年後仍然長存，在專訪前學姐買芒果的店家正是影像第三屆的好夥伴開的！

未來在哪兒？

麗安學姐其實在大學畢業時，對於未來也是茫然。「因為當時我大學畢業時也不知道自己要幹嘛，慢慢摸索啦！」她說，從大學二十二歲畢業後又上了研究所，到了二十七、八歲才真正進入職場，到了發現自己所愛時已經三十了，2013年Miss V Bakery Café開張，生活也才正式有了方向。被問起中文系難就業的問題，麗安學姐笑道：「中文系難就業喔，我覺得滿難的啊。我覺得現在不管念哪個系所啦，其實出來就業都是很難啦！」中文系每年畢業的人數眾多，想要所有的人都從事與中文相關的工作，實在不太容易。然而，開朗的學姐卻帶著我們不同的視角切入，她覺得出社會後，所學並不一定是你找職業的方向，但絕對是你找工作時的後盾，比如你在未來從事文書工作，或是公關工作，可能在文字的潤飾上，或者說在所學領域的資料查找上，都會比別人更快進入狀況。

麗安學姐對找工作有著很深的體悟，她表示，做任何事都需要有毅力和耐心！認為在工作上是要一步踏實了，再伸出腳踏出下一步，一個工作需要持續一段時間去瞭解，從工作中摸索出自己未來的方向，確定後再換，這樣才不會一直換、一直摸索，到頭來徒勞無功，不知道自己想要的是什麼。

學姐也舉了面試員工的經歷：在餐飲烘培這個產業中人事變動很快，許多剛畢業的年輕人對於烘培也有著憧憬，曾面試人時，應徵者說：「我對這行很有熱情，我想要來這裡學東西」，學姐皺著眉道：「有時對於我們業者來說，學東西不是

錯，但是我不是付錢讓你來學東西的！」我馬上補道：就是要來做事的！「對對對！」她點頭說。

帶來幸福的Miss V

Miss V Bakery無疑的為赤峰街帶來新的氣象，在三年前老舊的赤峰街上滿是機車零件行，在當時一定很難想像帶有清新感的烘培坊入駐後，緊接著愈來愈多間咖啡廳開張，為老舊的街道添入新的色彩，整個社區就像是又活了過來。聊起Miss V Bakery的創業過程，學姐大笑著說：「創業的過程當然辛苦啊！」因為堅持著想要和朋友一起做些什麼的理念，才能讓幸福的味道飄香至今，麗安學姐表示她一開始創業時，正是大兒子兩歲左右，正值需要陪伴的時候，但她常常在孩子還沒睜眼時就出門，等到晚上回家，孩子已經睡下了，到了假日空了下來但她只想休息……，因為創業她錯過了一小段與孩子相處的時光。

她說：「我覺得創業這個東西，一開始一定是熱情，但是你的熱情很快、很容易就被工作和雜七雜八的事情消磨掉，不然就會覺得在做的過程中，有很大的一部分其實不是你原本想要做的那些東西，譬如說我原本想要做好吃的甜點給客人吃，但其實你都是在處理一些狗屁倒灶的事情，就不是在你心裡想的做好吃的甜點給客人吃，這就是你開店的過程，是你必須要承受的，所以到後來其實就是毅力。」

憑著毅力讓夢想飄香，然而學姐的夢想不僅只有做好吃的甜點給大家吃而已，她也希望甜點能為他人帶來幸福，想為社會帶來一些貢獻！Miss V Bakery曾將幸福的滋味送到孤兒院，她們做了甜點與孤兒院的孩子們分享，麗安學姐說：「畢竟甜點這個東西不是生活必需品，它是一個額外的奢侈品，但那是一種享受，它會讓人感覺到生活上一些美好的事情。」用味覺上的饗宴來激起孩童享受生活的欲望。除了做給孩童們吃外，她們也和基金會合作，希望能透過動手做甜點來培養國中生的興趣，同時驗收生活常規訓練，來Miss V Bakery學習做甜點的國中生從開始的準備到結束後收拾，皆是他們獨力完成，烘培坊免費提供了器具、材料及技術，創造舞台讓學生們學習、發揮，也許在不久後的將來，埋藏在學生心中的種子會逐漸成長茁壯，間接影響到他未來的工作選擇也說不定。學姐表示，通常我們都會想要溫飽後再開始回饋社會，但何時能達到？我們並不知道。所以她想在能力範圍內一點一滴地做，不管做大、做小，行動就對了！

4 為生命畫一棵樹——余治瑩學姐

訪問人＝林端慧

余治瑩，兒童文學家。1983年於淡江中文系畢業，畢業後即於啟思出版社從事童書編譯。曾任台灣麥克公司總編輯、海峽兩岸兒童文學學研究會第六屆理事長、中華民國兒童文學學會第五屆秘書長、圖書館及各級學校閱讀指導老師，現為自由工作者。

「求學貴真，做人貴誠」

對余老師來說，以前印象深刻的老師不少，像是曾昭旭老師與王邦雄老師，不僅是傳授的學識，人格也非常優秀，身教更是做得特別好，深深地影響了自己。

余老師認為，中文系真正可以給學生帶來的影響，那便是做人與做學問的風範了，學校裡教的知識在圖書館或網路上大都可以找得到，但更重要的是學生必須看見那位老師待人處世及治學的方式，而中文系特有的文人氣質，是身為中文系的學生必須掌握到的，因此老師強調，學生必須常常去上課請教問題（做學問就是要有問有答），下課後更要常跟老師聊聊天，更瞭解教授們如何將學識應用在生活中。

例如曾昭旭老師曾用書法寫過一句話「求學貴真，做人貴誠」勉勵她，這成了她日後做人處世的座右銘。而王邦雄老師教學的老莊哲學，也是她遵循的生活哲學，甚至在出版社工作時充分發揮「崇尚自然、順其自然」精神，影響了她日後始終抱著初衷，為兒童選好書，編好書，講好故事，不盲目追求對讀者無益的流行書。

自主學習

余老師告訴我，她認為多元學習，甚至跨系學習是很重要的。譬如有人想從事傳播相關的工作，那就必須修傳播相關的課程，儘管是待在中文系，但不能只侷限於學習中文系的學問。此外如果有足夠的時間，可以多學習一種外國語言，甚至可以跨院去旁聽其他課程，例如到商學院學習財務概念，或撰寫企畫案，或練習商業操作等，這是在腦中儲存更多的養分，日後擔任的職位越高，要懂的東西便會越深，像是看懂財務報表或是呈上銷售企劃案等，如果之前有一點基礎，做事會更容易些。因此，余老師鼓勵大家在學校多學一些，日後機會就會多一些。

也許是做出版的關係，余老師說自己畢業後才發覺，書到用時方恨少，那時候才後悔在學校沒有充分學習，當時在出版社編「彩色圖畫字典」時，就覺得當初的說文解字上得實在太不認真了，後來才扎扎實實的重新研讀一遍，另外，在為兒童選編唐詩宋詞時，也覺得在學校讀得不夠透徹，好想回學校重新選修。

另外，余老師提醒我們，讀中文系的人要堅持讀下去，大部分的學生都是曾滿懷熱忱報考中文系，因此莫忘初心，進來後好好的求學問，畢業後學以致用，方能覺得走這條路是值得的。

如果重新來過

余老師認為在學校花太多部分的時間在圖書館讀書，很少參加系上或社會上的活動，實在太可惜了，太封閉了。如果重新來過，她會多花一些時間去認識生活環境跟參與社會活動，像是去聽演講，參與論壇，做一些公益活動。而在余老師那時候的社會較為封閉，所以畢業出來的學生大多要碰撞，才有良好發展。老師笑著跟我說，她很幸運她所待的出版社經常讓她出國，進而認識許多國外的編輯、畫家、作家及圖書館員，這才打開她的視野，不過在這之前她也磨練了許久，如果在學生時代就有更多的見識，現在的發展可能更不同了。

余老師說，台北書展常找很多國外著名的編輯或作畫者來台灣做免費講座，如果是想從事出版業，就必須多把握這樣的機會，多去聽課，學習他們是怎麼編書跟寫企劃書、怎麼跟作畫者溝通，這是踏入出版界必須具備的才能之一。但有的學生升上大學後不是打工賺錢就是盡情玩樂，很少為未來的工作做好準備，這樣往往只能找到基層工作，不會有較好的上升機會，也較難會被公司派出去學習，許多出版社就只有總編輯跟主編有機會被派出去，到時也就只有總編輯跟主編的能力會不斷提升而已。所以如果可以重回到大學時期的話，余老師非常希望能夠多聽一些課，參加專業工作坊，增廣自身見識。

從事兒童文學的未來

余老師建議先去大量閱讀兒童文學，兒童文學有包含繪本、童話、神話、少年小說、科普圖書、藝術圖書等等，然後練習怎麼去說故事及賞析。新北市或台北市的圖書館常常舉辦的免費課程，中文系的學生如果想從事兒童文學工作，這些都是可以學習的機會，也可以多參加海峽兩岸兒童文學研究會及中華民國兒童文學學會舉辦的活動。

同時，余老師也提醒，一開始不要先寫繪本故事，繪本故事由於必須搭配繪畫，會有一定的難度，而一般出版社也不會輕易找新人寫繪本故事，因此可以先嘗試童話故事，如果童話故事寫得好，再轉到繪本故事就比較簡單，並且試著在學生時代就去參加各種比賽，像是國語日報的牧笛獎及信誼幼兒文學獎，都是很著名的兒童文學獎項。

另外，也可以常常投稿到報社及雜誌社，起初一定會經歷投稿退稿的時期，但慢慢地就能夠抓出編輯要的是什麼稿子，搞不好編輯最後也會心軟就收下稿子。余老師笑著說以前常常仗著自己年輕力壯，睡個兩三個小時後再起來繼續寫稿，若要別人看見自己，自己就必須先努力過。畢竟做一位編輯人，自己也要會寫稿，這樣才會知道創作者會碰到什麼困難，雖然未必要會畫，也要學藝術相關知識，像是鉛筆畫、油畫、水彩

畫的特性，還要學著看構圖造型等，除了多看美術的圖書，上一些畫畫課外，還要常去看些書展或畫展，這樣一來，即使自己不會畫，但跟畫者溝通的時候，至少還能夠給對方一些建設性的建議，或是造型該如何賦予趣味，像是書的封面設計跟插圖，或是版式等等都跟藝術密不可分。

訪談接近尾聲，余老師拿出了一本近期翻譯的繪本《畫一棵樹》送給我，還教我和孩子閱讀繪本時，可以先原汁原味地念故事給孩子聽，再看圖說故事，最後可以和孩子一起朗讀，或是讓孩子試著自己說故事。我一邊聆聽老師給的建議一邊翻閱著，書中的樹有繽紛絢麗，也有枯枝殘葉，余治瑩老師很真切地讓我感受到，如何滋潤出屬於自己生命中充實的一棵樹。

創作才子談文創——翁文信學長

5

訪問人＝張佩儀

翁文信，文瀾資訊總經理。於淡江大學中文系就讀學士、碩士，而後畢業於東海大學中文系博士。曾獲聯合文學小說新人獎、皇冠百萬小說大獎、爾雅年度小說選、溫世仁百萬武俠小說大賞、新聞局優良電影劇本入圍。曾為聯合報副刊主編、淡江大學及文化大學講師、明日工作室網站主編、《POPA Family電視動畫影集》編劇、《夢見》動畫電影總製片及編劇。

「這就是血液帶來的東西。」——張愛玲

比起有些因為成績而不得不進入中文系的學生，從小就喜歡創作的翁文信學長倒是一心想念中文系。儘管高職時是化工科學生，但為了自己的夢想，還是選擇進入補習班，最終考上了淡江中文系。

問起文信學長的大學生活，他坦言是經常蹺課的學生，也並不活躍在社團，然而喜歡創作的他也參加了一個創作讀書會。「那時候的淡江中文系學風開放，同學們經常自發性地組織讀書會。我當時參加的讀書會每天要交一份作品，有時候還會請老師來講評。」

文信學長一開始先接觸翻譯小說，上了中文系之後，才閱讀中文系現代文學這一脈絡的作品。得過許多文學獎的文信學長

也曾創作通俗武俠小說，好奇地詢問他是否喜歡武俠小說，他笑說是我誤會了：「那是因為我碩士論文是研究古龍的小說，對通俗文學比較有研究，但創作和閱讀而言還是更偏愛純文學的。」

透過創作整理自己的情緒、欲望……，對文信學長而言，創作是生命歷程的反芻。「我並沒有特別去尋找創作的靈感，我的靈感都源自我的生活，或許是一段戀情，或許是一幅景色，只要能夠感觸我的，都將化為我的作品。就像張愛玲說的：這就是血液裡帶來的東西。」

中文系進入文創的優勢

畢業之後的文信學長從事文化產業，也就是出版社的工作。1998年，文信學長有機會短暫地就業於「明日工作室」和「社大網路」，因此開始接觸網路產業。這也成為了他從文化產業進入文創產業的過度期。之後，他便出來創業，和朋友合資創立「文瀾資訊」。

談起中文系背景對文創工作的幫助，文信學長毫不猶豫地說中文系的訓練對寫企劃非常有幫助。他認為思辨能力及優秀的文字能力是中文系學生的武器。透過思想史的訓練，中文系學生能有效率地架構一個企劃，就像寫論文一樣，將所擁有的資源（資料）進行整理，然後利用它們達到目標（解答論文題目）。「文字能力的優勢就更不用說了，如果你能將事情順暢地表達，讓顧客容易理解，這樣的企劃案誰不喜歡呢？」文信學長說。

《夢見》是一個慘痛的教訓

踏入文創產業後，文信學長自然也遇到一些挫折，製作動畫《夢見》使他負債累累，他坦言這是個慘痛的教訓：「我憑著一股熱血去做，其實還不太了解動畫產業，想說一定要做屬於台灣本土的電影，最後發現情況不對的時候已經來不及了。」

文信學長表示，當時的想法其實源自日本的初音未來，他想創作屬於大中華的虛擬歌手，並且設計以「她」為主角發唱片、漫畫等等，而動畫電影《夢見》是「她」接觸大眾的第一步。這個計劃一開始很順利，然而一家預計投資的民間公司被併購，文信學長遇到資金周轉不良的窘境。當時文信學長腦子一熱，還是決定把動畫完成，開始借錢自資完成這部片。

《夢見》的失敗在於資金不足，導致後製技術沒辦法呈現得很精緻。另外，不熟悉鏡頭、畫面的文信學長在擔任編劇時，雖然也做了功課，對劇本進行調整，最後的呈現卻依然不盡理想。然而，讓文信學長最感慨的，還是政府對本土創作的不重視。

已經步入文創產業多年，文信學長在談及文創產業所面臨的困境時，不斷提出一個又一個例子，說明文創產業其實並不是我們想像中的新潮、光鮮亮麗的東西。

「拿我比較熟悉的影視產業來說，為什麼一直說支持國片，國片卻一直起不來？原因很簡單，政府並沒有保護臺灣的國片。韓國、

中國大陸有立法，影院必須保留約50％的名額上映在地的片子。相對臺灣並不是這樣的，他們認為沒市場，就不會上映。而當時與《夢見》同時上映的是《飢餓遊戲》和《鋼鐵人》，同樣票價，你會選擇看哪一部？」

如何研發成功的文創產品？

文創產業是什麼？對文信學長而言，文創產業是指：透過產業，支持融合新的創意的在地傳統文化。「文創產業其實是在對抗全球化的侵蝕，讓大家回歸本土。我認為臺灣人有個有趣的特徵，很容易接受新的東西、新的文化，但相對而言，便不覺得自己的東西非常特別。」文信學長直言，這種特質對文創產業而言並不是一件好事。

介於文創產業大多是跨領域的，所以文信學長建議想進入文創產業的同學，先找到自己有興趣的領域，比如：電影、動漫、音樂……，之後學習相關素養「比如你想接觸編劇類型的，對於鏡頭、視覺的敏銳度要足夠，才能發揮從中你的創意。」

學長一直強調要投身文創產業，一定得先了解產業現況。「文創產業重要的不是文化和創意，而是產業這兩個字。我們想支持在地文化，是一種使命感；創作，是一股熱情。但我們得搞清楚，作品並不代表產品。」

文信學長解釋作品與產品的區別：「如果你今天創作的東西，只想給自己或同好們欣賞，那儘管做自己喜歡的作品；但如果你的作品得投入市場，成為你的經濟來源，那就是產品。如果你把作品當產品發展，不顧及大眾的接受度，那你就死定了。」

文信學長認為讀者和消費者是不一樣的概念。身為一個成熟的產品，並不能只聽從同好的意見，而是應該投入市場，與

同類型的產品作比較，找到自己產品的賣點，這樣才有足夠的消費者願意支持。「許多不瞭解文創產業的人都會被文創兩個字所迷惑，但我們不能不重視產業。」文信學長再次強調。

文信學長也和我們分享臺灣文創產業的兩種成功的特質：愛臺灣愛到底、創立品牌。主打「愛臺灣」、「臺灣本土」的產品的缺點就是走不出臺灣，《大尾鱸鰻》就是個典型的例子。另一種就是創立品牌，先從自己的同好圈子開始，慢慢擴大品牌的影響力，找到屬於自己的市場地位。

6

為下一個世代的新文藝復興作春泥——馬叔禮專訪

訪問人＝黃文倩

「他（編者按：馬叔禮）只平然的說：『但這未來幾年的事真的是難，你也要知道得深刻。』」

——朱天文《淡江記》

1979年，美國與中華民國斷交，與中華人民共和國建交，朱天文在她的《淡江記》曾這樣表述當年台灣的一些青年知識分子的激動與回聲：「中美斷交所激起的民心士氣，令我忽而心有所感，果然是天不亡中華民國，我們的思想運動正好迎頭接上這股浪潮。」、「我興奮的繼續和馬三哥說：『一定要辦個三三大學，風氣之新更要超過當年的北大，領導全中國青年建設國家……。』」、「他只平然的說：『但這未來幾年的事真的是難，你也要知道得深刻。』」時代已逝，昔日真誠的話語與抱負，不見得禁得起歷史客觀性的考驗，但這裡面的「馬三哥」，平然說話、當年就意識到天文的單純、未來的艱難與深刻的重要性的「他」是誰？這個人就是馬叔禮。

馬叔禮先生，1949年出生於廣州，高雄長大，受父親影響，從小就對國學與文學深感興趣，高中時期即廣泛地閱讀各式西方翻譯文學，但中文系仍是他的第一志願，民國62年至66年間（1973年至1977年），馬叔禮進入淡江大學中文系就讀，同時立下「做天下事，結交天下英豪」之志，雖然他戲稱大學時期是「體育系」，很少在正規教室上課，但淡江大學及中文系的自由學風，仍給了他很大的空間發展自我與思考的世界，例如，大學時期，馬先生就曾在清水祖師廟、化學館公開演講，許多先生們亦來聆聽，又例如，當年已著名的葉慶炳教授曾來淡江講座〈孔雀東南飛〉，馬叔禮先生聞畢，認為自己可以詮釋的更好，便另擇時地公開演講，也確實引來諸多師長與聽者，英雄少年，「前輩」們均不敢小看。彼時戒嚴，淡江雖然也有教官，但各方面的管制卻相當寬鬆，對知識與言論自由亦相對尊重，在在都使得學子們能在一種比較自由與浪漫的空氣下，以自己的方式發展與實踐自主性與公共文化人格，馬叔禮也不例外。

1977年，馬叔禮與日後著名的朱家三姐妹等人（包括朱天文、朱天心、丁亞明、謝材俊等人）創辦《三三集刊》，同時也與胡蘭成有過一小段師友往來，儘管胡蘭成在兩岸現代史上均為爭議型人物，但言談至此，馬叔禮先生仍然溫厚且肯定的說：「胡蘭成先生對我有過啟發，尤其是他對大自然規律的尊重、《易經》中的陰陽一體的想法，都影響了我日後的閱讀與研究，但當年上課的時間其實並不長，大概半年左右。」

馬叔禮先生的一生似乎單純，但又極為特殊與不易。淡江大學中文系畢業後，他即在朱西寧先生的引薦下，進入耕莘文教院工作近六年半，在這個期間，馬叔禮落實了他青年時代廣結天下文人英豪的志願，邀請過近四百餘位的台灣作家、創作者至耕莘開講，推動且扶持了台灣早年的現代文學創作與青年寫作的風潮，這些模式至今仍是耕莘文教院的主要路線。然而，也由於第一線靠近與聆聽大量作家的創作與世界觀，馬叔禮反而愈來愈感受到明顯的侷限：「每位作家看似都從不同的文類、形式來寫作，文類劃分的太過瑣碎，太過重視形式技巧，

馬叔禮先生之「日月書院」

而文學的核心，生命的內在厚度卻往往不夠。」馬叔禮嚴肅的說，因此，他放下已擁有的一切人脈與資源，斷然決定離開耕莘，發下大願——息交、絕遊，迴避一切酬唱與世俗生活，回到新店山上的家閉門讀書，並立下百年之內的書不讀，從文字及思想入手，重新細讀與深讀中國古書，民國76年（1987年）起，他開始在家中講學，並且在這種私塾教育的日積月累下，2002年才由弟子們創辦了「日月書院」，2008年5月，更由學生汪育朱和呂梅華等君成立「中華日月人文學會」，期望能與馬叔禮先生一同實踐民間講學與求道的中國古典理想。

這顯然不是一條容易的路，據我所知，台灣的一些民間講學機構，均常有財團與基金會等組織在背後支持，但馬先生及他的學生確實幾乎沒有「背景」，「日月書院」的發展因此也必然歷經流離，從最初的原址在國父紀念館對面的仁愛路四段的仁愛尚華大樓3樓（今已改建），後來又搬遷暫租羅斯福路三段243之18樓的慈暉基金會教室，一直到今年（2016年），弟子們發現羅斯福路三段245號12樓更有適宜的空間，又逢學生畢淑珍女士捐贈150萬元，才終於有了今日「日月書院」的教室與經營規模，訪問的當天我提早一些時間來到該書院，一位馬先生的資深學生，淡淡地跟我介紹這段書院歷史，言談中充份流露他們對馬先生修養和學問的敬意和憐惜：「馬先生說我們終於有了自己的家。」

馬叔禮先生講學內容甚廣，易經、老子、孟子、中庸、古典詩詞、小說、古文等均貫通。但我仍不禁好奇於他從一個早年的文青創作才子，發展到後來回歸中國古典思想家的轉折與堅持，畢竟，自上個世紀九〇年代以來，去中國化與高漲的台灣主體性論述，都在現實與政治意義上，大幅地削弱了這種中國古典的「士志於道」的正當性與理想性，我不免擔心馬先生的「知其不可而為之」，馬先生卻開始以國際比較的視野，跟我談起世界文明的發展和他對中國文化的信心。他認為應該整體性的思考，自歐洲文藝復興後，全世界連動解放，商業興起，知識量大增，但是，這種用細碎知識控制世界的模式，是否也是另一種的掠奪？而自古以來，埃及、印度、巴比倫及中國文明雖然各有其高峰與限制，但其它文明古國相對於中國文明，卻有著宗教性太強、知識化太弱，以及學閥化過高的現象，同時，馬先生認為更值得關注的大視野與問題是，為什麼中國歷經百年鴉片戰爭、八國聯軍抗戰，以及一系列的革命或改革後，仍然能繼續站起來？他認為除了中國文明品質綜合性的積累，中國自古以來的士的傳統，以賢舉才，用人唯才，甚至破格提攜底層出發的人才傳統均在所多有，在在都發展與形成中國知識分子的道統與傳統，相對於其它文明來說，中國的政治因此有比較強的知性與彈性，一旦重新崛起，能調動的思想、資源與力量也較為豐富。至少，馬先生是這樣相信的。

儘管馬先生從來不與兩岸學院中人往來，堅持素樸的民間本位與獨立精神，但近十年，馬先生卻收到愈來愈多赴中國大陸講學的邀請，包括北京大學、北京清華大學等等，都邀請馬先生談論復興孔孟、易經與中華文化等講題。當然馬先生早年曾是「反共」的，因此我不禁略帶尖銳地請教他對於早年「反共」，而今前進中國大陸的選擇與意義，馬先生嚴肅的回應我——自古以來，歷史的發展主要依據有二，一是實力(包括社會、經濟、軍事實力等)，二是道理(即知識)，他認為就文化上來說，中國大陸的崛起、富強，對整體人類的發展都有正面貢獻與價值，我們需要客觀面對，而台灣長年擁有更深的中國文化知識與教養的傳統繼承，在這種經濟往下修正的時代、在目前族群內鬥的不良時勢下，更應該堅持我們所曾擁有的知識分子的獨立與道統，以中國的傳統經典文化，尤其是民間而非學院化的中國文化傳統，作為影響中國大陸往更正面發展的重要機緣，這也是一種「主體性」，如此，也算略盡一個台灣知識分子的階段性責任了。

日月書院窗景

我看著馬先生清瘦的身軀，想起他大半生閉門讀古書、不應世俗，多與古典巨靈精神往來的清流投入，那種從修身到平天下的文化理想，在今天台灣這種時代，又有多少人能同情地理解與追隨呢？我忽然脫口而出，詢問他是否覺得孤獨？馬先生抬頭回應我質疑的目光，堅定的說：「我不孤獨。」

情義歲月——「起雲軒」與張爾廉、胡至剛學長印象

7

訪問人＝黃文倩

「也許永遠不回來了，也許『明天』回來！」

——沈從文《邊城》

吾生也晚，朱天文在《淡江記》（1979）中的夢幻人事與場景，在我的時代，只剩下略有餘溫的光影，但偶爾，在一些機緣的牽引下，或不自覺或自願地，也想穿越時光隧道，揀拾一回靈魂的初心，靠近那種情感還是老派的好，相見仍是恨晚的多的時代。2016年8月13日，在盛夏的台北公館誠品交叉地，我因緣際會地約訪到昔日淡江「起雲軒」的發起人張爾廉（1944-）及胡至剛（1952-）學長，聆聽並神遊了一小段淡江「起雲軒」的斷片回憶。

「起雲軒」的舊址仍在今日的水源街上，經營於民國71年（1982）年至76年（1987）年間，這裡曾是淡江中文系的師長、同學、外系友人、文學藝術家們自由清談與交誼的茶館。由於位在淡水的水源地，並自許能促進人文的「風起雲湧」，故擇「行到水窮處，坐看雲起時」中的「起雲」為之命名。發起人主要為張爾廉及胡至剛兩君，張爾廉在來念淡江中文系前，曾就讀國立藝專影劇科，民國62年（1973年）從中文系畢業，胡至剛略小張兩屆，時逢那些年台灣各方面經濟社會高速發展，從事文藝相關的事業機會亦多，張爾廉畢業後曾進入電視圈從事相關

工作，但還是在並不多年後回到淡水，與昔日同學共組「起雲軒」，爾後結識夫人周月華，才正式轉向幼教業。胡至剛學長，也在民國64年（1975年）畢業後，輾轉參與「起雲軒」約兩年，後改行重新學習資訊科技，投入電腦業，任職SOGO百貨資訊部門二十六年。兩位學長現均已退休。

龔鵬程先生當年曾是張、胡兩君的學弟，龔先生多年後完成博士學位，回淡江中文系執教，與張、胡兩君重逢，便時常與王文進等先生及子弟們酬唱悠遊於「起雲軒」，據聞中文系的王仁鈞、曾昭旭等先生也常去，在「起雲軒」留下不少墨寶，詩人周夢蝶等人亦曾在「起雲軒」開講，一時諸靈交融，人文薈萃，縱使無心插柳，傳奇流風所及，甚至引來當年《民生報》的多次專訪。龔鵬程〈論孤獨〉（1984年，後收錄於《少年遊》）一文中，曾這樣描繪「起雲軒」當年的人文景觀與美學狀態：「起雲軒的場地並不頂大，但裡面有間榻榻米的房間，大家照例在那裡閑扯。一間兩坪大的房間，忽然湧進三十來個人，直把一個淒寒瑟縮、風冥雨晦的冬天，擠出了我一身大汗。屋子裡的茶香味、汗水味、男孩子的煙味、女孩兒的衣衫味，以及六七十隻腳掌和皮鞋，散放出來的味道，混雜在一塊，更是馥郁猛烈。……」、「每週請幾位先生，到茶館裡跟同學們聊天。談電影、談生活、談音樂、談國際局勢、談課業、談人生，當然一定還要談談愛情。」以至於二十一世紀初期，當我坐在人來人往的台北公館的咖啡館，靈魂沉入舊書細節，並聆聽兩位資深學長談起這段歷史時，我仍然聽見張爾廉學長充滿感情地說：「那時的想法很單純，當年在淡江附近，能共同聊天談文論藝的地方並不多，而我們又曾受過西方沙龍文化的啟發，所以才想成立『起雲軒』，最初賣茶，後來為了生計，也兼賣些簡餐，中文系的同學們常常來這裡打工，親如一家，大家來來去去，端茶煮飯後來常常一切自理。……」胡至剛學長也補充：「起雲軒」當年曾代售「新象國際藝術節」的門票，是那個年代淡水唯一參與推廣國家藝文活動的據點，也是茶館的另一個賣點。然而，我還是要不禁頑皮地接著問：「文人們經營『起雲軒』能不倒嗎？」張學長笑開，說當年沒想那麼多，只覺得收得錢夠付房租和學生們的工讀薪資就好，他自己多年後也全職轉入幼教業，為俗世謀並不靠「起雲軒」，「起雲軒」的發起與維持，大抵仍是淨土式的人間情份，「後來實在是因為房東要將地方收回，才結束的。」張爾廉學長強調。

我聽聞過不少前輩談起，淡江中文人畢業後發展的自由與多元特色，學長們成立「起雲軒」的情懷與動力，跟淡江與中文系的昔日文化是否又有什麼相關？張爾廉、胡至剛學長回想起當年的大學生活，仍津津樂道。張爾廉認為，他至今仍覺得淡江及中文系是一所相當開放有彈性的學校與系所，學生來自四面八方，師生之間亦能平等相處，一開始即發展出一種非關立場、色彩的自由主義精神，這樣的新文化傳統也影響了他一生。如果從歷史及文化條件上溯源，他認為受到1970年代的海外保

釣事件，以及閱讀五四禁書（如魯迅、巴金）及當中的自由叛逆精神的影響，當年的大學生，普遍對文化中國、愛國主義、民族主義、胡適自由主義思想等，都有一定程度素樸的嚮往、情懷與興趣，而鹿橋《未央歌》中的大學生活，更是他們寄託理想與想像的烏托邦，所以當李雙澤提倡「唱自己的歌」與腳踏此在土地的認同時，在當時也才能引起那麼大的震動。

張爾廉學長繼續舉例說明，他當年時常自主地跟教官對話，爭取表達自己意見的權利與自由，而龔鵬程先生在前文曾提及的張爾廉在大學時演講的「收費」盛況，張爾廉學長當時的理念，只是認為各行各業都有專業均要收費，人文亦然，為強調對專業的尊重，故不避先鋒與示範性。他仍然記得當時的演講主題為：「價值的鐘擺」，企圖反思的是如何回應不同思想、不同文學類型（他舉例如寫實與非寫實）的價值與意義的流變，那一場演講所收得的費用，後來都捐給慈幼社。

「與生命感通的教育非常重要」，張爾廉堅持地說。胡至剛學長也補充——在淡江中文系讀書時最印象深刻的，早已不只是課本上的知識。說起那時候中文系的迎新——夜行走路到白沙灣，抵達目的的時，天似乎已經亮了。他還時常跟王仁鈞等先生們課後在草皮上聊天，當年的同學、後來的教授王文進，甚至還買過一艘小船，企圖悠遊於淡水河間。而平日沿著淡水河散步，看黃昏落日，談文論藝，更是他們日常的一般狀態。通識課程的老師也會帶著他們走出校園，考察淡水的各式教堂與建築，以更具體的感性親近在地的風景、文化與歷史。此外，那些年，張爾廉、胡至剛和許多同學們，也都深受李子弋的國際觀點的通識課程啟發，彼時在越戰後期，李子弋遼闊的世界局勢綜論，影響了他們日後看待台灣與國際關係的方法及眼界。胡至剛對中文系的創系大前輩許世瑛先生也充滿敬意，胡學長說彼時許先生眼睛已盲，仍然以口述的方式教授聲韻學（有助教隨行板書），同時許先生若談起早年大陸時期的讀書與歷史，仍一派大師風範、精神飽滿，儘管這門專業課程很難，但許世瑛先生的這種精神，在整體上都深深的影響了他們的一生。

張、胡兩位學長，也曾擔任過當時淡江大學的文社第一、二任社長。張爾廉甚至編有淡江週刊的文藝版，彼時黃興隆先生負責新聞版，他說當年的稿費一字台幣一元，相當高，投稿者來自各系，張也因此結識了不少外系愛好文藝的友人，凡此種種，或許也奠定了日後發起與融合「起雲軒」的人際淵源與動力吧。

晚近，張、胡學長雖然均已退休，仍然熱愛讀書。胡學長說他主要多讀佛法，偶爾也組讀書會和大家一起討論，張學長也仍維持著閱讀各式各樣書籍的興趣，這陣子在讀的是楊降的《我們仨》，同時不斷延伸地聊起對墨家、新儒家、馬克思等實踐與閱讀的心得，當然，還有他一生對數學的興趣，無功利也無目的的執著解題，他相信這種求知欲、好奇心與歷史感，仍從早年博雅的教育而來。

我如何能夠不同意更多。

8 「江山待我啟人文」——李正治先生

訪問人＝黃文倩

說來慚愧，身為廣義的人文工作者，李正治先生的名字，我還是這一兩年間，有回聽殷善培主任談起昔日讀書歲月才知道。但是，身為一位恆常掛在網路上讀書與查文獻的學生，我還是自認很仔細地將「李正治」Google了幾遍，一併看完Youtube上南華大學師生為他舉辦的榮退短片，再在舊書店裡尋覓到先生的《至情只可酬知己》(1986年)、《神州血淚行》(1980年)、《與爾同銷萬古愁》(1978年)甚至他主編的《政府遷臺以來文學研究理論及方法之探索》(1988年)等專書，書到位後依往例閱讀不求甚解，沒想到最後還是因為「六十有夢」專案要採訪李先生，才再次懊悔平日沒認真補課的壞處。

初見李先生，似乎也並沒有很陌生，只覺得是Youtube上沉鬱著一張臉的先生，被學生混搭著「倚天屠龍記」背景音樂(李麗芬「愛江山更愛美人」)的先生，從數位時空穿越回人間，而且因為之前就算「見過」了，又沒有任何淵源，談起話來雖然有著緊張的好奇，倒也沒什麼人事上的顧慮。同時沒想到，李先生已經考慮到訪問材料需要的客觀性與歷史性，將許多昔日經歷

與回憶，均先整理出繫年的大綱，讓我在事後能充份補充面對面訪談間的縫隙。我知道許多文人才子都很敏銳，英雄俊彥也多自有其主體性，但可能我還是認識的不多，這種自然的為他者與晚輩先考慮的細心，令我對正治先生印象深刻，也慶幸著自己的幸運。

正治先生跟淡江中文系的淵源，可以遠溯他的大學時代。彼時他就讀師大國文系，大四時認識了當年在淡江中文系就讀的王文進與龔鵬程兩君，開始浩歌相伴。民國71年，在韓耀隆先生擔任我系主任間，經龔先生的推薦，其與王文進先生均受聘為兼任講師，正治先生給我的便條紙上寫到：「當時學生稱我們三個年輕老師（編按：龔鵬程、王文進、李正治）是『文學系三劍客』，似乎在學問導向上帶來了一些新的氣息。」這一兼課就是八年，一直到民國79年起，正治先生成為淡江中文的專任老師，民國85年後，才轉赴嘉南平原創辦南華大學文學系。

正治先生對淡江中文系的最大的影響與存在意義，我想跟他曾長年組織與推動我系學生的讀書會密切相關。我剛進淡江中文系專任大概不到一年，就偶爾從殷善培主任那兒收到一些現代書單，包括烏納穆諾的《生命的悲劇意識》與卡西勒的《人論》等等，殷先生說這些都是他們當年大學與碩士班讀書會的選書，我跟進找來看後，時常有一種「我竟然連這樣的書都錯過或現在才看到」的遺憾，揣想正治先生的少壯時代曾為淡江中文帶出的人文景觀，又會是何種博雅的溫度與風華呢？

李先生說，早期的讀書會，從他在淡江兼課的時代就已經開始，主要的聚會地點包括學生宿舍、「動物園」，還有後來水源街上的「起雲軒 」，當時主要閱讀的書目，多為中西當代文史哲大師的著作，讀書會「初期讀柴熙《哲學邏輯》，建立所有學科研究必備的一般方法學知識，中期讀文史哲的方法論，建立特殊方法論知識，後期轉由曾子聰、廖志峰自組讀書會，……後來由於讀書會成員愈來愈多，最後分為三組。」同時，也在這樣的讀書條件與氛圍的感染下，正治先生曾鼓勵讀書會成員，舉辦台灣當時極少有的大學生階段的學術研討會，第一屆有殷善培和梅漢強兩君的論文，分別由龔鵬程先生及王邦雄先生講評，後來又陸續再辦過第二屆、第三屆，凡此種種，當年《淡江周刊》均略有記錄。

民國79年，謝信芳學長租下淡水「動物園」的一部分，經營「動物園田園茶坊」，正治先生便時常帶學生來此地「戶外教學」，於園內中堂談文論哲，同時在校內外陸續推動讀書會：第一個讀書會「杜甫讀書會」由正治先生引領，據說當年的教務處極為體貼，還曾配合地為學子們穿插安排宮燈教室（先生說因為他喜歡宮燈教室），讓他們能在「夕煙花影」旁讀書。第二個讀書會由洪喬平主動組成，以閱讀朱光潛《談美》為核心，再向外擴散。第三個讀書會，則由先生和陳旻志、陳麒仰等君共同閱讀法國美學家杜夫海納的著作，借黃帝神宮為導讀和討論的場地。同時，先生導師班的學生蔡金仁擔任淡江中文學會會長時，先生也曾在「動物園」右廂主辦過不少「文學講座」，邀請過龔鵬程、王文進、李瑞騰、曹淑娟等人各抒彼時階段的治學見解，先生亦連講兩場，但全部作為系學會舉辦的活動，據說當年場場客滿，學生的眼中都閃爍著求知的光芒。民國81年，「動物園」經營權轉由陳楚君先生主持，「紫荊」和「德簡」兩所書院也在此發展，連動的重要讀書會及相關活動不少。陳旻志學長應「六十有夢」專案，寄給我們一些當年「動物園」和相關老照片，保留也證成了昔日確實存在的理想風華與素樸文風。

李先生也曾在王文進先生的介紹下，認識李雙澤，對李雙澤的聲如洪鐘和強烈的民族主義情懷印象深刻，據說還一起唱過「少年中國」與「美麗島」。先生還說雙澤有一幅畫——畫的背景是中國式的民居建築，前頭有一個突出於背景的人物挑著扁擔，一看臉孔即知是國父，他擔負著整個中國廣大人民的苦難。想像那個畫面，我則以為能夠看出這樣的畫作精神的人大抵也如此。而或許是緣份，多年後李先生也曾住在「動物園」一段時間，那時雙澤自然是做古已久，但這裡卻成為先生推動讀書會的主要根據地。

李先生自然是善感的詩人、讀書人，有性情的教育工作者，但除此之外，我的直覺仍覺得先生是有雄心壯志的公共知識分子，這或許也反映且落實在他協助過的相關系務與學術行政工作上。例如民國78年學年度左右，時值龔鵬程先生擔當主任，李先生曾提議中國哲學史應仿中國文學史課開兩年，才不會哲學史只教到先秦兩漢。而在修訂淡江中文的碩士班學則時，則提議碩士生結業前必須發表一篇論文，並觀摩三場學術研討會，這些原則，後來均成為台灣諸多中文所的學則之一。而在王文進先生擔任系主任時，由於系所尚限制還未有博士學位的教授於碩士班開課，李先生主張破除這個限制，讓王仁鈞、施淑女等教授能到研究所開課，使研究生更容易找到指導教授，亦將王仁鈞、施淑女等先生的文章推薦予學生，肯定他們的學養和深度。此外，83年初，還曾與龔先生籌辦佛光大學南華管理學院，提議通識必讀中西經典，後來成為許多大學效法的對象。

那時候，是不是人生與學術生涯中的「最好的時光」？我沒問。但仍請他談談對晚近人文學界環境的看法，李先生感嘆自高等教育愈漸科層化，與新世紀實施「評鑑」以來，大學的經營與氛圍自然大不如前，一方面要跟進各種上層官僚體制的規範與標準，一方面又要因應少子化的學校招生困境，均使一個系的自主性與發展性大為降低，亦使教育的主軸由質化向量化轉移，知識分子身在當中，能挺立的主體空間，確實是很有限的。

那淡水呢？您一輩子住在淡水，到了南華任教後，也仍然南北奔波，淡水對您又有什麼特殊的意義？正治先生帶著一種嚴肅，又似乎有點淡然的表情說，其實他對淡水的文史背景並不熟悉，現在住在漁人碼頭附近的房子，還是應師母的期望買的，但在這個小鎮確實是住了很久，也遊遍了名勝古蹟，但最喜歡的還是在這山水之區，思索所有人文背後之「自然」的意義。我回研究室寫稿時陷入混沌，但好像有點明白，這問題是不太能用口說的語言回應的——淡水是一生讀過最好的書，交

過最深的朋友與學生的靈地吧，日日夜夜，有一天掩卷沉思或放下，才自然能有通感，一如他的淡水書齋聯：「讀書不覺東方白，看海偏憐夕照紅」。

李先生比看上去年輕，為何那麼早退休？而且全退式的不再參與江湖世事？他平淡地說：「流浪博士太多，學生找不到工作，把位子讓出來也好」，頓時讓我想到訪問剛開始時，他說起大學時代喜歡閱讀的現代小說——陳映真、黃春明，他們對底層與小人物的痛感與關心，我遂再問起他晚近在做些什麼、讀些什麼、還相信些什麼嗎？正治先生說，現在讀自己喜歡的書，在儒釋道的價值真理外，亦感興趣於事實真理，例如看凱史的新物理學系列書籍，借以一窺宇宙宏觀及微觀的實相，目前仍是先生的最愛之一。還有至今仍難以客觀實證的靈魂問題，以及其輪迴轉世與靈界的結構，所以先生遍讀魏斯的《前世今生》系列，邁可．紐頓的《靈魂的旅程》系列，想一窺人類無法覺知的死後世界，以及生死之間的奧秘。此外，先生對「高靈傳導」的現象亦特別感興趣，在人世之外，有高靈棲居的異次元世界，這些無肉身的靈體像上帝尋找先知一樣，通過傳導的人宣導他們的高深哲理，在儒釋道之外蔚為二十世紀以來的新哲學，如賽斯系列、巴夏系列等等，洋洋大觀，導引人探問生命安頓及宇宙最深的靈性。

我不確定是不是一直再問然後呢？「人之降生，所為何來？將來又將往那裡去？」、「人都不是生而知之者，生命的最終目的，也不是人在過程中就能真正徹解，但不管哲學講到如何高深，人在世上所能做的就是盡人事而已。」正治先生平和穩定地回應我。

9 從英專時代說起——江家鶯學姐

訪問人＝黃興隆

淡江英專能順利升格為淡江文理學院，中文系第一屆的大學姐江家鶯是幕後功臣。

江家鶯是南京姑娘，民國38年居住府城，台南女中畢業，可謂是都市長大的孩子。在她參加大專聯考考上淡江英專國文科，拎著簡單的行李來到台北，當她搭火車到淡水，發現淡水實在很鄉下，不要說英專路兩側鮮少房屋，就連中正路的店家也很有限，其他的地方更甭談了。

當時的淡江校舍，只有宮燈教室，由下往上，右邊有四棟，共十二間教室，左邊最下方一棟是辦公室，然後是廁所，再上有三間教室，最上方是圖書館，內有大教室。現在的活動中心則為一棟再簡陋不過的女生宿舍。操場也已存在，規模也不能與現在相比。

由於女生宿舍有限，江家鶯說，學校規定家住台中以南，且台北沒有親戚的，才能申請入住。她住在台北的姑媽家，每天通勤於台北、淡水之間。

江家鶯參加民國46年的大專聯考，九月開學，大約有二十多位，其中十三位是女生，但在她們之前，國文科有一班是春季班，也有二十多位，全部是男生，並轉到她們班。

回憶當年，如果只有她們班單獨上課，聯考進來的二十多位，都坐在前面，春季班轉過來的都坐在後面，每人座位固定，「點名先生」會在教室外比對缺席座位點名。由於當時的老師幾乎全部都是來自台北，學校在她們的建議下，大一下即改到台北的「博愛校區」上課。博愛校區就在現在台北地方法院旁邊，左邊為二樓的辦公室、禮堂，右邊是二樓的教室，每人的座位固定，校舍簡陋。

江家鶯說她們的大學生活與高中沒什麼兩樣，尤其是大一，每天上八節課，只有週六上半天，在她畢業時一共拿到一百九十八個學分，對現在的同學來說，簡直不可思議。 與江家鶯同屆的還有胡傳安、楊長慧，成績都非常優秀，楊長慧還曾代表中文系參加當年「中國小姐」學校的初選，他們畢業後也都回系上任教。由於當年只有英文科與國文科，經常有合班上課的機會，因此彼此多認識。其中有一位「特殊人物」，就是武俠大師古龍。江家鶯說，古龍的本名叫熊耀華，他不太唸書，也不規矩的上課，頭大，個子矮矮的，同學們叫他「熊大頭」，那時候他就開始寫武俠小說了，只是同學不知道，後來看了他的武俠小說，發現同學的名字都成為他小說中的人物。

在淡水讀書時期，江家鶯說她們往返車站與學校，是不爬克難坡的，走一小段英專路後即彎到田埂，在操場邊的小路到學校。午餐都下山吃個陽春麵，簡單果腹，有時到冰店吃冰，空閒時或去打桌球，或去看個電影，或去淡海，偶而會開舞會，她們畢業時學校就在當年的「國際學舍」為她們舉辦舞會。她們同學的感情很好，除了吃喝玩樂之外，她們寒暑假會組「讀書會」，由成績好的同學擔任「小老師」，為同學「補課」。她是她們班上「邏輯學」的小老師，她的筆記做得好，上課老師提問，只要別的同學答不出來，老師都會請她回答。因此邏輯學的小老師就非她莫屬。至於學校的社團有話劇社、國劇社等，並不像現在如此的多元。

為了爭取升格改制學院，江家鶯說，民國48年，她們同學主動向教育部請願，她們派代表到教育部，由當時的高教司司長羅雲平接見，由於羅雲平是她台南的鄰居，對她不錯，意外的發現她也在裡面，還特別問：「妳怎麼也來啦？」長輩見到年輕、漂亮、聰明、活潑的晚輩，自然一切好說，「淡江英專」就在那年升格改制為「淡江文理學院」，江家鶯不敢居功，她們也順理成章的成為改制後的第一屆。

學生時代也是籃球好手的江家鶯說，那時候淡江的男子籃球實力堅強，有許多國手，如蘇耀華、馬雲飛、盧義信、王永信、謝恆夫等，每年暑假，張建邦院長會率隊到東南亞進行訪問比賽，一方面宣慰僑胞，一方面還有球賽門票分紅，對學校的財務貢獻不少。

同學相處融洽，與老師們的感情更是深厚。江家鶯說，葉慶炳是她們的導師，多年來始終一件白襯衫、一條卡其褲，這也是葉老師的「註冊商標」，當時葉老師未婚，會參加她們班上的活動，甚至一起演出話劇，同學的婚禮，只要通知他，他一定參加，其他如臺靜農，還有歷經白色恐怖的葉嘉瑩等等，都給學生留下深刻的印象。

淡江畢業，當時有一名助教缺，由於男生得服役，由楊長慧取得。她因珠算三級，並補習簿記，到糧食局擔任臨時雇員。十二月時，系主任許世瑛推薦她到士林初中擔任國文老師，校長邵夢蘭要她寫教案，在許世瑛主任的協助下請黃錦鋐老師代寫，再經過邵校長「明聽」三堂課、「暗聽」三堂課的嚴格考驗，總算獲得邵校長的認可。第二年，她轉到離家較近的松山初中，又教了兩年。

一心想回淡江的江家鶯，終於在師長的推薦下回到淡江，先後在課外活動組、圖書館、校友服務處、出版指導委員會服務，也擔任過人事室組長，及文學院陳雅鴻院長秘書，前後39年，到她年滿65歲才退休。

當年的學生聽話，對老師的要求不敢打一點折扣，江家鶯不客氣的指出，現在的同學可不一樣了，為數不少的同學會選一些比較好拿分數老師的課，她感慨的說，真正讀書的同學少了。

身為淡江中文系的大學姐，江家鶯勉勵在校的學弟妹，如果真心想唸中文系，在基本學歷取得後，要朝自己未來的意願發展。她說，教育程度不同，觀念、做事態度就會不同，會反映在待人接物方面。因此，江家鶯希望在校的學弟妹們，在校期間一定要參加社團，並爭取擔任幹部的機會，主要的就是學習待人接物的方法。她強調：讀書，60分及格，但做事，要求滿分。

10 兩性問題專家——吳娟瑜學姐專訪

訪問人＝黃興隆

吳娟瑜是國內知名的作家、演說家，也是著名的兩性專家，她每年在國內外受邀演講至少三百場，迄今累計近六千場，著作達三十多本，處處顯露不平凡。

在吳娟瑜的學生時代，與一般女孩沒有什麼兩樣，她說，當時成長的意識未啟蒙，對自己的未來也不清楚，儘管生長在都會地區，父母的觀念也很傳統，希望她大學畢業後，當個老師，然後成家，安安穩穩的過日子。大學畢業後，她到當時的淡水國中，向趙校長毛遂自薦，趙校長也爽快的承諾，只要她拿到母校淡江張建邦校長的推薦書就錄用。她向張校長報告後，順利取得推薦書，於是展開了她國中老師的生涯。

在大學期間，吳娟瑜涉獵十分廣泛，充滿各種想法，在她擔任老師一年多後結婚，也很快的有了兩個兒子，她一直認定cycles的C型人生，不斷的回到原點，然後再做出發。她常常自問：人生的下一步在那裡？一輩子教書並不是她想要的人生。她說她一直在尋找自己。

吳娟瑜說，那個時候，她面臨家庭、事業和個人理想之間起了很大的衝突。當時她看了楊美惠編譯的「婦女問題新論論叢」，這本書成了她的「啟蒙老師」，改變了她的人生。

吳娟瑜說，這本書介紹了當代歐美最新的婦女思潮，也從性別、生理、婦女的命運、家庭結構、婚姻制度和夫妻相處等各方面作探討，對於渴望改變命運的她，提供了成長的管道。更重要的是，經由這本書，她認識了美國人類學家米德女士和法國思潮先驅西蒙·波娃女士，之後，她大量收集並閱讀她們的自傳和作品，另外美國的舞蹈家鄧肯女士，也在她成長過程中激起許多省思和啟發。

吳娟瑜非常欣賞米德女士打破傳統的研究，在她個人的研究領域，樹立了女性獨立思考的表率，同時也開啟了後輩女性的智慧和能力，不要以「我是女人」為藉口。

吳娟瑜說，西蒙·波娃證實了女性可以藉自己的意志和選擇來決定人生方向，也可以為自己的幸福而全力以赴。而舞蹈家鄧肯從小立志做一個情感獨立的自由人，認為女人應該有自由取決生育孩子的權利。這種思想非常先進，在當時的社會可說是危言聳聽。

綜合這三位女性的思維，她們都是當代女性的先驅；她們都敢於排除眾難，爭取自己的幸福；她們所從事的行業都和個人「志趣相投」；她們都是情感獨立、人格獨立和經濟獨立的女性；她們看重自己，和男性平起平坐。吳娟瑜說，她們這些共同的特質和表現，正是她努力的目標。

教了十年的書，儘管當時孩子還在小學二、三年級，先生還在創業階段，就在經濟情況稍微穩定的時候，她毅然決然的辭掉了一般人認為穩定的教書工作，一時沒有收入，十分冒險。她到「大華晚報」，從特約記者、編輯，幹到副刊主編，內容以家庭、親子等議題為主。這段期間，她看到了前程遠景。四、五年後，她碰到她的「貴人」薇薇夫人，進入華視，在「今天別刊」擔任編輯、主編，受益良多。

離開華視，她問自己：下一步要怎麼走？她決定找一家具有國際的、企業的、顧問的、管理的公司。於是她進入一家國際性的訓練機構，這時候她開始受邀演講，有了到企業演講的經驗，她有了「短時間高工資」的收入。兩年八個月後，她應邀到美國演講。這個時候，已經四十五歲的她自覺英文程度的不足，下定決心要學好英文。

當時，兩個兒子都已上了台大，在先生的支持與鼓勵下，她為加強自己的世界觀及英語能力，到美國印地安拿坡里斯大學，以每年四個月，連續四年，取得應用社會學的碩士學位。此後即不斷有海外演講的邀約，成為一名「國際演說家」。

吳娟瑜的演說對象，可謂遍及各行各業，舉凡各大企業、公司、公私機構、大學、中小學，甚至到幼稚園，演講的地點不限於台灣地區，經常受邀到中國大陸、美國、加拿大、紐西蘭、澳洲、日本、馬來西亞、新加坡等地，以華文或英文演說。

個子嬌小的她，只要站上演講台，可謂爆發力十足，常以肢體動作帶動現場氣氛，言詞詼諧風趣，專業卻不嚴肅的理論分析，不時穿插角色扮演，總是能吸引聽眾的專注力，她也十分重視現場的互動和分享，成為一位非常受歡迎的演說家，但她非常謙虛，她說，「我只不過說我做得到的話，說我做得到的事而已」。

成功不是偶然。吳娟瑜說，只要自己肯不斷的成長、進修，自然培養個人的風格和踏實的內涵，在和聽眾分享的時刻裡，自己就會像一本書展現而出，聽眾也能在這樣的時刻裡各取所需。

吳娟瑜很注重和現場群眾的直接交流和互動學習，她說，過去她可能是為別人而演講，可能是為掌聲而演講，後來逐漸脫離「拯救者」角色，已經能夠純粹為自己而演講，她接受挑戰，學習機智，與聽眾共同成長。這也是她為什麼這麼多年來在演說路上，一直樂此不疲，同時仍不斷激勵自己——更上一層樓的力量。

成為「作家」是吳娟瑜十幾歲就立定的志向，一直到二十六歲時才開始寫作專欄，迄今已出版三十多本，領域包含了情緒管理、溝通管理、婚姻管理、親子成長、男性知見、快樂哲學、女性成長、身心安頓、幼兒養育、男女關係、婆媳關係等等，可謂著作等身，且本本暢銷。

吳娟瑜幾乎每天有一場演講，每週寫二至三篇的文章，每週至少一次的諮詢，照理說應該佔去她所有的時間。幸好她很會安排自己的時間，她每天都會去游泳，不可思議的是，她每週還會去跳一次「街舞」，已經連續四年，每週都會看三場電影，她要讓自己過平衡的生活。她提出「五合一」的養生方法，就是運動、活動（上節目）、心動（寫作）、互動（與家人親密關係）、嚼動。

她堅持過一個輕鬆愉快的人生，並以「做對選擇比努力更重要」為座右銘。

回憶大學時代的她，當過女青年聯誼會的主席、女生宿舍松濤館的舍長，也當過班代表，她說她們班感情特別好，從畢業到現在，每年都舉辦同學會，而且出席率很高。

吳娟瑜在大學期間，參加很多社團活動，也曾工讀，也在淡江時報的前身淡江週刊擔任特約記者，她從中學到許多做人處事的道理，善用時間服務他人，樂於助人，其實也等於成就自己。

儘管吳娟瑜已是家喻戶曉的人物，但她仍十分低調，或許這就是平凡中的不平凡！

11 默默行善——張月桃學姐

訪問人＝黃興隆

當年在學校的時候，張月桃給同學的印象：臉上始終掛著淡淡的笑容，一副與世無爭的模樣，個性十分隨和，雖然不是屬於活潑型的人物，但她在群體當中，很難忽略她的存在。

在住女生宿舍期間，同寢室的同學，大多會選上相同的課，作息大致相同，因此，不同寢室的同學，在情感上難免會有一點點的落差。但是，張月桃與同寢室的同學固然情同姐妹，與其他寢室同學的情誼，也十分熱絡。

班上同學的相處都很好，尤其是女同學，更是沒話說，彼此多認為相知甚深，如今畢業已逾四十年，張月桃的成就，讓很多女同學感到有點意外。因為，乍看之下，張月桃予人有些許大剌剌的感覺，其實，她一點都不含糊。

民國62年畢業，女同學因為沒有服役的問題，絕大部份擔任教職，家在台南市的她，並沒有回去台南，她留在台北，任教於士林百齡橋邊的台北市立商職。

張月桃在北市商前後任教十年，期間她的學生當中最有名的就是時下電視談話性節目的節目主持人于美人，她們師生兩個感情超好，幾年前，于美人曾在台灣的電視螢幕中消失一段時間，那段時間就住在英國張月桃的家，在在說明了她們師生的情誼深厚。

在她任教北市商的時候，她的先生蔡吉春因為工作關係，被派駐英國，長時間的夫妻分離，她要一面教書，一面照顧兒子，為了家庭的完整，她隨夫婿搬遷到英國的泰爾福。

在英國度過了七年左右，張月桃夫婦決定自行創業，就在泰爾福創立了「英達科技集團」，創業初期，她們夫婦可謂嚐遍苦頭，終於撐過苦難的日子，並逐步步上坦途。

在事業穩定成長後，出身台南古都，又接受中文的教育，尤其是淡江古色古香的校園給她的深刻印象，始終盤桓在她的腦中，在她們決定興建「英達科技集團」的辦公大樓及廠房時，就採用黃瓦紅柱的四層樓宮殿式的外觀建築，不僅如此，庭園中的涼亭、荷花池以及小橋、流水等造景，也完全採用中國的庭園造景模式。

如此中國味十足的景色，在西方世界便顯得特別的耀眼，於是更加的吸引西方人的興趣，自然而然的引發媒體的注意並報導。無形中提升她們集團的知名度！

張月桃與夫婿蔡吉春在異國的事業，可謂蒸蒸日上，不僅公司的業務、獲利直線上升，同時也為當地居民提供了許多的就業機會，種種的表現，獲得英國的注意，甚至榮獲英國女皇伊莉莎白的召見，不僅如此，蔡吉春也被賦予僑務委員會僑務委員的職位。

中文系畢業的張月桃，接受中華文化的薰陶，儘管身在異鄉，但她並沒忘記身為華人，事業有成後，在民國83年，獨資在英國創立了「英國中文學校」，她的中文學校不是正規教育一環的學校，而是專為發揚中華文化的學校，除了基礎的華文課程之外，她開了書法、國畫、國樂、民族舞蹈、太極拳、氣功，甚至中醫的課程。讓她大感意外的是學生當中英國人佔了八成以上，在海外發揚中華文化，她盡了不少的力。

95年間，在同學黃興隆的媒介下認識當時的系主任呂正惠，當她得知「五虎崗文學獎」校方的補助不足，不足的款項通常是由系主任設法張羅。她知道後，立即表示由她補足，捐款超過二十萬元。

同時她為了獎勵在校的學弟妹，在同年的10月起，成立「張文樹及郭清池獎學金」，每學期提供兩個名額。她的這項善舉，可惜後來因連繫出了狀況而中斷。

去年9月，張月桃得知今年是中文系創系六十週年，從系友會會長黃興隆處知道，系友會與中文系將舉辦系列活動，其中要出版「中文系六十年專刊」，起碼需要三十萬元，她一口答應認捐全部款項，解決最頭痛的經費問題。

不僅如此，她自去年10月起，恢復獎學金的設置，改名為「張月桃獎學金」，並增加為每學期三名，嘉惠更多的學弟妹。

行事低調的張月桃，並不認為她做了些什麼善事，她始終認為那些是她做得到的事，她只希望有更多的系友，本於愛護中文系的理念，在已有的基礎上，出錢出力，邁向第二個、更燦爛的六十年！

12 側寫傅錫壬老師

訪問人＝黃興隆

傅錫壬老師是淡江大學中文系的校友，學成之後返校服務迄今，他是「淡江之寶」，也是「淡江的活字典」，淡江大學的事，他幾乎都知道。

民國39年成立淡江英語專科學校，到了民國45年一月，教育部准予成立國文科，淡江中文系誕生。48年，淡江英專改制為淡江文理學院，三年制的國文科也改為四年制的中國文學學系。

傅老師是學校改制文理學院時考進淡江的，在他入校之前時，已有二屆國文科的學長姐，因此傅老師是淡江中文系第三屆的大學長。

擁有過人記憶力的傅老師，清晰的記得第一屆的學長有巫宗憲，第二屆則有大家比較熟悉的胡傳安、江家鶯。胡傳安也在學校任教很長的時間，任教期間中文系的同學應該沒有不認識他的；江家鶯則在學校的行政單位服務，她駐顏有術，是中文系的大美女，認識她的人比較多，但未必知道她是中文系的大學姐。

現在大學入學管道多元，傅老師回憶當年，他說「多元入學方案」並不是「大專聯招」之後的產物，他們入學的時候即有，那個時候，整個台灣沒幾所「大專」，沒有挑選的機會，只有少數的國立、省立學校，淡江是唯一的私立大專。最特別的是「聯

招」，但不分文、理組，還有「插班生」。

淡江中文系是許世瑛老師籌設成立，他是中文系首任系主任，那個時候的師資陣容十分堅強，老師們幾乎都是來自台大、師大的名師，諸如：陳邁子、戴培之、沈亮、萬心權、傅棣樸、葉嘉瑩、史次耘、葉慶炳、黃錦鋐、李維棻、王志忱、李子弋、穆中南、龍宇純、趙蘭庭、張卜庥、戴璉璋、莊惠芬、龍良棟等。

早期，淡江在台北市博愛路有校區，傅老師時代大一是在淡水的五虎崗校區，大二再到台北市博愛校區，但傅老師那班十分特殊，大一下就先到博愛校區讀了。

原來，那個時候傅老師與同學胡佐漢兩人，彙整全班同學的意見，寫了一份文情並茂的「陳情書」，陳述中文系的老師多來自台北市，為能增加名師的薰陶，希望下一個學期，即大一下學期就到博愛校區上課。傅老師說，不知那來的膽子，就跑到博愛校區，求見當時的副院長張建邦。在一番陳述表達之後，張建邦副院長竟然當著他們的面前批示「准」，令他們大感意外。

傅老師說，他們班提前一個學期到博愛校區上課，茲事體大，牽涉的單位很多，需要協調的地方也不少，沒有想到，張建邦副院長如此爽快的答應，他們知道張建邦的決定，就已定案。

雖然在淡水校區只讀了一個學期，當時宮燈教室前的草皮，是他們同學打發課餘時間的好地方，最常的消遣是徜徉在草皮上打橋牌，這短暫美好的時光，迄今都令傅老師回味無窮。

翻閱第三屆的畢業紀念冊，中文系當年的畢業班，竟然是「和尚班」，這非常不可思議，向來女生比男生多的中文系，第三屆是怎麼回事？

原來這個「空前絕後」的「和尚班」在大一的時候也有女生的，傅老師說，當年入學時，班上確實有女生，還不只一位，而是有兩位，只是後來二年級的時候都轉系了，一個轉外文系，一個轉商學系。

其中轉外文系的女同學，傅老師印象深刻，他說，她叫林美惠，身材瘦高，是位大美女，出身台南望族，前台南市長林錫山是她的叔叔，旅日知名的動感藝人林沖，是她的堂哥。

傅老師畢業後考入台大中文研究所，是淡江中文系第一位考上研究所的同學，在他研二時即結束研究所的全部課程，即應邀回到母校任教，展開他的教學生涯，後來也兼任行政工作，兩度出任中文系的系主任、一任的文學院院長及一任的教務長。在創辦人張建邦擔任交通部長時，更被拔擢到交通部秘書處的主任秘書，處事圓融，腦筋又非常靈光的傅老師，儘管他不曾在官場中待過，他為張部長解決了許多問題，除了傅老師有本事外，也證明了張部長有識人之明。

民國63年的8月，傅老師的第二位女公子誕生，他還在醫院陪伴師母，他接到教務處秘書陳樹人的電話，告訴他將接任中文系系主任，他一時感到突然，但這何嘗不是一種責任的交付？於是立即忙於系務，安排老師、課程等，公私均忙。

傅老師本著老師是幫學校的忙，系主任應該為學校做事的概念，他決定親自將聘書送到每一位老師的手上。可見他那一個月是如何的忙碌。

有一天，傅老師到北投，準備送陸鐵乘老師的聘書，陸老師住當時復興崗政治作戰學校的宿舍，他只有地址，不知如何前往，走出車站，傅老師詢問路人，路人告訴他找一邊騎機車的人，那位機車騎士隨即要傅老師上車，載他前往。

事後傅老師才知道，他搭乘的是一般人稱的「限時專送」，以前北投有許多風化區，一些特種營業的女郎，為爭取時間趕場，一般都是由機車接送。其實這種「限時專送」的機車，也有一般民眾搭乘，主要是因應北投地區街道狹窄，機車容易穿梭。

傅老師說，「限時專送」果然將他準確送達，當時天熱，陸老師不認得他，傅老師說明來意，陸老師光著上身接下了聘書。

開學後，一次陸老師與文學部主任戚長誠談到，他的聘書是一位「年輕人」送去的，他根本沒想到系主任會親自送聘書。

還有一位住在松山的陳瑤璣老師，傅老師說住得好遠，他也花費一番工夫才送達。

當時的傅老師只有三十六歲，溫文儒雅的他，是多麼的尊師重道！這種風範令許多年長於他的老師們感到十分的窩心！更令後輩景仰！

初心插畫家——鄭鐵桃學姐

13

訪問人＝劉紋安

鄭鐵桃，原名鄭瑋萱，1985年生，2004至2007年就讀淡江大學中文系，畢業後於誠品書店工作，2014年於國立傳統藝術中心「小滿」計畫短期駐村，發行首本圖文創作《新來的貓》。2015年獲遠東百貨邀約，展出「猜猜我有多愛你」個人微展覽。2016年完成第二本圖文創作《魔法師毛毛》。現職自由插畫家與美術教育工作，舉辦以環境永續、動物保育等等為主題的「小藝術家的大藝術」工作坊。形容自己的話：「心地善良，很堅持也很努力。」

一個插畫家是怎麼樣的人？在採訪前我反覆揣度鐵桃學姐的模樣，在座位上等待著學姐的到來，這時身旁飄來一陣風，若不是瞥到學姐掛在椅子上的手提袋上的插畫，我幾乎要和學姐「一起」等著對方，而對於鐵桃學姐的第一印象，就如同我第一次在網路上看到她的畫作，色調單純而溫暖，傳達的意念直接而慎重，她的親切感讓我的緊張頓時獲得紓解。

起點

「我剛畢業的時候其實是在誠品工作，那時候是負責文學區，算是相關的工作，做了三年整之後離開，因為我一直都很喜歡畫圖，從二十歲大二那時開始畫畫的，後來離開誠品後就一直在畫畫還有教學，教小朋友、大人，在教學的過程中會一直被問到：『你是中文系畢業的欸，你怎麼有辦法教學呢？』但是我都會跟家長或是跟我的學生說，其實好險我是中文系的，因為中文系是我很大的資源，反而變成我的優勢跟助力，因為文學、美術、音樂是息息相關的，尤其是文學，我一直有閱讀的習慣，所以我會去觀察、體會，然後有很多不同的想法，這些反而可以變成我去看美術的時候是用不同的方向來看，而不是美術系的學生看美術的方向，對我個人的理解上，這樣的視野是很開闊的，所以我帶給學生的通常是比較大的東西，不單僅有美術技法的面向，什麼樣才是畫的好，就這樣的標準來看是沒有界線的，要說不相關其實又是相近，我想是這樣的影響吧。」

轉折

「我在最大間的信義誠品工作，但我住在三芝，每天來來回回，在捷運上都會畫圖，一直持續在創作，但是到了後面之後就沒有繼續在畫圖了，因為很累，跟家人的距離也比較遠。那時候覺得應該要做我能夠做的事，真正喜歡、想要做的事，應該是說，我想要更精準，不想要只是用瑣碎的時間，甚至到最後都完全沒有辦法畫圖，所以我才會離職。」

彈性

「大學有一段時間過著很規律的生活，現在回想起來覺得那段時間真的很可怕很瘋狂、沒有彈性，那時一天要吃兩份早餐，因為看村上春樹的《舞・舞・舞》裡面的主角就是過著很規律的生活，為了要效法，早上四五點起床吃早餐，吃完早餐開始創作，然後睡覺，醒來在去吃一次早餐，再開始我的一天，晚上回家就開始看鄉土劇，持續半年，每天都維持著這樣的生活，當時很喜歡文字學，就每天鑽研，喜歡鑽研字的意思。規律的生活持續了半年多就瓦解了，因為太累了。因為現在過的不是很規律的生活，雖然有一個秩序在，但不會失去彈性，例如因為今天夕陽很美就狂奔到老街去，這樣的生活比較有趣、真實，珍惜自己的分分秒秒。」

差異

「其實我一開始不是用色鉛筆是用原子筆，加上我很會流手汗，所以用汗水跟原子筆推開作畫，我解讀我會用這樣的方式畫圖是因為那是跟身體的連結，對我來說那是屬於我的東西，與自己契合。我最一開始是念英文系，完全無法吸收，所以才轉系到中文系，中文系的練習與閱讀討論，讓我知道這個世界，每個人都有不同的方式，如果只是要堅持自己的想法，我就要說出更具體的東西來說服別人，這是思考的能力，不會變成只是乖乖聽老師的，會延伸更多的問題，有不斷思考的空間，所以中文系一點都不無聊。

在中文系當中獲取最大的和我遇到周彥文老師有關係，他的課讓我受到很大的震撼，那時候上語文能力表達課，因為我不是一個很喜歡上學的人，上他的課就非常震驚，他期末的時候就抱了一顆榴槤進來，然後開始切榴槤給大家吃，他的考題就出完了，這件事情一直都影響著我，我知道我們必須不停的在題目裡面，這個題目就是生活，生活不預警會發生的事情，

要如何在他做這件事情的時候去觀察，用自己的詮釋表現。」

偏好

「我一直以來的創作題材都是大自然跟動物。喜歡用色鉛筆，色鉛筆有很溫柔的質地，喜歡透明跟層疊的畫法，也很喜歡粉蠟筆，一層一層厚厚的疊著顏色，很重感情一樣。最近開始欣賞夏天的夕陽，下了班如果還沒天黑就會到河邊去，觀察天空的顏色並且記下來，把這些顏色運用到創作的主角身上，預計明年展出。」

閱讀與靈感

「閱讀是我每天都要做的事情，所以閱讀和生活經驗都成為靈感的主要來源，如果沒有好好生活，好好感受，大概沒辦法畫圖了吧！我常常把書裡的某一句話或某一個場景抽出來練習，有時候也會畫書名，畫好之後給身邊的朋友猜謎，雖然沒有人猜出來過，但這是我生活的樂趣！」

「對我影響最深刻的書籍，像是村上春樹的《國境之南．太陽之西》、五十嵐大介的《海獸之子》，都是我每一年一定都會重看一次的書，我常常都會覺得我聽到了島本走路的聲音，還有潛到海裡那道悠悠遠遠很安靜的光線，我希望我也可以畫出這種東西，被留在心裡，忽然想到就會覺得很安穩的那個印象。

因為長時間跟小朋友相處在一起，他們常常冒出一些奇怪的話，例如某一次，小朋友下課回來對我說：『老師好久不見！』我跟他說：『噢對差不多三個冬天。』小朋友回答我：『是四個月了。』對話很普通無聊，卻成為我很重要的資源，孩子們的生活總是很好玩，從中的啟發是：我絕對不能失去有趣的靈魂。因為不能失去，所以就要好好畫圖，維持最初的心。」

一個插畫家的日常生活

「插畫家的日常生活？我早上睡的比較晚，起床後要在一個小時內處理完瑣碎的事情。但是一直注意時間，心情會很負擔，所以起床就會馬上放音樂，一首歌的長度差不多四到五分鐘吧，一個小時可以聽很多首，用這個方式來數時間，心情愉快許多。接下來就是工作，我的主要工作還有美術教育，一天大概有五堂課，下課之後，天還亮著就會騎腳踏車去河邊，天黑就回家，夏天的晚上喜歡喝啤酒，花兩個小時寫教案、畫圖，有時候會偷懶，偷懶就會看電影或是出去散步，睡前習慣閱讀跟寫簡單的日記，大約一個小時。自己好像很忙又不太忙。」

14 打開內心的門窗——王昭華學姐

訪問人＝簡妙如（線上電子專訪）

王昭華1971年次，1990年9月至1995年8月就讀淡江大學中文系夜間部，在學期間打工：大順川菜、淡江游泳池，童英社文化事業有限公司，雄獅美術文字編輯，康軒文教國小閩南語教科書編寫委員等等。目前為馬拉音樂創作歌手、台語歌自由創作者。

Q：請學姐略談您的台語創作、民歌創作，曲風、歌詞或所要傳達的意念，是否受早年李雙澤等人提倡的台灣新民歌運動影響？是的話，您覺得以哪些方面的影響最深刻？同時，您後續延伸再創造的部分，您覺得是在那些方面？

A：我是1990年9月進淡江，那年年底，林強首張專輯《向前走》發行，之前已開始在大專校園跑宣傳。有天晚上無意間漫步到學生活動中心，乒乒乓乓場子頗熱，正舉辦演唱會，我從後門晃進去，站了會兒，聽到一首陌生的新歌，居然是台語詞，詞意直白，鄉音親切，那是剛出道的林強本人演唱〈向前走〉，帶給大一新生我相當大的震撼與感動。十一月初吧，淡水第一場寒流來襲，冷到了，寫下生平第一首歌，當然是台語的。

知道李雙澤已是後來的事。在母語意識與鄉土意識的形成過程中，影響我的是國中老師，以及淡江台語文社。李雙澤的「出土」，大概是我大四大五了，讀《誰在那邊唱自己的歌》，以及聽朋友給的楊祖珺演唱卡帶，間接感應一位前人的實踐精神。我想像中繼續活著的李雙澤，後來寫了閩南語歌，和梁景峯搭檔成為「福客多」合唱團，更後來還拿起攝影機，拍台灣軍伕在南洋的主題。很可惜他剎然成為傳奇。

Q：學姐曾創作過不少跟淡水有關的歌曲，也翻唱過長期居住在淡水的王昶雄的〈打開心內的門窗〉，能否略談之所以偏好這些曲目的原因與感情？

A：住在哪裡就寫哪裡，是很自然的事。每天所見所感都在這一方水土上，並無特別的原因與感情，可說是日常的感興。

Q：淡江中文系早年仍是以古典文學、義理思想的教學為主，但學姐卻自主性地轉向現代及在地鄉土經驗再創造的題材，請問跟您個人的生命經驗及志趣是否有什麼樣的關係？

A：因為讀不來呀！古文古詩詞背不來，小學有意思但令人頭疼，義理思想若不太玄就還好。掛一個學籍，其實我唸的是淡江自由系：平時打工、讀自己的書，快考試了再啃中文系的科目；當年畢業謝師宴，榮獲「最佳神出鬼沒獎」，由周彥文老師頒獎，受之無愧呵呵。

大學之前，我就是個文藝少女了，喜歡寫、喜歡畫、喜歡騎腳踏車到處晃，情緒起起伏伏，學業成

績離離落落，這些國高中時代的「缺陷」，在淡江自由系裡不再是問題，想讀什麼書儘管去讀，期中（末）考前回魂就好。

Q：學姐所創作的歌曲風格，自然質樸並多帶有關心土地的色彩，請學姐略談自身創作理念或各階段理念的變遷（學生時期至今）。

A：我歌寫得太少，至今也就那麼幾首。關於創作，我並沒成為嚴格意義上的「藝術家」，一直停頓在「文人」的狀態。我的主軸是「文」，而且是台文，再隨順生活去碰撞火花，有就有，沒有就沒有，不勉強。這實在太被動了，但我一直是這副死樣子。企圖心、野心、意識先行、書寫策略，這我沒有。

心中沒有「歌」的慾念，就寫文章，可我的文章只是平實說話，雖有結構，但自認還不到「創作」的層次，歌曲倒確實是創作。從學生時期至今，我確定我還活著，之後會如何，有作品再說了。我已不用「土地」這個詞，例如：「從土地長出來的歌」，這詩化的「土地」我認為是沒有的。目前的時代，虛擬世界建構人的認知，我特執著於實體世界，沒有夢幻，不會飛翔，我創作的根紮在無聊的實體世界，而非「土地」。

Q：學姐曾居屏東及淡水，目前則長年居住高雄，請您略談「南北」經驗的對您創作與生命的影響與關係。

A：淡水的冷和屏東的熱，強烈的反差與對比，這豐富了我的人生，讓我不至於在這島上呆得發膩，卻也成了個「不南不北」的人：台北人知道妳南部上來的，在南部，又帶有北部下來的氣息。來到高雄，一個新的位置，我想抽離淡水和屏東，啊，夠了！……不想再寫淡水、唱淡水；屏東倒還是會，它終究是我的故鄉。在高雄市區生活，很需要到屏東沿山地帶浸潤綠意接收山氣。屏東和淡水，都活在我的肉身之中，我的感知、觸覺，是在這兩個地方成長開展，我也因此是有日出和夕陽的人，光這點就很幸福。

Q：除台語歌曲外，學姐也從事台語散文寫作，請學姐略談台語文創作對您的意義，以及您目前在題材、主題、內容及形式的關注傾向？

A：台語散文是我說話的形式，它對我的意義，如同鐵達尼號沉船前的小提琴手，在滅沒之前依然拉著曲子。關注傾向，我只能很籠統的說，我關注我認為重要的題材，心中會有下一篇想寫的主題，一篇、一篇，好像摸石頭過河。並沒有「出一本書吧！」或「寫個什麼故事吧！」那樣的想法，沒有「大作」的企圖，常有「小品」的靈光。我是不是該調整一下這樣的慣性模式，心中也還在琢磨。

Q：學姐在個人部落格「花埕日照」中，可以看到您對國台語翻譯書寫有相當的關注，目前台灣的中小學校園，雖然有推動台語教學，但文字創作上，依然以國語為主，還請您略談對台灣台語創作未來發展的看法。

A：台語必死無疑，因為台灣人根本不在意。我現在用中文打字回答妳的訪問，這同時，我是踩在台語的死屍上和妳對話，事實就是如此殘酷。如許古老、如許精彩的語言，長時期被貶抑得連自己人都不想說，子孫都聽不懂也不願學。中文系學生對於同為漢語系的台語、客語，難道沒有好奇心嗎？……非常不可思議。我阿嬤我阿母的時代，幼時在私塾裡學漢文（三字經、大學中庸），都是以台語唸誦（客庄則以客語）；不過七、八十年光景，現今中文系年輕學生，還有多少人能夠口說流利的台語、客語？能夠誦讀文章？在千年的長河中，六十年何其短暫！——「文」的真諦、「中文」的意義，到底是什麼？

中文系的社團人——余政勳學長

15

訪問人＝簡妙如

余政勳，1974年生，1993至1997年就讀淡江大學中文系，後就讀國立台北大學法學士、東吳大學法碩士（科技法律組）。曾任信文法律事務所律師第一國際法律事務所律師、財團法人扶助基金會審查委員暨扶助律師、經濟部中小企業處105年度榮譽律師、中華民國仲裁協會仲裁人、台北市政府義務諮詢律師、專利代理人、南山人壽保險（股）公司業務主管、中華民國斐陶斐榮譽學會榮譽會員、淡江大學85學年度淡海同舟會執行長，現職太和法律事務所主持律師。

Q：請學長略談自己在淡江中文系的學習，對人生後來的影響？

A：從淡江中文系畢業後，我先在保險業服務近十年，因為對思考個人生涯規劃、角色定位與熱情所在，讓我決定轉換跑道往法律領域發展，所以在工作多年後又選擇一邊工作一邊至台北大學夜間部進修。在台北大學就讀法律系的日子裡，我非常感謝中文系的培育，讓我擁有良好的文字掌握能力，因為法律的文字是一般人認為比較難掌握的，雖然條文上每一個字大家都會念，但組合成句子後所要傳達的內容，對沒有受過訓練的一般人來說並不好理解。而在中文系的學習經驗，幫助我在轉往法律系研讀時，能快速掌握法條所要表達的涵義，法學上的哲學思辨過程，也與過去在中文系一些課程中所受的訓練相似，

讓我在邏輯思考以及法律文章的解讀上能更加得心應手。

Q：在淡江中文系就讀期間，最令您印象深刻的事情是？

A：最印象深刻的經驗是曾擔任系上辦理五虎崗文學獎執行長，承辦文學獎那時才發現，系上的人才真的很多，而且學校除了中文系外，也有許多文采很好的同學。至今五虎崗文學獎，即將邁入第三十三屆也真是不容易啊！期望文學獎可以提供有才情、有創作熱誠的年輕學子一個發揮的空間，希望在校學弟妹們積極參與，讓這樣的活動能不斷持續下去。

Q：淡江以活躍的社團活動出名，學長覺得在社團中最大的成長是什麼？

A：我大學時期邊唸書邊參加不同的社團，期間也加入各式營隊擔任服務員，例如曾參加正心高中校友會、中文系學會、滬尾史蹟社、淡江康研及淡江大學社團負責人研習會（簡稱淡海同舟）等社團或營隊擔任不同職務，投入舉辦各類迎新、宿營、古蹟導覽等活動，從中學習到了與同儕間人際關係的處理，以及如何有效的與他人溝通協調與活動規劃、經費控管等，累積各種不同的多樣經驗，也增進自己的軟實力。後來在校也擔任淡江大學淡海同舟執行長，有幸投入協助學校辦理大型活動之經驗難得，過程中獲得更多，例如大型活動企劃活動能力，包含課程規劃、規劃預算、領導能力等，為自己累積了許多課堂上學不到的經驗能力，當時不知何用，但如今事後回想就讀中文系同時參加社團這些經驗，確實默默的影響自己待人處事及日後生涯發展。不過仍要提醒同學雖然投入社團活動有益處，但同時也要記得學生本分的課業學習。

Q：如果可以重回淡江一日遊，想重遊校園的哪些角落？為什麼？

A：因為我本身擔任律師工作，有時會回淡水諮商、座談及處理法律相關案件，其實蠻常回學校的。每次到淡江，就一定要去宮燈大道走走，古色古香的中式建築，真的很漂亮很有特色，以前中文系師生都愛在宮燈教室上課，應該是覺得這裡跟系上的氣質比較吻合吧！現在重新整修之後，大致外觀沒有變，氛圍仍使人懷念。另外新蓋的覺軒花園也不錯，設計很精緻，現在的同學很幸運，我以前念書時都還沒有這樣優美的空間。而蛋捲廣場對我來說更是具有特殊回憶的地方。因我與內人同是淡江校友，我們於辦營隊活動時認識後交往，蛋捲廣場等地方常是以前我們營隊活動的場地，所以結婚時，我們也選擇在以此處為主景拍攝婚紗照，對我們來說淡江校園這些角落真是充滿回憶……。

Q：請學長略談淡水對您的意義好嗎？

A：大學時曾在社團中接觸古蹟導覽的工作，假日有時跟著老師及同學們於淡水小鎮四處穿梭遊覽，個人其實對淡水滿熟悉、滿有感情的，也因此讓我愛上淡水的小鎮風光，我們讀書時代的老街、重建街，都跟現在長得不一樣，現在的淡水變得比較有條理、有規劃但相較過去的樣貌，又多了些商業氣息，跟我記憶中的小鎮已多有出入，畢業這麼多年後，最懷念的還是淡水河畔夕陽西下的景色。

Q：您大學時期做過最瘋狂的事是？

A：淡江人共同的回憶，應該就是花樣百變的慶生活動，最後必備的環節就是將壽星丟進福園水池（但現在安全考量已經禁止），不過當時除了將壽星丟入福園之外，我們還會把壽星抓到宮燈大道的燈柱上，用繩子綁起來，再貼上「今天我生日」的紙條，至少綁上個一小時再鬆綁。我自己參加過最瘋狂的慶生活動則是，把一名學姊用綁山豬的方式倒掛在棍子上，一群人扛著在校園中遊街慶生。說不定我們那時玩得比你們現在的年輕人還瘋呢！

Q：您在大學時期最遺憾的事情是？

A：我先後就讀了中文系和法律系考上律師後又再讀法律研究所，或許有人會說怎當時不直接選法律系或重考？這些問題其實不可考，思之也無益，人生歷程只能不斷向前，而每個人的「現在」，都與自己曾走過的路、做過的選擇有關，今天都是這些「過去」的點點滴滴的樂與苦堆疊累積，當時以為極苦樂的事，走過之後似乎也淡然了，如此，經歷過之後，應該也就沒什麼可遺憾的！

Q：中文系同學對自己就業與未來通常比較茫然，您對學弟妹們有什麼建議？

A：以前學長姊都跟我們說：「中文系，頭路（工作）找到係（死）」，當然這是玩笑話，實際上中文系的出路其實很多很廣，中文系的同學要將自己的目光放大放遠，不要讀了中文系，就侷限自己只能往特定領域發展，人文學科給我們的歷練通常是比較內化的，但如果同學未來不打算往本科系相關研究、教學專門學術領域，或從事文學創作等「比較中文系的」傳統路線，那在四年的求學過程當中，就應該要多增加一點自己的其他經驗及能力，尋求不同的機會多元學習。其實校內外都有許多「管道」都可以拓展自己的視野，像是另修讀有興趣之學門輔系或多參加社團活動、實習工作等，都是增進自己本科系以外經驗能力的方式，對於日後個人生涯規劃及競爭力，應該都會有幫助。總之，生命其實都有各種可能性，希望大家能豐富自己的人生，追尋自己心中的聲音，不要自我設限。

附錄一：本系簡史

創立於民國45年（1956年）淡江英專時期，是淡江大學歷史最悠久的科系之一。初為三年制國文科，由語言學名家許世瑛先生籌設。

民國47年（1958年）改制為文理學院，國文科更名為中國文學系，由許世瑛先生擔任首屆系主任，一時俊彥雲集，黃錦鋐、葉慶炳、周家風、董同龢、楊志源、潘希真、李維棻、阮廷瑜、臺靜農、葉嘉瑩、王偉俠、沈亮、萬心權、戴璉璋等教授均曾於本系作育英才。許世瑛先生主持系務時即重視習作課程，務求學以致用，這一精神至今仍保留在現代文學、詩選、詞選、文選等課程中。

民國52年（1963年）2月本校創設夜間部，中文系為該部最早設立的科系之一，民國61年（1972年）擴充為雙班。夜間部最初只有部主任未設有系主任。民國59年（1970年）始設系主任，首屆夜間部系主任為于大成先生，開創協同教學，多方延攬俱有博士學位的年輕學者任教，如：曾永義、左松超、周何、徐芹庭、沈謙、邱燮友、張文彬、王更生、杜松柏等教授，為本系培育了許多優秀人才。

民國77年（1988年）成立碩士班，創所所長為龔鵬程先生，龔先生運籌擘畫，務求開創新格局，以建構一所新的中文所相期勉，並確立文學、社會與美學的教學研究發展主軸，在中文學界首開「文藝行政與文學社會學」、「文學的斷代研究」、「辭彙學」、「世界漢學」等課程，並配合「文學與美學」、「社會與文化」兩大國際研討會，以文會友，奠定淡江中文系的學術聲望。

民國86年（1997年）配合教育部政策，停招夜間部，原夜間部兩班轉入日間部。分為A、B、C、D四班。

民國88年（1999年）成立博士班，首屆招收博士生3名。

民國90年（2001年）成立進修學士班一班，日間部減招一班，分為A、B、C三班。

民國92年（2003年）日間部再減一班，成立中文所碩士在職專班，並支援成立漢語文化暨文獻資源研究所。

民國98年（2009年）配合學校系所整合方案，漢語文化暨文獻資源研究所碩士班併入中文所碩士班，中文所碩士班分為「文學組」與「語言文化組」。

民國100年（2011年）配合學校系科調整，大學部增設一班，分為A、B、C三班。

民國102年（2013年）配合學校系科調整，大學部減招一班，恢復為A、B兩班。

附錄二：歷屆系主任

日間部系主任起迄時間：

許世瑛（民國45年8月－49年7月）：三年制國文科主任

許世瑛（民國47年8月－54年7月）

戴璉璋（民國54年8月－55年7月）

許世瑛（民國55年8月－58年6月）

黃錦鋐（民國58年6月－60年7月）

龍良棟（民國60年8月－62年7月）

于大成（民國62年8月－63年7月）

傅錫壬（民國63年8月－67年7月）

王　甦（民國67年8月－70年7月）

韓耀隆（民國70年8月－72年7月）

傅錫壬（民國72年8月－76年7月）

龔鵬程（民國76年8月－79年7月）：77年起系主任兼所長

王文進（民國79年8月－83年7月）

高柏園（民國83年8月－87年7月）

周彥文（民國87年8月－89年7月）

高柏園（民國89年8月－91年7月）

崔成宗（民國91年8月－93年7月）

盧國屏（民國93年8月－94年7月）

呂正惠（民國94年8月－96年7月）

崔成宗（民國96年8月－98年7月）
張雙英（民國98年8月－100年7月）
殷善培（民國100年8月－）

夜間部系主任起迄時間：
于大成（民國59年8月－66年7月）
王仁鈞（民國66年8月－68年7月）
王　甦（民國68年8月－72年7月）：72年學年度起夜間部主任由日間部主任兼任。

編後記

《山海佇望》是淡江大學中文系六十週年紀念文集，也是本系創系一甲子推動「六十有夢」(The dream of the Sixtieth)專案的核心成果。自2016年春夏之際廣向本系師長、系友組稿以來，收到各方熱忱的鼓勵、支持與回應，統整全書，十五萬字有餘，體例文圖兼備，文字內容主要分為兩輯，第一輯為「未盡的追憶」，第二輯為「系友的回聲」，插圖則由本系謝旻琪老師以輕水彩手繪，並搭配微光現代詩社成員的詩作以為呼應。整體上藉由不同世代、不同類型的師長、系友的親自撰文、專訪、轉錄與多元的表現形式，體現我輩中人對淡江及中文系的主體認同與情份積累，無論是懷想青春懵懂歲月、重構靈魂成長歷程、感恩師友啟蒙厚誼，或是回顧與見證時代、歷史與人文風景等等，它們不但是我系師友們在人生不同階段的一種個人史，也在小敘事的字裡行間，為我們綜合與重構了中文系甚至淡江和淡水的歷史風華、理想情懷與多元出路的一些關鍵環節，因此也是未來發展的視野與希望的厚土。

感謝系友會理事長黃興隆先生的全力支援與配合，感謝殷善培主任對本案的支持與尊重，並且不時以百科全書式的知性和感性，直接與間接地啟發與提示我編輯的角度、方式與方向，作為一個僅在博士班階段就讀本系的後學來說，編輯此書的過程與經驗，也是我重新溫習與理解一種台灣人文理想、精神與心態史流變的實踐。除此之外，中文系大學部張懿文、劉紋安兩君負責本書的文字編輯與校訂，大學部鄭安淳君及碩士生陳奕臣君在美術編輯及其它行政工作上的協助，在此一併致謝。

黃文倩
2016年9月21日
於淡水

國家圖書館出版品預行編目（CIP）資料

山海佇望——淡江大學中文系六十週年「六十有夢」紀念文集 / 殷善培主編. – 初版. – 臺北市：臺灣學生，2016.10
280面；17 X 23 公分
ISBN 978-957-15-1718-6（平裝）

855　　105019173

山海佇望

——淡江大學中文系六十週年「六十有夢」紀念文集

主編　殷善培
責任編輯　黃文倩
文字編輯　張懿文、劉紋安
內頁題字　張炳煌
彩色插圖　謝旻琪
插圖配詩　淡江大學微光現代詩社
美術編輯　仲雅筠
出版者　臺灣學生書局有限公司
發行人　楊雲龍
發行所　臺灣學生書局有限公司
地址　臺北市和平東路一段七十五巷十一號
郵政劃撥帳號　00024668
電話　(02)2392-8185
傳真　(02)2392-8105
E-mail　student.book@msa.hinet.net
網址　http://www.studentbook.com.tw
本書局登記證字號　行政院新聞局局版北市業字第玖捌壹號
印刷所　崎威彩藝有限公司
定價　新臺幣280元

二〇一六年十月初版

ISBN 978-957-15-1718-6（平裝）